KB036183

나나
무표정한 호문쿨루스.

리자
주황 비늘 종족의 소녀.

포치
강아지 귀 종족의 소녀.

사토
이세계를 헤매고 있는
서른 줄 프로그래머.

미아
말수가 적고 음악을 좋아하는
엘프.

루루
쿠보크 왕국 출신.
아리사의 언니.

타마
고양이 귀 종족의 소녀.

아리사
쿠보크 왕국의 옛 왕녀.
전생에 일본인.
금색 가발로 변장중.

**"배급을 받으러 온 애는
세 줄로 나란히 서!"**
──미궁도시에서 식사 배급을 개최!

데스마치에서 시작되는 이세계 광상곡

11

★★★

아이나나 히로

Death Marching to the
Parallel World Rhapsody
Presented by Hiro Ainana

CONTENTS

Death Marching
to the
Parallel World
Rhapsody
11

불온한 발소리

"사토입니다. 옛날에는 내화 건축이 발달되지 않았던 탓에 도시 화재가 많았다고 합니다. 일본에서는 「성냥 한 개비 화재의 씨앗」이라는 경고 문구가 유명했지만 성냥이 없는 이세계에서는—."

"배급을 받으러 온 애는 세 줄로 나란히 서!"

불길하다고 전해지는 보라색 머리칼을 금색 가발로 감춘 어린 소녀 아리사가 활기차게 외쳤다.

우리는 미궁도시 세리빌라의 서쪽 탐색자 길드 근처 광장에 있었다. 사전 고지한 식사배급에 예상 이상의 사람들이 모였다.

예상했던 타깃인 일용직에서 밀려난 결식아동들이나 노인들 말고도, 먹고 살기 힘든 새내기 탐색자 소년소녀들까지 모인 모양이다.

"줄 서, 줄 서~?"

하얀 단발에 고양이 귀 고양이 꼬리가 달린 고양이 귀 종족의 어린 소녀 타마가, 그런 사람들 사이를 재빨리 뛰어다니면서 정렬을 보조하고 있었다.

"새치기는 안 되는 거예요! 제대로 뒤에 서는 거예요!"

다갈색 보브컷에 강아지 귀 강아지 꼬리가 달린 강아지 귀 종족의 어린 소녀 포치가 부정을 발견하고서 주의를 주었다.

"굶주린 유생체들이여, 줄 끝은 여기라고 고합니다."

긴 금발을 포니테일로 묶은 호문클루스 나나가 「줄 끝」이라고 쓰인 팻말을 들고 외쳤다. 동인지 판매장의 행렬 같군.

오늘은 갑옷 차림이 아니라 시원스런 써머 드레스를 입고 있어서 가드가 무른 가슴이나 겨드랑이가 조금 걱정스럽다.

"주인님, 조리반 준비가 완료됐습니다. 배급 가능합니다."

목과 손목에 주황 비늘 종족의 특징인 오렌지색 비늘을 가진 리자가 늠름한 눈길로 보고했다.

요즘 리자는 전투면에서 활약이 두드러졌지만, 이렇게 평상복에 앞치마를 두른 모습도 새색시 느낌이 나서 잘 어울린다.

애당초, 처음에 나랑 루루에게 요리를 가르쳐준 게 리자니까.

"조리 끝난 양이 꽤 많으니 저도 급사반으로 갈게요."

빛이 날 정도로 반짝거리는 미소를 지으면서, 아이돌도 맨발로 도망칠 정도의 초절 미소녀 루루가 말했다.

돌아볼 때 잘 손질된 검은 머리칼이 샴푸 CF처럼 예쁘게 휘날렸다.

정말이지, 이런 경성(傾城)급 미소녀가 미인이 아니게 보인다니. 이 세계 인간족의 미추 기준은 심히 죄스럽군.

"준비 만전."

엘프인 미아가 하얀 위생복에 마스크, 삼각건으로 급식 당번 초등학생 같은 패션으로 기합을 넣었다.

엷은 청록색 긴 머리칼을 트윈테일로 묶었고, 그 사이로 엘프의 특징인 조금 뾰족한 귀가 보였다.

미아의 좌우에는 저택에서 고용한 어린 메이드 소녀들이 미아와 같은 스타일로 대기하고 있었다.

메이드장인 미테르나 씨는 뒤에서 메이드 소녀들을 지켜보며 조리반에서 수프 불을 지키고 있었다.

"그러면, 시작할까ー."

개회 인사를 하는 것도 귀찮으니까 간소하게 가야겠군.

"이제부터 식사배급을 시작한다."

확성 스킬의 도움을 빌어 광장에 모인 사람들에게 고지했다.

사람들이 환성을 지르고 순서대로 식사를 받아갔다.

잎사귀를 접은 그릇에 경단을 담고 야자 열매를 둘로 나눈 것 같은 용기에 수프를 담았다.

이 그릇들은 미궁도시 안에서 1회용으로 쓸 수 있는 싼 가격에 팔리고 있었다.

이 근처에는 야자 나무 같은 것도 없는데, 어디서 공급하는 건지 좀 신경 쓰이네.

"우왓, 맛있겠다~."

"수프노 좋은 냄새 나네."

"저 검은 건 뭐지?"

"경단도 이써!"

순서를 기다리는 아이들이 기대가 가득한 표정으로 말을 나누었다.

참고로 배급한 경단은 감자와 콩, 수프 건더기는 건조 문어

조각과 미역으로 간소하게 만들었다.

처음에는 좀 더 나은 메뉴를 생각했지만, 아리사와 미테르나 씨가 막아서 이런 느낌이 되었다.

들자니 더 이상 호화로우면 자기가 식사를 조달할 수 있는 사람까지 와서, 간단한 식사 매대를 생업으로 삼고 있는 사람들에게 폐가 되기 때문이라고 한다.

같은 이유로 배급 시작 시간을 이른 아침 출근 시간이랑 겹치지 않게 했다.

"거기! 멈추지 말고 조금 떨어진 다음에 먹어!"

배급 받은 식사를 그 자리에서 당장 먹기 시작한 아이들에게 아리사가 주의를 주었다.

"맛있다."

"응. 감자가 안 써."

"콩도 안 따끔거려."

아이들이 우걱우걱 먹어대며 그런 말을 나누었다.

미궁도시 저소득자층의 아군인 감자와 콩은 「뜀뛰기 감자」와 「걷는 콩」이란 식물계 마물의 시체라서 그냥 조리한 것을 먹으면 강렬한 쓴맛과 구역질이 난다. 특히 검붉은 줄기를 먹으면 가벼운 마비 상태가 되니까 방심할 수 없다.

이번에는 마비의 원인이 되는 부분을 꼼꼼히게 제거하고, 잘게 자른 감자와 콩을 뭉쳐서 경단으로 만들어 동물성 기름에 튀겼다.

"아뜨뜨."

"수프도 맛있어."

"응! 검녹색이 도망가지만 맛있어."

"이 하얀 거 쫄깃쫄깃해서 좋아."

미역과 문어 수프도 좋아하는군.

문어는 평범하게 미궁도시에 유통되던 미궁 문어를 사용했다.

사실은 설탕 항로를 여행했을 때 대량으로 획득해서 쓸 길이 없는 문어형 해마의 건조 블록을 쓰고 싶었지만, 까딱해서 누가 감정하면 의심 받아 귀찮아질 것 같아 자중했다.

옥토퍼스 크라켄

조만간 의문의 상인 아킨도우로 분장해서 문어형 해마나 대괴어 토부케제라의 고기를 미궁도시의 상회에 매각해야겠네. 그러면 내가 써도 문제없을 거야.

그리고 미역도 설탕 항로에서 입수한 물건이지만 이건 극히 평범한 물건이다.

─응?

시선을 느끼고 주위를 둘러보자 식사배급을 하는 광장 너머에 온몸이 녹색 차림새인, 통칭 녹색 귀족 포프테마 상담관이 있는 게 보였다.

뭔가 마음에 안 드는 일이라도 있는지 평소의 부드러운 미소가 아니라 기분 상한 표정으로 배급을 바라보고 있었다.

"─주인 나리."

녹색 귀족에게 말을 걸까 망설이고 있는데 조용히 다가온 메이드장 미테르나 씨가 내 귓가에 속삭이며 인파 너머의 길에 멈춰 있는 호화로운 마차를 가리켰다.

아까 녹색 귀족이 있던 장소의 딱 반대편이었다.

마차의 창문이 열리고 포동포동한 얼굴의 태수부인이 이쪽을 보더니 생긋 웃었다.

이 배급의 허가를 내준 데다가 후원까지 해준 태수부인에게 미소로 화답하고, 감사를 담아 귀족의 예를 취했다.

지금은 이렇게 우호적인 관계지만, 까딱하면 미궁도시의 귀족들 정점에 군림하는 그녀와 적대해버릴 뻔했다.

어째서인지 나를 눈엣가시로 보던 소켈이란 청년 귀족 탓이었지만, 그는 이미 마인약이란 금지 약물의 밀조가 폭로되어 실각했다.

뭐, 그 정보를 조사해서 밀고한 게 나긴 하지만.

그런 성가신 일도 이미 결판이 났고, 내가 관광을 즐기기 위해 현안 사항이었던 미궁도시의 부랑아 문제도 사립 양육시설 건설 허가와 식사배급 개최 허가를 얻어 개선되어가고 있었다.

동료들의 레벨 올리기도 나름대로 순조롭고, 나도 취미인 공작이나 개발에 매진할 수 있는 느낌이 되어 간다.

그렇게 미궁도시에서 있었던 일을 회상하며 고개를 들어보자 태수부인이 탄 마차는 이미 출발해있었다.

아무래도 어디 나가는 김에 어떤지 보러 들른 모양이다.

내가 멀어져 가는 마차에서 시선을 돌리자 녹색 귀족의 모습이 보이지 않았다.

"―없네?"

맵에 비치는 광점을 보니 서민가 방면으로 걸어가고 있었다.

귀족은 이동에 마차를 사용하는 것이 기본이지만, 그는 발걸음이 가벼운지 꽤 자주 걸어서 어슬렁거리고 다녔다.

—뭐, 좋아.

이해가 잘 안 되는 그의 행동은 조금 신경 쓰이지만 미궁도시의 귀족, 미궁방면군, 탐색자 길드 셋의 톱과 친하게 지내는 지금은 딱히 곤란한 일도 생기지 않을 테니까.

"배불러."

"맛있었어."

"응, 행보캐."

다 먹은 아이들이 만족스럽게 고개를 끄덕거렸다.

한창 자랄 나이의 아이들이 배가 부를 양이 아닐 텐데, 평소부터 제대로 된 식사를 못했던 애가 많았는지 위가 줄어들었을지도 모르겠다.

수프 그릇을 뒤집어서 물방울이 떨어지기를 기다리는 아이나 빈 그릇을 아쉬운 기색으로 핥는 아이도 있었다.

"역시, 하루 한 끼가 아니라—."

"안 돼, 주인님."

하루 세 끼라고 하려는 내 말을 이리시가 타이르는 어조로 막았다.

"지나친 원조는 사람을 썩게 만들어."

대가 없이 받은 사람들은 처음엔 감사하지만, 금방 그것을 당연한 권리라고 생각하게 되어 이윽고 불만을 호소하기 시작한다. 아리사의 말이다.

15

그렇게까지 심하진 않을 거라 생각하지만 양육시설이 생기면 배고픈 아이들도 없어질 테고, 노인이나 가난한 새내기 탐색자들은— 조만간 기분 내키면 뭔가 생각하자.

오지랖이 넓은 건 내 캐릭터가 아니니까.

"쓰레기는 쓰레기통에 버리라고 고합니다."

다 먹은 식기류를 땅에 내던진 아이들을 나나가 꾸짖었다.

주의를 받고서 무시하는 애들도 있었지만 리자가 노려보면서 다시 명령하자 마지못해 따랐다.

본래 세계에서는 당연한 일이던 「쓰레기는 쓰레기통에」란 말조차 이세계에는 침투하지 못한 모양이다.

"아차, 이제 곧 다 먹는 아이들이 늘어나겠네."

그것을 보고 있던 아리사가 옛날 사람처럼 어기영차 소리를 내며 앉아있던 빈 상자 위에 올라섰다.

"다 먹은 애들! 한가하면 봉사활동에 참가하렴! 열심히 한 애들은 상으로 간식을 줄 거야!"

확성의 마법 도구를 든 아리사가 아이들에게 외쳤다.

그저 식사를 주기만 하는 게 아니라, 돕게 만들어서 일하는 연습을 시키자고 아리사가 말했었지.

"봉~사?"

"뭐 하는데?"

"일?"

아이들이 흥미진진하게 모여들었다.

"일이 아냐. 선의의 자원봉사— 라고 말해도 모르겠지……"

아리사가 팔짱을 끼고 잠깐 생각했다.

"그렇네……. 밥 먹은 감사로 광장을 청소하거나, 주변 도로와 도랑의 쓰레기 줍기를 하는 거야."

아이들은 이해 못한 표정을 지었지만 자원봉사에 참가할 생각인 아이들이 많았다.

노인들은 멀리서 보고 있었지만 절반 정도는 남는 모양이다.

탐색자풍 소년소녀는 대부분 미궁 앞 광장 쪽으로 걸어갔다.

"속물적이네."

"괜찮아."

그렇게 많이도 필요 없으니까.

봉사활동에 모여드는 아이들을 바라보면서, 나는 기지개를 한 번 켰다.

역시, 평온은 좋구나―.

◆

"―뉴?"

내 근처에 오도카니 앉아 있던 티마가 귀를 움찔 떨면서 주위를 둘러보았다.

그 옆에서는 포치가 눈을 감고서 뭔가 의문스런 표정으로 킁킁 바람 냄새를 맡기 시작했다.

두 사람 상태가 신경 쓰여서 레이더에 시선을 옮기자 서민가 사람들이 잔뜩 이동하는 게 보였다.

"술렁술렁해~?"

"뭔가 타는 냄새 나는 거예요."

타마랑 포치가 광장 한쪽, 조금 급경사가 되어 있는 울타리쪽으로 달려갔다.

급경사 너머, 이 광장보다 조금 낮은 위치에 있는 서민가 안쪽에서 검은 연기가 오르기 시작하는 게 보였다.

"우왓, 화재야?"

"미야, 소화 마법 쓸 수 있겠니?"

"우응, 멀어."

여기서 200미터는 떨어져 있으니까 미아의 마법이 닿지 못하는군.

"어떤지 좀 보고 올게."

"주인님, 함께 가겠습니다."

리자가 롱 스커트를 걷어 올려 건강한 맨다리를 드러냈다.

다른 애들도 리자와 함께 도울 생각이 가득했다.

오늘은 평소의 장비를 안 입었지만, 아리사의 불 마법「내화(耐火) 부여」와 내가 쓰는「물리 방어 부여」마법이 있으면 괜찮겠지.

만약을 위해서 모두에게 입가를 가리기 위한 젖은 천을 건네줬다.

"좋아, 가자!"

우리는 미테르나 씨에게 뒷일을 맡기고 달리기 시작했다.

순식간에, 서민가에서 오르는 검은 연기의 범위가 급속하게

확대됐다.

자연적인 화재치고는 번지는 게 너무 빠르다. —누군가 방화를 한 걸지도 모르겠군.

"지름길로 간다!"

나는 미아와 아리사를 양 옆구리에 안고서, 멀리 돌아가게 되는 도로를 쓰지 않고 급경사를 뛰어서 달려 내려갔다.

"탈리 호(Tally-ho)~."

"라리 호(Lali-ho)~인 거예요!"

"두 사람, 말을 하다 보면 혀를 깨물 겁니다."

평소부터 아크로바틱한 전투를 하는 전위진은 대화할 여유마저 있지만, 내가 끌어안은 아리사와 미아는 그런 여유가 없는 모양이다.

"꺄아! 꺄아!"

루루는 나나와 나란히 가벼운 스텝으로 급경사를 내려오며 귀여운 비명을 지르는데 어쩐지 즐기는 느낌이었다.

엘프 마을에서 호신술을 익혔을 때 트레이닝과 레벨 업으로 신체능력이 올라간 덕분이겠지.

"마스터, 검은 연기가 이동한다고 고합니다."

나나가 보고한 것을, 아리사가 공간마법 「멀리 보기」를 무영창으로 사용해서 조사해 주었다.

"주인님! 불타는 슬라임의 폭주가 화재 원인이야."

맵 정보를 보니, 레벨 한 자리의 오일 슬라임이 30마리 정도 폭주하고 있는 모양이다.

수가 차례차례 줄어들었다.

내 술리 마법 「유도 화살」로 섬멸해버릴까 생각했지만, 그럴 필요는 없겠네.

맵 정보로 보이는 오일 슬라임들의 체력(HP) 게이지가 꿩장한 기세로 감소했다.

아마도 계속 불 대미지를 받고 있는 거겠지.

몇 마린가 살아남은 오일 슬라임 중에서 한 마리가 조금 앞에 있는 모양이니 동료들에게 「물리 방어 부여」 마법을 걸었다.

동시에 아리사도 모두에게 「내화 부여」 마법을 걸었다.

서민가에서 도망쳐오는 사람들을 피하면서 지저분한 뒷골목을 달려가자 시야에 불타는 불꽃 덩어리가 들어왔다.

레벨 한 자리치고는 꽤 커다랗다. 다 큰 소쯤 되네.

리자에게 퇴치를 지시하기 직전에, 오일 슬라임과 우리들 사이에 검은 그림자가 끼어들었다.

"—도존, 버스터!"

수염 얼굴의 곰 같은 탐색자가 가까운 오두막 위에서 뛰어내리더니, 검은 연기를 피워 올리며 이동하는 오일 슬라임에게 거대한 전투 망치를 때려 박았다.

호쾌하게 내리 휘두른 전투 망치는 오일 슬라임을 가볍게 꿰뚫더니, 그 몸을 **산산이 폭발**시켰다.

"아, 바보."

"우와아아아아아, 물! 물이다, 물!"

오일 슬라임의 황갈색 잔해가 흩어지고, 주위의 가옥에 달라붙어 타오르기 시작했다.

이 근처 집들은 건조된 식물을 지붕으로 쓰기 때문에 단숨에 불이 번졌다.

벽돌벽도 회반죽 부분이 가연성인지 조금씩 불이 옮겨 붙었다.

이 참사의 원인이 된 탐색자는 불덩어리가 되어 땅바닥을 구르고 있지만, 그쪽은 그의 동료들이 보살펴주겠지.

"미아, 소화용 물 마법 영창 부탁해."

"응, ■■ 물 뿌리기."

미아가 영창이 짧은 정령 마법으로 주위에 물보라를 일으켰다.

기름의 화재에 물을 뿌리는 게 안 좋은 건 알지만, 오일 슬라임의 기름은 슬라임의 조직에 스며들어서 퍼지지 않는 모양이니 괜찮을 거야.

미아의 마법만으로는 다 끄지 못할 것 같기에, 내가 언제나 사용하는 술리 마법 「이력의 손」을 검은 연기가 솟는 하늘로 뻗었다.

이것은 눈에 보이는 손이 아니라 마법적인 사이코 키네시스 같은 것인데, 내 손이 연장된 것처럼 사용할 수 있어서 그곳을 기점으로 스토리지에서 물을 꺼냈다.

덤으로 꺼낸 직후의 물을 「이력의 손」으로 흩뿌려서 안개 같은 비로 화재 범위를 뒤덮었다.

〉칭호 「소방사」를 얻었다.
〉칭호 「스프링쿨러」를 얻었다.

시야 구석의 로그 윈도우에 칭호가 추가됐다.

전자는 그렇다 치고, 후자는 뭔가 아닌 것 같은데…….

"굉장해!"

"마법사 소녀 굉장해!"

"우리 대장이랑 교환하고 싶을 정도네."

아까 그 탐색자의 동료들이 입을 모아 미아를 칭찬했다.

"우웅, 사토."

미아가 창피한 기색으로 내 허리에 안기더니 얼굴을 감췄다.

"불은 이제 금방 꺼지겠지만 불에 휩쓸려 큰 화상을 입은 사람들도 있겠네."

"다음은 구조 활동?"

"그래. 단독으로는 위험하니까 포치랑 리자, 타마랑 나나 페어로 구조활동을 해줘. 다른 애들은 여기 남아서 구조반이 데리고 오는 사람들 치료야."

나는 그렇게 말하고, 화상에 잘 듣는 희석 마법약이 든 주머니를 스토리지에서 격납 가방 경유로 꺼내 아리사에게 건넸다.

"주인님은?"

"물론 나도 구조반이지."

아리사의 물음에 대답하고는 하얀 연기와 안개가 피어오르는 뒷골목으로 발을 들였다.

"비명, 인 거예요!"

"갑니다, 포치."

"네, 인 거예요."

리자와 포치가 불이 남아 있는 집으로 돌입했다.

"저쪽~?"

"선도를 의뢰한다고 고합니다."

"아이아이 서(Aye Aye Sir)~."

이어서 타마와 나나도 다른 가옥으로 날아갔다.

—음, 괜찮아 보이네.

위험하면 지원을 하려고 생각했지만 아리사의 「내화 부여」는 옷까지 확실하게 지켜주는 모양이라 위태로울 것 없이 구조활동을 하고 있었다.

보아하니 걱정할 필요는 없겠다.

"리자! 여기는 맡긴다!"

"알겠습니다!"

내가 큰 소리로 말하자 리자가 듬직하게 외치며 수락해 주었다.

—그러면.

나는 맵을 열어 확인했다.

아직 오일 슬라임이 살아 있어서 화재를 퍼뜨리는 장소가 두 군데 정도 있었다.

한쪽은 적철증의 실력 있는 탐색자들이 둘러싸고 있으니까, 또 한 쪽은 내가 처리해둘까.

나는 「멀리 보기」와 「이력의 손」으로 도망치는 게 늦은 사람들의 탈출을 지원하면서 앞으로 나아갔다.

—연기가 굉장하네.

공기를 들이쉬면 숨이 막힐 것 같기에, 스토리지에서 직접 폐로 산소를 공급하며 나아갔다.

이 근처는 시체들뿐이고 생존자는 없었다.

레이더에 비치는 광점은 마지막 오일 슬라임뿐— 아니, 그 아래 지하실 같은 장소에 생존자가 5명 있었다.

다들 큰 화상으로 빈사 상태인 데다. 체력 게이지를 보니 언제 사망해도 이상하지 않았다.

나는 자중을 버리고 축지로 단숨에 목적지까지 접근했다.

벽돌로 만든 집에 붙어 있던 슬라임을 물 마법 「빙결」^{프리즈 워터}로 처리했다. 핵이 보기 드문 분홍색이었지만 그런 걸 신경 쓸 틈은 없었다.

괜한 일은 나중으로 돌리고 그대로 불꽃과 검은 연기가 남아 있는 실내로 뛰어들었다.

—지하로 가는 계단이 무너졌다.

나는 작게 혀를 차고 손가락 끝에 뻗은 마인으로 바닥에 구멍을 뚫었다.

곧장 백파이어(Backfire) 같은 폭음과 동시에 불꽃이 솟아올랐다.

약간 겁먹은 마음을 억누르고 그 안으로 뛰어들었다.

"구하러 왔다!"

내 말에 응답하는 자는 없었다.

불꽃과 검은 연기의 지하실을 둘러보았다.

—있다.

잔해 너머.

사람이 불타고 있었다.

연기를 들이쉬어 쓰러졌는지, 서로 겹치듯 쓰러진 사람들은 누구 한 사람 꼼짝하지 못했다.

나는 「이력의 손」으로 모두 붙잡고 「귀환전이」 마법을 써서 모두 데리고 탈출했다.

◆

"우와와와왓, 놀래키지 말란 말이랩니다 애송이! 입니다!"

전이한 「담쟁이 저택」에서 입이 험한 집요정 레리릴이 엉덩방아를 찧었다.

전이로 도착한 정자에서 딱 마주쳤다.

나는 레리릴을 방치하고서 재빨리 메뉴를 조작하여 중급 물마법 「치유: 물」을 실행했다.

시야 안에 AR표시되는 모두의 체력 게이지가 완전히 회복된 것을 확인하고 한숨 돌렸다.

"부상자야. 구호 준비 부탁해."

"와와왓. 크, 큰일이래잖아요!"

레리릴이 다급하게 저택 안으로 달려갔다.

아까는 서두르고 있어서 제대로 못 봤는데, AR표시를 보니 다섯 명 모두 여성이고 「주인이 없는 노예」였다.

아마도 그녀들의 주인은 그 화재로 죽은 거겠지.

동료들이 걱정하지 않도록 공간 마법 「원거리 통화」로 연락을 취해 중상자를 데리고 담쟁이 저택에 왔다고 전했다.

"그을려서 새까맣네."

나는 그을려서 지저분한 다섯 명을 생활 마법으로 깔끔하게 씻겼다.

불타올라 잿더미 직전이던 옷이 세정의 기세를 못 이기고 땅바닥에 흩어졌다.

"애, 애송이! 신성한 현자님의 저택에서 무슨 짓을 하는 거랩니까!"

뒤에서 나체를 드러낸 아가씨들을 본 레리릴이 오해해서 신경질 내는 소리가 들렸다.

"발정이 날 거면 어디 다른 데서 하라는 거랩니다!"

"불가항력이야—."

레리릴에게 대답하는 도중에 말문이 막혔다.

다섯 명 중에서 세 명은 완치됐는데, 회색 머리칼과 붉은 머리칼의 아가씨 화상이 낫지 않았다.

중급 치유 마법이라면 화상 정도는 완치될 텐데— 신기하게 생각하면서 다시 한 번 치유 마법을 실행했다.

"안 낫잖아?"

"오래된 상처는 마법으로는 안 낫는 거랩니다."

레리릴의 말에 납득할 뻔 했지만 그런 것치고 화상의 범위가 넓었다.

한 사람째 회색 머리칼의 티파리자라는 아가씨는 특히 심해서 무릎부터 위의 하반신과 오른쪽 위 상반신이 탄화 직전의 무거운 화상이고, 오른쪽 머리 부분에서 오른쪽 어깨에 걸쳐서도 상당히 심하다.

두 명째 빨간 머리의 넬이란 아가씨는 티파리자보다는 낮지만 하반신의 화상은 그녀와 비슷한 중상이었다.

또한 탄화 직전인 그 화상 말고도 몸 전체에 불이 옮겨 붙은 것처럼 작은 화상이 점점이 존재했다.

만약 이 화상이 오래된 상처라면 이번 화재 전에 죽었을 텐데.

"어쩐지, 화상 아가씨들 상태가 이상한 거랍니다."

아가씨들을 보던 레리릴이 중얼거렸다.

AR표시로 보이는 두 사람의 체력 게이지가 다시 감소하기 시작했다.

"마법약이라면—."

스토리지에서 화상용 중급 마법약을 꺼내 두 사람의 환부에 뿌렸다.

이것은 화상에 잘 듣는 빙결화의 가루를 섞은 특제 마법약이다.

"변화 없는데, 랍니다."

레리릴 말처럼, 마법약이 전혀 효과가 없었다.

—이상해.

오유고크 공작령의 푸타에서도 방화마 귀족이 불태운 사람들의 화상은 빙결화 가루를 섞은 희석 마법약으로 완치되었다.

그보다도 효과가 높은 마법약으로 낫지 않는 건 의미를 알 수 없었다.

AR표시의 상태를 확인했지만, 「화상: 무거움」이라고만 나오니까 이상한 병이나 저주 상태도 아닌 것 같은데.

"—애송이."

레리릴이 보기 드물게 진지한 표정으로 보았다.

"착각하지 마라, 인 거랩니다!"

레리릴이 허리에 손을 대고서 꾸짖었다.

"현자 토라자유야 님도 모든 사람의 병이나 상처를 고칠 수 있었던 게 아니야, 입니다. 그것을 내 절반도 못 산 애송이 따위가 자만하지 마, 인 거랩니다!"

—현자! 그렇지, 여기는 현자의 저택이잖아!

"레리릴! 지하 연구 설비를 쓴다!"

"고치지 못하는 자가 있는 게 당—."

나는 그렇게 선언하고 아가씨 두 사람의 환부를 만지지 않도록 「이력의 손」으로 상냥하게 들어올려 달리기 시작했다.

레리릴이 뭔가 말하고 있지만 그건 나중에.

"애송이! 이야기는 아직 안 끝났—."

"지상의 세 사람 부탁해."

펄쩍 뛰면서 화내는 레리릴에게 말하고, 지하실의 게이트를 열어 뛰어들었다.

"이곳의 설비라면, 뭔가 알 수 있을 거야."

지하 연구실에 도착한 나는 재빨리 배양조의 제어장치를 기동해서 약액을 충전했다.

"윽, 하나 분량도 안 남았네……."

급하게 검색해보니, 스토리지 안에 있는 토라자유야 씨의 자료에 레시피가 있었다.

재료는― 괜찮아. 충분하다.

나는 기재에 마력을 충전하는 동안 스토리지에서 꺼낸 엘프의 연성장치와 재료로 약액을 조합했다.

"애, 애송이?"

시간 효율만 최우선으로 하느라 수많은 재료와 마력을 낭비해가며 단시간에 화상 치료에 가장 적합한 약액을 완성시켰다.

"말도 안 되는 속도인 거랍니다. 저렇게 만들어서 정말로 조합할 수 있을 리가―."

어느샌가 연구실에 온 레리릴이 뭐라고 했지만 딱히 귀 기울이지 않고 작업에 전력을 기울였다.

완성된 약액으로 배양조 2개를 채우고 두 사람을 각각의 배양조에 담갔다.

호흡 가능한 약액이 폐에 들어갈 때 고통스런 표정을 지었지만, 둘 다 눈을 뜰 기색은 없었다.

"우선은, 스캔을 실행, 하면."

나는 조작을 끝내고 한숨 돌렸다.

잠시 지나자, 제어장치의 표시 패널에 상태가 표시되었다.

"―정상?"

아니, 다르군.

정확하게는「치유 필요 범위 없음」이라고 표시된다.

나는 맵을 열어서 이 두 사람에게 공통되며 지상의 세 사람과 다른 항목을 찾았다.

"있다."

이 두 사람만 죄과란에 「반역」이란 게 있었다.

반역 항목을 탭하여 세부 사항을 확인하자 「벌」이란 항목이 있었다.

"낙인, 영속?"

배양조에 떠 있는 두 사람을 보니, 등에 손바닥 사이즈의 소인이 찍혀 있었다.

AR표시를 보니 「반역인」이라는 낙인이었다.

가진 자료를 검색해보니, 공도에서 입수한 오랜 자료에 있었다.

"진짜냐……?"

반역인은 마법약이나 마법으로 치유해서 사라지지 않도록 하기 위해 도시 핵의 힘을 이용해 영속적으로 낙인을 치유할 수 없도록 한다.

이번 화상이 낫지 않는 것도 이 효과의 부작용 같았다.

"그러면, 어떻게 한다……."

나는 생각했다.

고치지 않는다는 선택지는 없다.

그녀들이 어떤 죄를 저질러 반역죄의 낙인이 찍혔는지는 불명이지만, 그거랑 화상을 방치해서 죽게 놔두는 건 다른 문제다.

그녀들의 화상을 고친 다음에 범죄노예로서 죄를 갚도록 하면 된다.

그리고 나는 젊은 아가씨가 지독한 화상으로 계속 괴로워하는 걸 보는 취미가 없거든.

"——응?"

나는 다시 한 번 티파리자의 등에 찍힌 낙인을 살펴보았다.

등 전체가 타 들어가 짓물러 있는데 낙인은 확실하게 보인다.

다시 한 번 자료를 보니, 낙인은 주위의 피부를 지져서 지우려고 해도 윤곽 부분만 자동으로 치유된다.

피부를 뜯어내도, 새롭게 재생한 피부에 낙인이 떠오른다.

"철저하시네."

나는 중얼거리면서 턱에 손을 대고 생각했다.

현대 일본이라면 화상을 입은 피부를 벗겨내고 건강한 피부를 이식할 수 있을 텐데.

이세계에서는 마법과 마법약으로 고친다.

하지만, 이 화상은 고칠 수 없다.

피부를 이식해도 낙인은 부활한다.

"안 되나— 아니, 아니다."

그렇지.

낙인은 부활한다.

그러니까 낙인이 아닌 장소는 「화상이 없는 피부 그대로」란 거다.

나는 화상을 고치고 싶은 거지 낙인 제거를 하려는 게 아니니까.

"나이프로 생가죽을 벗기기는 싫은데……."

"무, 무슨 흰소리를 하는 거랍니까!"

엽기적인 발언 탓인지 레리릴이 얼굴이 파래져서 기겁했다.

"안 한다니까."

나는 그렇게 말하고, 스토리지 안에 있는 엘프의 자료를 여러 키워드로 검색했다.

호문클루스— 마법적인 인공생명체를 배양할 수 있다면, 피부를 이식하거나 재생하는 정도는 간단히 될 것 같은데.

대량으로 나온 결과 목록을 눈으로 훑었다.

호문클루스나 플레쉬 골렘의 제조법— 아니야.

변장 마스크— 흥미는 있지만 다음에.

생체 의수— 가깝다.

장기 배양, 피부 배양, 피부 재생—.

"—있다."

수천 년 전 엘프가 쓴 기술을 읽어나갔다.

이거라면 어떻게 되겠다.

"좀 거칠지만 참아줘."

배양조 안에 떠오른 소녀들에게 중얼거리고, 기재가 망가지지 않는 아슬아슬한 속도로 순시를 따라갔다.

—마취 투입.

"맵의 3D표시를 이런 식으로 쓸 줄은 몰랐네."

맵을 3D스캐너처럼 사용해서 소녀들의 체형을 추적하고 제어장치에 설정했다.

꼼꼼하게, 정확하게, 그리고 신속하게— 좋아, 실행!

"아와와와, 애송이! 계집애들이 피투성이래요! 기재를 못 쓰겠으면 얼른 긴급 정지해라랩니다."

"만지지마, 레리릴!"

황급히 강제 정지 장치를 누르려는 레리릴의 움직임을 「위압」 스킬로 막았다.

"이거면 돼."

나는 중얼거리며 소녀들에게 시선을 주었다.

배양조의 기능을 이용해 화상으로 짓무른 피부를 녹이고 건강한 조직을 노출시킨 탓에 출혈이 생긴 거다.

마취가 충분하지 않았는지 두 사람이 괴로운 표정을 지었다.

"조금만 더. 조금만 더 참아줘."

마취를 추가하면서 중얼거렸다.

마법란에서 정밀조작에 적합한 「이력의 실」 마법을 골라 소녀들의 혈관을 막고 피가 약액 안에 확산되지 않도록 했다.

제어장치의 표시를 보니 넬은 중급 마법약으로 고칠 수 있겠지만, 티파리자는 적어도 상급 마법약이 없으면 오른쪽 눈의 기능 이상은 회복될 수 없겠다.

나는 스토리지 목록을 확인했다.

—있다!

스토리지의 보관 폴더에 들어 있던 하급 엘릭서를 꺼냈다.

세리빌라 미궁에 처음 들어갔을 때 「광란 난초」의 보물 상자에서 발견한 물건이다.

크레이지 덴드로비움

동료들에게 만에 하나의 일이 있을 때를 위해 아껴두고 싶었지만…….

약간의 망설임이 내 마음을 흔들었다.

"여기서 안 쓰면 오히려 다들 화내겠지."

나는 결심하고서 티파리자의 배양조 약액 투입구에 하급 엘릭서를 부었다.

만능약도 있고, 동료들을 위한 약은 다시 미궁에 들어가기 전까지 준비하면 되겠지.

이어서 넬 쪽에도 중급 체력 회복약을 세팅했다.

이제는 제어장치의 설정을 조작하고, 새로운 피부가 형성될 때까지 모세혈관을 잡고 있는 「이력의 실」을 유지하면 된다.

나는 안도의 한숨을 내쉬고, 레리릴에게 말을 걸었다.

"레리릴, 위쪽 애들은 어쩌고 있어?"

"사토 **님** 말씀대로, 세 사람 다 객실로 옮겨서 『졸음 모래』 마법으로 재워뒀습니다."

―님?

어쩐지 레리릴이 이상하다.

혹시 위압 스킬을 써서 그런가?

"레리릴, 왜 그래?"

"사토 님! 제가 잘못 생각했습니다!"

레리릴이 눈빛을 반짝거리며 나를 올려다보았다.

"역시, 하이 엘프 님의 눈은 틀리지 않았던 거예요! 할아버님이 이야기하던 현자님의 일화가 이러랴 싶을 정도의 훌륭한 기재 조작! 그리고 있을 수 없을 정도로 빠른 속도의 연금술!"

레리릴이 열기에 들뜬 표정으로 나한테 바싹 다가왔다.

"이제부터는 마음을 고쳐먹고 섬기도록 할 테니, 부디 지금까지 제가 저지른 무례는 용서해 주소서."

말을 마친 레리릴이 뜨거운 눈길로 숨도 안 쉬고 내 말을 기다렸다.

"그래, 알았어. ─용서할게."

좀 부담스런 시선에 피로를 느끼면서 말했다.

"야호!"

레리릴이 어린애처럼 뛰어 기뻐한 다음, 그런 자신을 깨닫고서 「시, 실례했습니다」라며 부끄러운 기색으로 사과했다.

좀 부담스럽지만 일일이 시비를 거는 것보다는 훨씬 나으니까 신경 쓰지 말자.

로그를 슥 보니까 여러 가지 칭호를 얻었다.

〉칭호 「화재 구조원」을 얻었다.
〉칭호 「의사」를 얻었다.
〉칭호 「외과의」를 얻었다.
〉칭호 「무면허 의사」를 얻었다.

이 세계에 의사란 직업이나 의사 면허가 있는 건지 대단히 의문스럽지만, 칭호 부여 시스템의 수수께끼와 적당함은 새삼스러운 거니까 괜한 말로 태클을 거는 건 삼갔다.

◆

"그러면—."

티파리자 일행의 치료 방법을 찾을 때 흥미가 끌린 자료를 아이템 박스에서 꺼냈다.

나는 「병렬 사고」 스킬의 도움을 빌어 티파리자와 넬의 상태를 주시하면서 자료에 시선을 쏟았다.

가장 신경 쓰인 것은 「생체 의수」다.

저택의 경비를 부탁한 카지로 씨의 의족으로 쓸 수 있을지도 모른다.

"본래 몸보다 반응이 안 좋구나—."

무정하게도 자료에 그리 쓰여 있었다.

공도의 가희 실리르토아가 엘프제 생체 의수를 쓰면서도 특기였던 악기를 포기한 이유는 이 탓이겠군.

적당한 봉을 이어서 다리 대신 삼은 지금보다는 나을 거라 생각하지만, 사무라이로서 복귀시키기엔 약하다.

이 기술은 일단 보류해 두자.

이어서 「변상 마스크」의 자료를 읽었다.

"사토 님, 사토 님."

자료를 읽고 있는데 레리릴이 내 소매를 콕콕 끌어당겨 주의를 끌었다.

"저 아가씨, 머리칼이 자라나지 않은 거랩니까?"

레리릴 말처럼 털이 없던 머리 오른쪽 부분에 예쁜 은색 머리칼이 자라났다. 보브 컷 정도 길이다.

분명히 잿빛이었을 텐데, 그리 생각하며 왼쪽을 보니 은발이 중간부터 새하얀 색이었다.

아무래도 스트레스로 머리가 샜던 모양이군.

그것이 더럽혀져서 회색으로 보인 거겠지.

그리고 티파리자의 치료는 이미 종반에 이르러서, 근육 섬유가 보이던 얼굴도 깨끗하게 재생되었다. 이제는 쿨뷰티 아이돌로 큰 인기가 있을 법한 미모였다.

그래도 루루 정도의 초절 미모는 아니지만, 루루 옆에 나란히 서도 손색이 없는 미소녀였다.

"좌우 밸런스가 안 맞으니까 맞춰줄까."

나는 스토리지에서 꺼낸 가위를 소독하여 재수납한 뒤에 「이력의 실」을 기점으로 배양조 안에서 꺼내 왼쪽 머리칼을 오른쪽에 맞춰서 잘라줬다.

머리칼을 배양조 안에 그냥 둘 수도 없으니 잘라낸 백발은 스토리지에 수납했다.

시선을 옆의 수조로 옮겼다.

"넬은 보통이네."

붉은 머리의 수수한 아가씨 넬은 티파리자처럼 머리가 자라지는 않았다.

극히 평범한 단발 그대로였다.

아마 투입한 약액의 차이겠지.

엘프들의 레시피 안에 발모제도 있으니까 굳이 차이점을 연

구할 정도는 못 되나?

    그리고 몇 분 뒤―.

"아! 끝났습니다답니다!"

    배양조의 제어장치가 「완료」를 표시하자 레리릴이 활기차게 손가락으로 가리키며 가르쳐 주었다.

"흐흠. 제법 완벽하군."

    화상의 흔적조차 남지 않은 두 사람의 몸을 확인한 다음, 두 사람을 배양조에서 꺼내 천으로 몸을 감싸주었다.

    등의 낙인은 부활했지만 그건 어쩔 수 없다.

"얼마 동안 허탈감이나 권태감이 남을 테니까 2~3일 정도 재워두도록 해."

"네, 사토 님! 레리릴에게 맡겨 주세요!"

    뒷일은 레리릴에게 맡기고 동료들 있는 곳으로 돌아갔다.

    그녀들 중에서 한 사람이 감정 스킬을 가지고 있기에, 그녀들 앞에서는 나를 쿠로라고 부르도록 레리릴에게 일러두었다.

    요즘 들어서 사토가 가는 곳마다 나나시가 출몰했으니 가끔은 다른 가명을 쓸 셈이었다.

    그건 그렇고 불이 붙은 오일 슬라임의 폭주가 과실인지 고의인지 신경 쓰이네.

    조사하는 위병이 태수의 부하일 테니까, 태수부인에게 원인을 알게 되면 가르쳐달라고 부탁해야겠군.

    내 뇌리에 서민가로 가던 녹색 귀족의 모습이 스쳤다.

―아무리 그래도 아니겠지.

상급 귀족인 그가 서민가를 불태워서 얻는 이점이 떠오르지 않았다.

빈민을 싫어하는 귀족이라면 이해가 되지만, 그는 그런 것 같지도 않으니까.

나는 갈피를 못 잡는 사고를 떨쳐내고, 저택으로 귀환전이했다.

다과회

"사토입니다. 편의점 제과가 고품질화된 덕분에 케이크를 가볍게 사먹을 수 있게 됐지만, 어렸을 때 케이크라고 하면 생일에나 먹는 거였습니다. 물론 지금은 아예 직접 만들지만요—."

"이 앞이구나—."

저택으로 귀환한 뒤에, 집을 지키는 사무라이들— 카지로 씨와 아야우메 양에게 들키지 않도록 저택을 나서서 동료들과 헤어진 장소로 돌아왔다.

맵을 보니, 바로 옆 우물 앞 광장이 부상자들의 구호 장소가 되어 있었다.

동료들을 가리키는 광점이 거기 있었다.

"주인님~."

"어서 오세요인 거예요!"

화재 장소에서 구조 활동을 한 탓인지 마중 나온 타마와 포치가 그을음이나 진흙으로 지저분했다.

저택에 돌아가면 욕탕부터 데워야겠네.

"수고했어. 중상인 사람들은 두고 왔어?"

"그래, 며칠 재워두면 나을 거야."

아리사가 작은 소리로 묻기에 같은 음량으로 대답했다.

"주인님, 죄송합니다. 맡겨주신 마법약을 모두 소비하고 말았습니다."

"상관없어. 애당초 그러라고 건넨 거니까."

리자의 묵직한 보고에 가벼운 어조로 문제없다고 말하며 위무해줬다.

"마스터, 전투용 지급품도 소모했다고 고합니다."

무표정하게 고하는 나나 뒤에 낯선 아이들이 보였다.

아이들은 반라인데 누더기 같은 옷에 탄 흔적이 있었다.

나나는 아마 대화재로 반생반사였던 아이들을 구하려고 중급 마법약을 써버린 거겠지.

"괜찮아, 그걸로 이 아이들을 구한 거니?"

"예스, 마스터."

내가 말하자 나나의 뒤에 있던 아이들이 안도하며 한숨을 흘렸다.

아이들 중에 여자애도 있기에, 스토리지에서 격납 가방 경유로 롱 T셔츠 예비를 꺼내 주었다.

일단 중상자나 화재가 계속되는 장소도 없는 것 같으니 철수할까.

새 T셔츠를 받고서 기뻐하는 아이들에게 손을 흔들며 발길을 돌렸다.

그런 우리들 앞에 불량배풍 남자가 나타났다.

"귀족 젊은 나리. 비싼 마법약을 아낌없이 준 게 당신이야?"

불량배 남자 뒤에는 험악한 인상의 남자들도 몇 명 있었다.

"뭐 하는 자인가요?"

폭력적인 분위기를 뿌리는 남자들을 경계한 리자가 내 앞으로 나서서 물었다.

"어이쿠, 잠깐 기다려 아가씨. 나는 이 근처를 대표하고 있는 진흙 전갈의 스코피라는 시시한 놈이야. 우리 애들이나 돌봐주는 구역 녀석들이 신세를 졌다고 하기에 인사를 하러 온 것뿐이라고."

남자는 양손바닥을 보이는 포즈로 적의가 없다고 말했다.

리자가 한 걸음 옆으로 물러서자 남자가 고개를 숙이며 말했다.

"감사할게."

"정중한 인사 고맙군. 나는 사토 펜드래건 명예사작이야. 자네 인사는 잘 받지."

"우리는 가난하니까 돈은 없지만, 일손이 필요하면 말을 해줘. 남들한테 공공연히 말할 수 없는 게 필요해질 때도 상담을 해줄게."

그런 용건은 없을 것 같지만, 일손을 모을 때는 그에게 말을 걸어보는 것노 좋겠군.

나는 진흙 전갈의 스코피에게 작별을 고하고, 미테르나 씨 일행이 있는 식사배급 광장으로 돌아갔다.

◆

"청소를 꽤 깨끗하게 했구나."

"네. 아이들이 열심히 했습니다."

이 광장의 청소뿐 아니라 뒷정리도 도와준 모양이다.

식사배급에 모였던 아이들이 기대가 가득한 눈으로 이쪽을 보고 있었다.

"주인님."

아리사가 가볍게 팔꿈치로 찌르기에 생각났다.

─간식이군.

나는 식사배급 짐 안에서 단단한 비스킷과 육포 주머니를 꺼냈다.

"아리사, 간식 나눠줄 테니까 아이들 모아줘."

"네~에."

아리사가 다른 애들과 함께 아이들을 모으며 다녔다.

"도와줘서 고맙다."

내가 말하면서 아이들에게 간식을 나눠줬다.

"와~ 고기다!"

"굉장해! 이 말린 고기 좋은 냄새 나!"

"정말이다! 짜지도 않고 시지도 않다!"

"이 딱딱한 빵도 좋은 냄새가 나!"

아이들의 평소 식생활이 신경 쓰이는 발언이 많지만 다들 펄쩍 뛰면서 기뻐했다.

개중에는 돕지도 않고 간식을 받으려는 약삭빠른 녀석도 있었지만 성실하게 일한 아이들이 막아주었다.

　응, 부정은 안 되지.

　하지만 풀이 죽은 아이들이 가엾기에 「다음에 잘 부탁한다」라며 남은 비스킷을 조금씩 나눠주었다.

　제대로 일한 애들하고 명확한 차이를 뒀으니, 다음부터는 같이 봉사 활동을 해주겠지.

　"—주인님."

　"뭔데?"

　아리사가 내 옆구리를 콕콕 찌르기에 시선을 내리자 작은 메이드 소녀를 가리키고 있었다.

　그 앞에서 우리 집 메이드 소녀들이 간식을 먹는 아이들을 손가락을 빨며 보고 있었다.

　타마와 포치도 메이드 소녀들과 나란히 부러운 기색이었다.

　둘 다 출출한 모양이군.

　"미테르나, 괜찮을까?"

　나는 비스킷을 꺼내면서 시선으로 메이드 소녀들에게 나눠줘도 될까 물었다.

　그녀는 조금 생각한 다음에 수긍해 주었다.

　"다들 열심히 일했으니까 주는 상이야."

　내가 말하며 아이들에게 비스킷을 나눠주었다.

　"와～아!"

　"좋은 냄새."

"에헤헤~ 맛있겠다."

"오독오독~?"

"비스킷 아저씨는 단단하고 강한 거예요."

생각보다 호평이군.

아인 소녀들만큼 턱이 강하지 않은 메이드 소녀들도 다람쥐처럼 깨작깨작 열심히 비스킷을 갉아 먹었다.

"자, 아리사도."

"헤?"

자기도 받을 거라고 생각 못 한 아리사가 놀란 표정이었다.

"—고마워."

아리사는 살짝 주저한 다음 기쁜 표정으로 비스킷을 입에 넣었다.

"있잖아, 주인님. 간유드롭[#1] 만드는 법 알아?"

아이들을 보고 있는데, 비스킷을 사탕처럼 핥던 아리사가 그렇게 물었다.

"간유드롭?"

"그거, 유치원 같은 데서 간식으로 나오는 구미 같은 말랑말랑한 거."

어쩐지 기억에 남아 있긴 하네.

간유(肝油)라면 무슨 간장의 기름을 쓰는 거겠지.

시험 삼아서 가지고 있는 자료를 검색해보니 놀랍게도 자료

#1 간유드롭 대구과 생선에서 추출한 기름인 간유를 사용해 만든 젤리 제품. 간유에는 비타민이 풍부하여 아이들 영양 보충제로 권장된다.

가 있었다.

공도 어둠의 옥션에서 입수한 일본어 메모장에 간단한 레시
피가 있었다.

레시피 옆에 메모된 낙서에는 비타민A나 비타민D의 보조제
같은 거라고 적혀 있었다.

"아리사, 가진 자료에 있었어."

"저, 정말?"

아리사는 자기가 물어봐 놓고는 놀라고 있었다.

만드는 게 좀 수고롭고, 이 레시피를 따라서 만들면 생선 냄
새가 엄청 나겠군.

"좀 개량해야 되니까 내일 당장은 안 되겠지만."

"충분해. 피부가 심하게 튼 애들이나 뼈가 약해 보이는 애가
많아서 어떻게 해주고 싶었어."

아리사가 간유드롭을 요청한 이유를 알려주었다.

아리사는 정말로 아이들 돌보기를 좋아하네. 장래에 좋은 엄
마가 되겠어.

"주인 나리. 철수를 시작하고 싶은데 괜찮을까요?"

"아아, 부탁해."

비스킷을 다 먹은 메이드 소녀들이 메이드장인 미테르나 씨
의 지시로 착착 움직여 식사배급 용구를 짐수레에 실었다.

이 수레는 어제 미테르나 씨가 구해다 준 것이다.

이것저것 대신 처리해주니 정말 도움이 된다.

"미테르나, 저택의 메이드를 조금 더 늘릴까?"

메이드 소녀들의 교육에 저택의 일, 그리고 이런 잡무까지 혼자서 맡으려면 힘들 테니까.

그래서 돌아가는 길에 물어봤다.

완충장치가 없는 짐수레는 엉덩이가 아프니까 마부를 맡은 루루 말고는 모두 걷고 있었다.

"아뇨, 주인님의 부담을 늘릴 수는—."

"주인님은 있는 그대로 받아들이니까, 필요하면 솔직하게 요구하는 편이 좋아."

미테르나 씨는 처음에 괜찮다고 말하려 했지만 아리사가 그렇게 말하자 잠시 조용히 생각했다.

이 나라는 인건비가 싸고, 소비가 힘들 정도로 자금이 점점 늘어나는 상황이라서 고용인을 늘리는 건 아무 문제없었다.

"만약 가능하다면 저 애들보다 조금 연상인, 되도록 조리가 가능한 인재가 좋겠습니다."

"그러면, 로지랑 애니는 어떨까요?"

마부석의 루루가 의견을 냈다.

"그게 누구니?"

"언제나 식사배급 때 솔선해서 도와주는 애들이에요."

맵으로 검색해서 길을 걷는 두 사람을 찾아 공간 마법 「멀리보기」로 확인했다.

둘 다 루루와 비슷한 나이다. 까무잡잡하고 깡마른 검은 머리 소녀와 무뚝뚝한 표정의 다갈색 머리칼 소녀 두 사람이다.

이 둘은 어쩐지 낯이 익었다.

"저택으로 이사한 당일에, 야채 껍질 벗기기나 설거지를 도와준 애들이니?"

"네, 맞아요."

자기가 솔선해서 도와주는 애는 호감이 가는군.

"어떨까? 미테르나."

"루루 아가씨가 그리 말씀하신다면, 그 애들로―."

"아니, 미테르나의 아랫사람이 될 거니까 네 의견을 우선하고 싶어."

미테르나 씨가 내 말을 듣고는 어째선지 놀랐지만, 로지와 애니라는 두 사람과 면접하고서 정하겠다고 하기에 수락했다.

저택에 도착한 다음 두 사람이 합격했을 때를 위해서 메이드복을 준비해뒀다.

두 사람은 롱스커트의 미테르나 씨와 달리, 루루와 같은 무릎길이의 메이드복이다.

그리고 어린 메이드 소녀들은 평범한 원피스에 수수한 앞치마인데, 미테르나 씨가 제 몫을 한다고 인정했을 때 제대로 된 메이드복을 주기로 했다.

"주인님은 이제 곧 다과회던가?"

"그렇네. 이제 출발 안 하면 늦겠는걸."

메뉴에 AR표시되는 현재 시각을 확인했다.

"루루, 미안하지만 태수의 성까지 바래다줄래?"

"네, 마침 선물용 과자도 다 구워진 참이에요."

주방에서 태수의 다과회에 가져갈 각종 카스텔라와 꿀과자를 만들던 루루가 내 부탁을 흔쾌히 들어주었다.

"그러면 미테르나 씨가 손이 비면, 함께 로지와 애니를 고용하러 다녀올게."

"그래, 부탁할게."

아리사에게 수긍한 다음, 궁전 같은 태수의 성으로 향했다.

◆

"""어서 오십시오, 펜드래건 사작님."""

태수의 성 메인 엔트랜스에 세운 마차에서 내리자, 수많은 사용인들이 웃으며 맞이해 주었다.

처음에는 출입 상인이 이용하는 주차장에서 내려 무뚝뚝한 사용인이 뒷문으로 안내해준 것을 생각하면 믿을 수 없을 정도로 대우가 올라갔군.

"다녀올게, 루루."

"네, 주인님."

웃는 얼굴의 루루에게 배웅을 받으며 사용인들이 고개를 숙이는 현관으로 발을 디뎠다.

"안내해드리겠습니다."

"그래. 잘 부탁해."

서양 미인 시녀의 안내를 받아서 비싸 보이는 융단이 깔린 복도를 나아가, 태수 부인이 기다리는 다과회 회장으로 향했다.

나를 안내하는 시녀의 귀에는 산호 귀걸이가 자랑스레 흔들리고 있었다.

AR표시 정보에 따르면 지난번에 내가 태수부인에게 선물한 물건 중 하나였다.

아마 태수부인이 사용인들에게 하사한 거겠지.

산호 세공을 산 나라에서는 동화 1닢이었던 귀걸이인데, 시가 왕국에는 연안에 산호초가 없는 탓에 가치가 뛰어 오른다. 스킬에 따르면 은화 몇 닢에서 금화 몇 닢에 상당하는 가치가 되어 있었다.

"이쪽이옵니다."

애교 있는 시녀가 문을 열자 예상 이상으로 많은 귀족 여성들이 맞이해 주었다. 남성도 있지만 소수다.

여성들은 모두 호화로운 드레스와 찬란하게 빛나는 보석류로 몸을 장식하고 있었다.

파란색 계통의 보석이 인기인지 사파이어나 파란색을 띤 「하늘의 눈물방울」이 많다.

호스트인 태수부인은 목이 아프지 않을까 싶은 거대한 사파이어 목걸이, 큼직한 「하늘의 눈물방울」이 반짝거리는 귀걸이와 반지를 착용했다.

"어서 와요, 펜드래건 사작."

"오늘은 초청해 주셔서 영광이옵니다."

평소보다도 드레스업한 동그란 얼굴의 태수부인에게 거창한 귀족의 예를 취했다.

"사토 공! 오랜만인 것이로다!"

밝은 목소리와 함께 이국정서가 넘치는 드레스를 입은 소국의 왕녀 미티아 공주가 달려왔다.

그녀는 「오랜만」이라고 했지만 그녀를 미적의 마수에서 구한 것이 며칠 전 일이다.

"안녕하세요? 미티아 님."

나는 미티아 왕녀에게 인사하고 그녀 뒤에 따라온 미소녀에게도 눈인사를 했다.

"페, 펜드래건 사작님! 지, 지난번에는 위기에서 구해주셨는데, 제대로 된 인사도 못해서 실례했습니다."

"아뇨, 저는 대단한 일은 안 했습니다."

그녀는 듀케리 준남작 가문의 메리안 양이었다.

아직 중학생 정도의 그녀가 늠름한 느낌의 드레스를 입은 걸 보니, 어른이 되고 싶은 사춘기 소녀다운 분위기가 흘러나와 참으로 흐뭇하군.

"그렇지 않아요!"

메리안 양이 목소리를 높여 내 말을 부정했다.

"그때, 전투 사마귀를 쫓아낸 공격은 벼랑 위에서 왔어요! 사작님이 도와주신 거죠?"

그러고 보니 그런 일도 했었던가?

"그것은 우연입니다. 그 전에 게릿츠 님이 메리안 양을 감쌌기 때문에 늦지 않았었죠. 인사를 할 거라면 제가 아니라 게릿츠 님께 해주세요."

"─그 게릿츠가, 나를?"

그때는 통통한 얼굴의 태수 3남 게릿츠 군이, 미소녀— 메리안 양을 감싸다가 도망가지 못한 걸 보고 자갈로 전투 사마귀를 내쫓았을 뿐이니까.

게릿츠 군이 메리안 양을 소중하게 생각하는 모양이니까 괜한 루트는 막아놔야겠어.

아이들의 치정 싸움에 엮일 생각은 없거든.

"메리안, 아직 여러분에게 사작님 소개도 끝나지 않았는데 실례랍니다."

"아, 죄송합니다. 어머님."

자매라고 해도 믿을 정도로 젊은 엄마네.

벌써 30대인데 박복한 소녀 같은 분위기가 있었다.

전에 검색해본 정보로는 메리안 양의 오빠로 병약한 후계자 아들이 있었다.

"사과는 내가 아니라 사작님과 레이텔 님께 해야죠."

어머니가 재촉하자 메리안 양이 나와 태수부인에게 사과했다.

듀케리 남작부인은 태수부인을 이름으로 부를 만큼 사이가 좋은가 보군.

"가요, 펜드래건 경."

태수부인과 함께 한 단 높은 홀 중심으로 걸어가자 다과회에 모인 귀부인들의 시선이 모였다.

"여러분에게 소개하겠어요. 이 젊은이가 **우리 가문의 소중한 손님**, 펜드래건 사작이랍니다."

태수부인이 「우리 가문의 소중한 손님」 부분을 강조하면서 나를 소개했다.

"무노 남작령에서는 마족이 조종하는 고블린의 대군에게서 영지를 구하고, 오유고크 공작령에서는 몇 번이고 하급 마족을 퇴치했으며, 사가 제국의 용사님과 함께 르모크 왕국에 나타난 흑룡을 퇴치한 영걸이죠."

—정보 빠르시네.

태수부인이 아니라 녹색 귀족 포프테마 상담관이 조사한 걸지도 모르지만 불과 며칠 만에 용케 이만큼 조사했군.

귀부인들이 「마족을?」, 「용을 퇴치했다니, 용퇴자(龍退者)?」, 「저렇게 젊은 아이가?」라고 속삭이는 것을 「엿듣기」 스킬이 포착했다.

"그리고 설탕 항로에서는 해상을 표류하던 내 아들, 레일리의 목숨도 구해줬어요."

태수부인이 그렇게 말하자, 「레일리 님은 괜찮으실까?」, 「내가 간병을……」이란 소리가 귀부인들 중 다수에게서 들렸다.

레일리 씨는 귀부인들에게 제법 인기가 있나 보군.

참고로 그는 미궁도시에서 하룻밤 묵은 뒤에 금세 왕도를 향해 출발했다.

본인이 말한 것처럼 어머니인 태수부인에게 왕도에서 「하늘의 눈물방울」을 비싸게 팔이 치우기 위한 소개장을 써달라고 들른 것뿐인가 보다.

"미궁도시에는 탐색자가 되고자 와서, 짧은 기간에 일류 탐색자의 증거인 적철증을 얻었어요. 그리고, 요전에도 미궁 안의 버르장머리 없는 무리에게서 미티아 전하와 우리 아들 일행의 위기를 구해줬어요."

태수부인이 그 자리에서 나에게 귀부인의 예를 취했다.

그녀에게 감사의 말은 이미 들었으니 이것은 다른 귀부인들에 대한 퍼포먼스겠지.

나는 그녀에게 답례를 하고, 다과회에 모인 귀부인들에게 평소처럼 이름을 밝히며 인사를 했다.

"지금 소개 받은, 무노 남작 가신 사토 펜드래건 명예사작이라고 합니다."

사실은 태수부인의 말이 거창하다고 주장하고 싶지만, 금방 부정하면 그녀의 체면을 구기게 되니까 정정은 개별적인 대화를 할 때 해야겠다.

그리고 인사가 끝난 타이밍에 집사들과 메이드들이 왜건을 밀고 들어섰다.

왜건 위에는 내가 선물로 가져온 과자— 플레인 카스텔라나 설탕을 입힌 카스텔라 같은 일본풍 것들뿐 아니라, 생크림이나 드라이 후르츠로 토핑한 서양풍 어레인지 카스텔라가 잔뜩 올라가 있다.

처음에는 보통 카스텔라만 가져올 셈이었는데, 루루가 보기 드물게 오븐의 화력 조정을 실패해 겉 부분이 예정보다 약간 더 타 버려서 어레인지를 해봤다.

물론 이것은 전화위복이 되었는지—.

"어머나, 이게 카스테일라인가요?"

"왕도에서 먹은 팬케이크보다도 맛있는걸요."

"이 하얀 것이 참 맛있어요."

"이 주황색 드라이 후르츠가 굉장히 맛있어요, 어떤 과일일까요?"

"어머님, 조금 더 먹고 싶어요."

—미궁도시의 귀부인들이 보통 카스텔라보다 더 좋아했다.

"어머나, 여러분. 펜드래건 경의 과자에 열중하네요."

"마음에 드신 것 같아서 한 시름 덜었습니다."

미식에 익숙할 귀부인들이 내가 만든 과자를 열심히 먹어주는 모습을 보니 제법 뿌듯하네. 스킬 덕분이라는 건 알지만 자존감이 차오른다.

그리고, 나 자신보다도 태수부인이 뿌듯해 보였다. 카스텔라의 1인자를 자칭할 정도로 콧대가 높았다.

어느 정도 차분해진 다음에 각 테이블에 인사를 하러 다녔다.

대부분 호의적이고, 카스텔라를 칭찬하는 말 사이로 넌지시 태수부인과 가까워진 이유를 확인해온다.

개중에는 대화에 적개심의 가시를 섞는 사람도 있었지만, 그런 귀부인들은 내가 악행을 폭로해서 실각시킨 미남 귀족 소켈에게 호의를 품고 있던 사람들인가 보다.

물론 나중에 다른 귀부인들에게 들은 이야기로는 친가나 시집간 곳이 소켈에게서 이익을 얻었거나, 소켈에게 투자를 했던 사람들이라서 연애 방면 이야기는 거의 없다고 한다.

이상한 원한을 사기 전에 적당한 선물을 지참해서 화해하러 가야겠군.

다들 하급 귀족 같으니까 태수부인에게 부탁하면 한 방이겠지만, 위에서 짓누르는 것보다는 친하게 지내는 편이 좋으니까.

"펜드래건 경은 아랫사람들에게 자선을 베푼다고 하더군요."

어느 테이블에서 오늘 시작한 식사배급 이야기가 화제로 나왔다.

"네, 조금이라도 굶는 자가 줄어서 미궁도시의 노동력이 되면 좋지 않을까 해서요."

"어머나— 자비의 마음으로 시작하신 게 아닌가요?"

"자비도 물론 있습니다만, 너무나 굶주려서 일하지도 못하게 된다면 시가 왕국에 도움이 되지 않으니까요."

조금 위악적인 말이 되었지만, 너무 자비로움을 어필하면 기부를 바라는 사람들이 몰려들 것 같거든.

"그러고 보니 빈민들이 사는 장소에서 화재가 있었다고 해요."

귀부인들 중 한 사람이 그 화제를 꺼냈다.

"어마 무서워라……."

"제 저택에서도 검은 연기가 보였는걸요."

"마물로 분류되는 오일 슬라임을 도시 안에서 사육하려고 한 자들이 원인이라고 해요."

헤~ 그랬었구나. 근데 한나절도 안 지났는데 정보 빠르지 않아요?

검은 연기가 보이기에 신경 쓰여서 조사한 걸지도 모르지만.

"잘 아시는군요."

"제 남편이 위병들을 통괄하고 있어요—."

듣자니 「위법으로 시내에서 오일 슬라임을 사육하려는 자가 있다」라는 정보를 잡고서 오늘내일이라도 장소를 알아내 적발할 예정이었다고 한다.

식사배급 때 본 녹색 귀족은 그걸 확인하려고 서민가에 간 걸지도 모르겠군.

"우리 집은 사용인에게 보고 오라고 했는데, 적철의 탐색자들이 쓰러뜨린 분홍색 슬라임이 재생해서 공격했다고 해요."

"어마 무서워라. 슬라임이란 건 그런 성질이 있군요."

—재생?

"아마도, 핵을 노리지 않고 쓰러뜨린 거겠죠."

"핵?"

"네, 슬라임의 약점입니다. 그곳을 노리면 붕괴해서 그저 액체가 되어 버리죠."

나는 세류 시의 미궁 탐색을 하다가 리자에게 들은 슬라임 이야기를 말했다.

어쩌면 재생 능력을 가진 슬라임이 있을지도 모르지만, 세리빌라의 미궁 상층에 있는 오일 슬라임은 그런 종족 고유 능력이 없으니까 틀리지 않았을 거야.

"사토 공, 이쪽에 오는 것이니라."

귀부인들에게 인사가 끝날 무렵, 손을 붕붕 흔드는 미티아 왕녀의 초대로 아이들이 모인 테이블로 갔다.

여기는 미티아 왕녀 말고도 아까 본 듀케리 준남작 가문의 메리안 양, 더욱이 태수의 3남 게릿츠 군과 그의 친구들까지 미궁에서 구출한 멤버가 모여 있었다.

태수부인의 딸인 3녀 고나 양과 4녀 시나 양은 처음 보는군.

"여기 앉는 것이로다!"

"그럼, 실례합니다—."

소파에 한 사람 앉을 공간을 비우고 탁탁 두드리는 미티아 왕녀 옆에 앉았다.

반대쪽 옆에는 태수 3녀 고나 양과 4녀 시나 양이고, 맞은편에 게릿츠 군의 배치였다.

3녀 시나 양은 과거에 「고블린 병: 만성」, 「독기 중독: 만성」이란 상태였는데, 지금은 후자가 「독기 중독: 가벼움」으로 변해 있었다.

아마도 미티아 왕녀가 「정화의 숨결」로 치료한 효과가 나타난 거겠지.

내가 가진 자료에 따르면 「고블린 병」은 비타민 부족으로 인한 생활습관병 같으니까 스토리지 안에 있는 「만능약」이 아니라 식생활 개선을 권해야겠군.

"펜드래건 사작, 요전에 우리들의 위기를 구해준 것에는 뭐라 감사의 말을 해야 할지 모르겠습니다."

게릿츠 군 옆에 앉은 붙임성 있어 보이는 잘생긴 소년이 귀공자의 최상급 예를 취하자, 게릿츠 군을 비롯한 다른 아이들도 차례차례 감사의 말을 했다.

보통은 상급 귀족의 자제인 그들이 최하급 귀족인 나에게 이렇게까지 할 필요는 없다. 고작해야 「조력에 감사한다」라고 치하하는 말 한 마디면 충분하다.

부모들이 단단히 일렀을 가능성도 있지만 「그들의 부모가 훌륭하게 가르쳤다」라고 호의적으로 봐야겠지.

"오늘 과자는 당신이 가져온 거죠?"

어머니를 닮은 3녀 고나 양이 과자를 다 먹고 급사 아가씨에게 하나 더 요구한 다음에 제법 잘난 듯이 물었다.

"네, 그렇습니다."

"제법 맛있었어요—."

고나 양은 입가를 닦아주는 시녀를 밀어내며 말을 이었다.

"—그러니까, 요리사를 내놓으세요."

"그 말씀은?"

"에잇! 둔하기는! 우리 가문에서 고용해 주겠다고 하는 거야!"

얘는 뭔 소리를 하는 건지…….

"죄송합니다만, 그 말씀에는 응할 수가 없습니다."

"어째서?"

"오늘 카스텔라는 제가 구운 것이니까요."

절반은 루루지만, 솔직히 말하면 성가셔질 것 같으니까 그렇게 말했다.

"거, 거짓말을—."

"고나 님."

뒤에서 지켜보던 고나 양의 시녀가 사삭 다가가서 그녀의 귓가에 「기적의 요리사」, 「어머님의 말씀」 같은 말을 속삭였다.

　"─실언을 사과하겠어요. 방금 한 말은 흘려 들어주면, 기쁘겠어요."

　고나 양의 얼굴이 어쩐지 파래진 것이 신경 쓰이지만, 시녀가 뭐라고 말한 게 원인일 테니까 순순히 수긍했다.

　그녀의 여동생은 먹는 게 느린지 아직 반밖에 먹지 못했다.

　그래도 열심히 카스텔라를 바라보며 포크를 움직이고 있으니 마음에 든 건 틀림없어 보였다. 조그만 동물 같아서 제법 귀엽군.

　"펜드래건 경, 오늘은 그 자랑하는 검을 가지고 오지 않은 건가?"

　게릿츠 군이 내 허리를 보고 물었다.

　"네─."

　다과회에 무구를 가져오는 건 못난 짓이라고 말하려 했지만, 그와 동료들이 소파의 사이드 테이블에 자신들의 검을 둔 것이 눈에 들어와서 그 말을 삼켰다.

　"미티아 님께, 사작님의 미스릴 검이 대단히 아름답다고 들어서 한 번 보고 싶었는데……."

　메리안 양이 유감스럽게 중얼거렸다.

　다른 아이들도 유감스런 기색이었다.

　"다음 다과회 때는 반드시……."

　나는 수도로 공중을 삭 가르며 풀이 죽은 소년소녀들을 위로했다.

그 흐름으로, 소년소녀들의 요청에 따라 미궁 탐색 이야기를 하게 되었다.

"구역의 주인은 그렇게 커다란 건가요!"

"쓰, 쓰러뜨린 건가요?!"

"레벨 30 정도로는 권속을 상대로도 이길 수 없어요."

나는 진실을 섞으면서, 지금까지 「구역의 주인」을 다수 쓰러뜨린 사실을 감추었다.

"언젠가는 나도 『구역의 주인』을 쓰러뜨리고 『계층의 주인』을 쓰러뜨리는 영웅들의 동료가 되고 싶다."

게릿츠 군이 그런 꿈을 이야기했다.

"아니야. 게릿츠. 되고 싶다, 가 아니라 되는 거야."

"우리한테는 무리야~."

"시끄러워, 루람! 우리들의 마음에 찬물 끼얹지마!"

사춘기 소년들 특유의 미래를 꿈꾸는 마음이 눈부시구나.

그들은 작위의 계승 순위가 낮으니까 탐색자로서 출세하는 걸 희망하는 모양이군.

그런 것치고 몸을 단련한 것도 아니고, 마법사다운 스킬을 가진 것도 한 명뿐인 게 신경 쓰이지만 말이야.

그때 입구 쪽 테이블에서 기쁨의 비명이 울렸다.

"―제릴 님이야!"

"오늘은 번쩍이는 갑옷이 아니네."

"조금 마르신 거 아닐까?"

다과회 회장에 적철의 탐색자 제릴 준남작이 나타났다.

"늦어서 죄송합니다, 아시넨 후작부인."

그는 태수부인을 가문명으로 부르는 모양이군.

"상관없어요. 『구역의 주인』 토벌은 순조로운가요?"

"네, 후작부인의 후원 덕분에 어젯밤 무사히 토벌에 성공했습니다."

—어? 전에 그들이 토벌 준비를 하는 모습을 본 게 1주일 넘게 전인데?

그런데, 그런 의문을 품은 것은 나뿐인 모양인지—

"벌써? 과연 『적룡의 포효』네요."

"1개월도 안 걸리고 쓰러뜨리다니 근사하네요."

"제릴 님의 얼굴에 상처가 없어서 다행이에요."

—이런 대화가 귀부인들 사이에서 펼쳐지고 있었다.

"과연 제릴 공이니라. 사토 공, 함께 축복을 하러 가는 것이로다."

나는 미티아 왕녀의 손에 이끌려 귀부인들의 인파로 발길을 옮겼다.

다행히 태수부인이 「펜드래건 경도 이리 오세요」라고 말을 해준 덕분에 인파를 헤치다가 치한 취급 받지 않았다.

"야아, 자네군—. 벌써 후작부인의 다과회에 초청을 받다니 굉장한걸."

제릴 씨는 나를 기억해준 모양인지 자기 자리 옆을 비우고 불러주었다.

"제릴 공, 오늘은 미스릴 검을 가져오지 않은 것인고?"

"오랜만입니다, 미티아 님. 제 실력이 부족한 탓에『구역의 주인』과 싸우는 와중에 부러지고 말았습니다."

미티아 왕녀의 물음에 제릴 씨가 자조적으로 대답했다.

"이럴 수가! 제릴 공의 실력으로도 부러지고 말다니!『구역의 주인』이란 것은 견고한 갑각으로 몸을 지키고 있는 모양이니라."

"네, 강인한 미스릴 합금제 전투 망치로도 꿰뚫지 못할 정도입니다."

레벨 50의 딱정벌레라면 그 정도 단단해도 신기할 것 없지.

그리고 상위 마물은 몸 위에 마법적인 배리어를 몇 겹으로 두르니까 보기보다 단단한 인상이 있다.

"그렇지만, 다음은『구역의 주인』보다도 강한『계층의 주인』에게 도전하는 것이 아닌고? 대신할 무기는 구할 수 있는고?"

"지인들을 의지해서 찾아보고 있습니다만, 그런 명검을 쉽사리 만날 리 없으니—."

말하는 도중에 제릴 씨의 시선이 나에게 머물렀다.

—요정검은 안 되거든?

그런 내심의 목소리가 닿은 것은 아닐 테지만, 그는 고개를 작게 옆으로 젓고 시선을 태수부인에게 향했다.

"후작부인, 검의 입수를 부탁드릴 수 있겠습니까?"

"그럼요, 물론이고말고—. 엠마가 왕도의 무기상인들과 교류가 있었을 테니, 미스릴 검이나 마검을 입수할 수 있는지 상담해 보겠어요."

그녀가 말하는 엠마는 엠마 릿튼 백작부인을 말하는데 왕도의 문벌 귀족에게 영향력 있는 사람이라고 지난번에 들었다.

"사토 공, 라브나에게 빌려준 불꽃의 마검을 제릴 공에게 빌려주는 것은 어떠한고?"

미티아 왕녀가 작은 소리로 물었다.

그러고 보니 바위의 기사 라브나 공에게 쓸 길이 없는 시험작 마검을 빌려준 상태였군.

그건 제3세대형 마검의 시제품이니까 안이하게 선물할 수가 없단 말이지.

"—불꽃의 마검? 부, 부디 보여 줄 수 있겠나!"

소근거리는 대화였는데 귀가 밝은 제릴 씨가 굉장한 기세로 반응했다.

"괜찮을꼬?"

내가 수긍하자, 미티아 왕녀가 벽에서 대기하던 바위의 기사를 불렀다.

미티아 왕녀가 사정을 이야기하자 천으로 감싼 검을 나에게 내밀었다.

"펜드래건 경, 돌려주는 것이 늦어 미안하오."

"검이 없어도 괜찮으신가요?"

"보통 철검이지만, 이래봬도 나름대로 유서 깊은 가보라오."

바위의 기사가 허리에 찬 한손검을 내 앞에 내밀었다.

그녀의 체격 탓에 단검 같은 걸로 오해했다.

"역사가 느껴지는 멋진 검이군요."

"음. 길이가 다소 짧지만 400년쯤 전의 아인 전쟁 때, 당시의—."

가보인 검의 내력에는 흥미가 있지만 타이밍이 좀 안 좋군.

아까부터 제릴 씨가 천에 감긴 마검을 뚫어져라 바라보고 있었다.

"라브나, 나중에 하라."

"예, 실례했습니다."

미티아 왕녀의 말에 바위의 기사가 입을 닫고 한 걸음 물러섰다.

"다음 기회에 꼭 들려주세요."

바위의 기사에게 말하며 커버해주었다.

"—그럼, 여기 있습니다."

내가 말하면서 천을 풀고 제릴 씨에게 검을 내밀었다.

"청동제로군……."

마검을 뽑은 제릴 씨가 조금 낙담한 표정을 보였다.

미스릴로 코팅을 안 했으니까 절삭력이나 물리 공격력은 좀 낮단 말이지.

"겉보기에 속지 말고, 마력을 주입해보도록 하시게."

제릴 씨에게 바위의 기사가 조언했다.

"마력? —이, 이것은?"

제릴 씨가 마력을 주입하자, 마검을 희미한 빛의 칼날이 감싸고 그 위에 불꽃이 솟아올랐다.

"꺄아아아아."

"검에서 불꽃이!"

주위의 여성들이 놀라 비명을 질렀다.

"―이토록, 마력 전달성이 높다니……."

제릴 씨는 그런 여성들의 소리가 들리지 않을 정도로 불꽃의 마검에 정신이 팔려 있었다.

잠꼬대 같은 그의 말과 함께 마검에 격렬하게 빛나는 마인이 나타났다.

"마인을 이토록 쉽게 낼 수 있다니……."

"눈치를 채셨나?"

"아아, 몸에 힘이 솟는군."

바위의 기사의 말에 제릴 씨가 수긍했다.

이 마검에는 신체 강화나 날카로운 칼날, 소지자에 대한 활력 부여를 겸한 스태미나 회복 같은 기능도 있으니까.

"고대 프루 제국 시대의 마검이 이토록 굉장한 것일 줄은!"

산뜻한 미남 제릴 씨가 열혈 주인공처럼 뜨거운 마음을 뿜어 냈다.

소체로 쓴 미궁산 청동검은 분명히 프루 제국 시대 것이었지만, 알맹이는 제 수제 시험작입니다. ―라고는 역시 말할 수가 없군.

"펜드래건 경! 이 마검을 내게 넘길 수 없겠나? 자네가 바라는 대가를 준비하겠네. 그러니―."

"죄송합니다만, 이 검은 양보할 수 없습니다."

분위기를 못 읽어 미안하지만, 이 검은 비밀 테크놀러지 덩어리니까 다른 사람한테 팔 생각이 없거든.

"어떻게 좀 꼭 부탁하네!"

제릴 씨는 포기할 셈이 없나 보군.

—난처하네.

"펜드래건 경, 그렇다면『계층의 주인』토벌에 대여해 주는 것은 어떤고?"

평행선의 대화를 보다 못한 미티아 왕녀가 절충안을 내놓았다.

"그렇군요. 그거라면 상관없습니다. 제릴 공, 어떤가요?"

"그, 그러나,『계층의 주인』과 싸우는 것은 가혹한 일이야. 최전선에서 싸우는 이상, 이 마검을 무사히 돌려준다는 보장을 못 하네."

딱히 부러지든 녹아서 없어지든 상관은 없다.

누군가 잘게 썰어서 성능의 비밀을 조사하는 게 곤란할 뿐이지.

"상관없습니다. 검이란 그런 것이니까요."

"자네는 이 검이 소중한 것 아닌가?"

"소중합니다. 적어도 금전으로 매매할 생각이 없을 정도로는."

"그렇다면, 어째서……?"

내 가치관을 이해하지 못한 제릴 씨가 곤혹스러워 보였다.

사기 스킬의 도움을 조금 빌려서 그럴 듯하게 장식해 보자.

"검이 싸움에서 망가지는 것은 그 검의 운명입니다. 사용자가 미숙해서라면 모를까, 제릴 공 정도의 달인이 부러뜨린다면 검도 불만이 없을 겁니다. 부디 마음껏 싸워서 그 검의 진가를 발휘해 주십시오."

"펜드래건 경, 귀하의 검에 대한 미학. 나 제릴이 마음에 새겼습니다. 당신이 이 검을 자랑할 수 있는 싸움을 보여드리겠소."

—엥?

"우리들의 『계층의 주인』 토벌에 부디 참가해 주시오."

"오오! 굉장한 일이로다!"

제릴 씨의 엉뚱한 제안에 미티아 왕녀를 비롯한 사람들이 환성을 질렀다.

"본래는 『구역의 주인』전에 참가하지 않은 파티를 도중에 참가시키는 일은 없습니다만, 이번에는 『적룡의 포효』 임시 멤버로 초대하겠습니다."

아니아니, 그렇게 인심 쓴다는 표정으로 제안을 하셔도 곤란해요.

특등석에서 관전할 수 있는 건 즐겁겠지만, 「계층의 주인」이랑 싸우다가 누가 죽을뻔하면 정체 들키는 위험을 저지르면서 조력할 것 같으니까.

멀리서 누가 전사한다면야 「힘든 싸움이었구나」라는 감상으로 넘어갈 수 있지만, 눈앞에서 죽을뻔한 사람을 내칠 정도로 드라이하진 못하다고.

반짝이는 눈빛으로 올려다보는 미티아 왕녀에게는 미안하지만, 이 제인은 기절하지.

"너무나 매력적인 이야기지만, 그런 특별대우를 받아서 토벌대의 결속에 금이 가는 것은 원치 않습니다. 토벌한 뒤에 이야기를 들려주시는 것으로 충분합니다."

"그, 그렇군……."

아무래도 자기 말을 거절할 거라 생각 못했는지 제릴 씨가 맥

빠진 표정으로 대답했다.

"선물이라고 하자니 뭣합니다만, 『구역의 주인』을 토벌한 이야기를 들려주실 수 있을까요?"

"아아, 그런 거라면 기꺼이—."

내가 그렇게 말하자, 제릴 씨가 「구역의 주인」 토벌 준비 이야기부터 순서대로 말해주었다.

"근사한 목소리세요."

"마치, 싸움터에 있는 것처럼 정경이 떠오르는 것이니라."

제릴 씨는 낭독의 소양이 있는지 교묘한 정경 묘사나 심리 묘사를 섞어서 듣는 사람의 현장감을 끌어올렸다.

듣자니 하늘을 나는 「구역의 주인」 단단한 장로 딱정벌레를 쓰러뜨리기 위해서 날개를 펼칠 공간이 없는 함정 통로로 끌어들여, 장갑이 얇은 배 부분을 공격할 수 있도록 통로 바닥을 흙 마법으로 기울였다고 한다.

주인 말고 다른 마물을 조금씩 줄이는 동안 흙 마법사들 중심의 별동반이 그런 공사를 진행했다고 한다.

게임에서는 있을 수 없는 공략법이고 대단히 수수하지만, 대책 없이 정면으로 파고들어 피해를 늘리는 것보다는 훨씬 낫군.

"딱정벌레 퇴치에 그런 방법이 있었구나!"

"본녀는 흙 마법사를 다시 본 것이로다!"

제릴 씨의 이야기가 능숙한 덕분인지 게릿츠 군이나 미티아 왕녀도 대만족이었다.

이렇게 후반은 제릴 씨의 독무대가 되었지만, 즐거운 다과회는 무사히 끝났다. 나는 그 뒤에 태수부인의 초청을 받아 태수 일가의 사적인 거실로 장소를 옮겼다.

"지쳤나요?"

"아뇨, 참으로 즐거운 시간을 보냈습니다."

"그래요. 즐거웠다면 다행이에요."

이 자리에는 나와 태수부인, 그리고 듀케리 준남작부인을 비롯한 몇 명의 귀부인들이 있었다.

태수는 녹색 귀족을 데리고 화재 현장을 시찰하러 갔다고 한다.

맵 정보를 보니 태수는 동성애자용 고급 창관에 있지만, 분명히 기분 탓이겠지.

"어머, 젤라또군요."

"오늘은 포도 젤라또네요."

얼음과자가 나오자 귀부인들의 볼이 풀어졌다.

요즘 들어 좀 더웠으니 기쁘군.

태수부인의 권유로 한 입 먹었는데 청량한 냉기와 품위 있는 단 맛이 입 안에서 녹았다.

"이렇게 더운 날에는 빙괴기 제격이군요."

나는 말을 하고서 미묘하게 자기부정인 것을 깨달았다.

다음 선물로는 아이스크림이라도 가져와야겠군.

"우후후. 펜드래건 경에겐 젤라또도 그다지 희한하지 않은 거군요."

태수부인이 약간 아쉬운 미소를 지었다.

그 미소를 보고 세류 시에서 마법병 제나 씨랑 먹은 맥아 사탕을 떠올렸다.

나도 참 성장하질 않았네. 지금은 거창하게 놀라야 할 부분이었구나.

"펜드래건 사작의 저택에도 냉동의 마법장치가 있나요?"

"과연 『기적의 요리사』로군요."

미궁도시의 귀족들이라도, 냉장은 모를까 냉동 마법장치를 가진 사람은 적은 모양이다.

값비싼 얼음 광석의 소모가 격하기 때문이겠지.

우리 집의 경우는 내가 「빙결」 마법으로 얼음을 만들어 소모를 줄이고 있으니까 조금 사정이 다르다.

"그런데, 복지 사업은 순조로운가요?"

"네. 식사배급에도 사람들이 잔뜩 모여들었고, 사립 양육시설도 개축 공사가 시작됐습니다. 이제 곧 원장 후보와 면접을 할 예정입니다."

나를 걱정해주는 태수부인에게 진척 상황을 보고했다.

"그래요……. 일손이 부족하다면 사용인을 파견할까 했는데, 필요 없는 모양이네요."

태수부인이 조금 아쉬운 기색이었다.

그날로 당장 허가를 해준 데다가 식사배급 장소 확보까지 대행해준 것만 해도 충분한데. 여기서 뭘 더 부탁하자니 너무 어리광을 피우는 것 같단 말이지.

지금은 나랑 동료들이 감자나 콩 소재를 채취하고 있지만, 그것을 외주로 맡길 수 있으면 그 다음부턴 우리 집 메이드들이나 근처의 주부층을 파트 타이머로 고용해서 커버할 수 있다.

그러면 우리들도 전처럼 미궁 탐색 같은 걸 마음껏 할 수 있는 상황이 돌아온다.

"벌써 충분하고 남는 원조를 해주셨으니까요."

"무슨 일이 있으면 곧장 날 의지하세요."

"감사합니다."

듬직한 지원자에게 고개를 숙였다.

그런 식으로 잠시 태수부인이나 그녀의 친구들과 교류를 한 뒤에 자리에서 물러났다.

시녀의 안내를 받아서 루루가 기다리는 방으로 갔다.

"주인님!"

루루와 함께 있던 태수부인의 메이드들이 눈인사를 했다.

"마차 금방 준비할게요."

"그래, 고마워. 그녀들에게도 인사를 하고서 돌아가자."

"네!"

루루의 표정을 보니 메이드들과 사이좋게 지낸 모양이군.

"사삭님, 근사한 과자를 주서서 김사힙니다."

"너무, 맛있었어요!"

"벌꿀이 반짝반짝거려서 먹는 게 아까웠어요."

메이드들이 웃으며 감상을 논했다.

루루가 출발하기 전에 만든 꿀과자는 메이드들에게 주기 위한 거였다.

공도에서도 그랬지만, 사용인 네트워크를 얕볼 수가 없으니까 선행투자란 셈치고 설탕과 벌꿀을 듬뿍 사용한 사치스런 꿀과자로 분발했다.

카스텔라가 아닌 이유는 주종의 차이를 주어야 한다는 아리사의 조언에 따른 것이었다.

"기뻐해주니 다행이야. 앞으로도 우리 집 메이드들과 사이좋게 지내주면 좋겠어."

"네, 맡겨주세요!"

다음에 올 때도 맛있는 과자를 빠뜨리지 말아야겠군.

나는 배웅해주는 메이드들에게 손을 흔들고 태수의 저택을 나섰다.

평화로운 일상

　"사토입니다. 아르바이트나 회사 근무로 피고용자의 경험은 있습니다만, 자기가 사람을 고용한 경험은 없었어요. 소수라면 어떻게 되겠지만, 사람이 늘어나면 꽤 힘들군요."

　"로지입니다."
　"애니입니다."
　"둘이 합쳐 로지애니입니다~아."
　긴장한 기색으로 자기소개를 하는 신입 메이드 두 사람에게, 아리사가 한물간 태클을 넣었다.
　"자, 잠깐만 아리사!"
　"아리사, 너무해!"
　"나하하, 미안미안. 자리를 좀 풀어주려고."
　울상을 지으며 화내는 두 사람 앞에서 아리사의 머리에 주먹을 콩 떨궈 철권 제재 흉내를 내뒀다.
　"그하아아아."
　"아리사가 이래서 미안하다."
　거창하게 아픈 시늉을 하는 아리사를 무시하고, 두 사람에게 사과를 했다.

"아뇨, 그건. 젊은 나리가 사과하실 일이……."

"황송해요."

"맞습니다. 두 사람 모두 입장을 알아두세요."

황송해하는 두 사람에게 미테르나의 꿀밤이 떨어졌다.

"아리사 님은 아리사 님 혹은 아리사 아가씨, 사작님은 주인 나리라고 부르세요."

""네, 미테르나 씨.""

그렇게 대답하는 두 사람에게 더욱 꿀밤이 떨어졌다.

"나는 메이드장입니다. 알겠죠?"

""네, 메이드장!""

미테르나 씨는 상당히 스파르타 교육을 하는 사람인 모양이군.

문에서 고개를 내민 어린 메이드 소녀들이 로지와 애니를 걱정스레 보고 있었다.

"그러면, 새삼 잘 부탁한다."

"네! 루루—가 아니라 루루 님에게 배워서 맛있는 요리를 만들게요!"

"저도 루루 님에게 지지 않는 요리사가 되겠어요!"

내 가벼운 인사에 뜨거운 말이 돌아왔다.

"응, 맛있는 요리 기대하고 있을게. 루루, 이 애들 잘 부탁한다."

"네, 주인님."

다 떠넘기는 것 같아 미안하지만 루루도 즐거운 기색으로 받아들였다.

◆

"오늘은 낮에 뭐 하고 있었니?"

저녁을 먹으면서 그것을 물어봤다.

"수행~?"

"빈터에서 검술이랑 돌 피하기를 한 거예요."

내 물음에 타마와 포치가 포크와 꼬리를 붕붕 휘두르며 대답했다.

"안심하세요, 주인님. 마인이나 순동 등의 희귀 스킬은 은닉했습니다."

리자가 버릇없는 두 사람을 가볍게 꾸짖으며 보충했다.

"잘했다."

문득 시선을 돌리자 두 사람이 칭찬해 달라는 표정으로 이쪽을 보기에 칭찬해줬다.

"내일도 힘내는 거예요!"

"네잉!"

두 사람은 기합이 충분한 느낌이지만 가끔은 수행이 아니라 놀게 해주고 싶은걸.

"나는 로지애니를 고용하러 간 다음, 양육시설 아이들의 제복을 디자인했어."

아리사가 보람찬 표정으로 「반바지야」라고 했다.

―아니, 그렇게 보람찬 표정으로 말해도 곤란한데.

"저는 미아와 함께 양육시설 설치용 악기 선택을 했다고 고합니다.”

“응, 하프랑 목금.”

“피아노는 없었니?”

양육시설이랄까 유치원이나 초등학교에는 피아노랑 오르간이 어울리니까.

“우음?”

내 물음에 미아가 고개를 갸웃거렸다.

“이쪽에는 피아노 같은 거 없는 거 아냐?”

아리사가 말한 것처럼 내가 가진 자료에도 피아노는 없었다.

그러고 보니 공도에서 다과회에 다녔을 때도 피아노 계열 악기는 못 본 것 같네.

—어라?

어째선지, 오르간은 결과가 있다.

게다가 파이프 오르간이다.

전에 공도 어둠의 옥션에서 입수한 메모장에 적혀 있었다.

물론 대강의 구조만 있고 상세한 설계도는 아니었다.

유감이지만 이 정보만 가지고 만드는 건 불가능해 보이네.

기왕이면 보통 피아노 만드는 법을 적어두면 좋았잖아.

“헤~ 루루는 태수 성의 메이드들이랑 친해졌구나?”

“응, 다들 참 좋은 사람들이었어.”

언제나 정중한 루루도 아리사와 대화할 때는 자매다운 편한 느낌이 된다.

“어떤 의상이었어?”

"평범한 원피스에 앞치마였는데?"

루루의 말에 아리사가 눈동자를 번득였다.

"여기서도 메이드복을 계몽해야 돼! 있지, 주인님도 그렇게 생각하지?"

"맞는 말이다, 아리사."

"덤으로 브라나 팬티에도 새로운 유행을 퍼뜨리겠어."

"그건 적당히 해라."

아리사가 문화 해저드를 일으키지 않도록 가볍게 타일렀다.

분명히, 이쪽에 있는 밋밋한 속옷류보다도 현대 일본 쪽이 더 취향이긴 하지만.

◆

"─직원을 제 뜻에 따라 정해도 되는 건가요?"

"네, 상관없어요."

다음날 아침의 식사배급을 끝낸 나는 저택의 응접실에서 미테르나 씨가 소개해준 노부인과 면회하고 있었다.

그녀는 신설되는 사립 양육시설의 원장 후보로 면접을 보러 왔다.

대화를 해보니 차분하고 교양이 깊은 사람이며, 아인 노예인 타마와 포치를 봐도 태도를 바꾸지 않는 인종차별 의식이 없는 사람인 것 같아서 그대로 채용을 결정했다.

지금은 사립 양육시설의 직원 채용을 그녀에게 다 떠넘기는 중이었다.

"책임이 중대하네요."

"그렇게까지 부담 갖지 않으셔도 됩니다."

압력에 부담을 느끼는 기색의 원장에게 웃으며 말했다.

"그렇지만, 직원 채용권에 더해서 운영비 결재권까지 주시다
니―."

"안심하세요. 장부를 의무화해서 회계감사를 할 거고, 한 해
에 몇 번 정도 시찰도 할 거예요."

동석한 아리사가 솜씨 좋은 비서처럼 덧붙였다.

비서 코스프레라도 하려는지, 어느샌가 체인이 달린 삼각 안
경을 쓰고 바인더에 끼운 파일을 들고 있었다.

"감사와 시찰인가요?"

"네, 제 고향에서는 평범하게 하고 있었어요."

원장이 미묘하게 불쾌한 기색이었다.

"오해하지 말아주세요. 부정이나 학대를 의심하는 게 아니니
까요."

"그러면, 무엇을 위해?"

"우리는 원장을 신뢰하고 있어요."

아리사가 날카로운 표정으로 먼저 못을 박았다.

"그렇지만, 원장을 모르는 외부인들은 그렇지 않아요. 그러니
까 양육시설에서 부정도 학대도 없다는 것을 외부인들에게 보
여주기 위해서 하는 거죠."

"그렇군요."

말만 바꾼 거지 하는 일은 똑같지만 원장은 아리사의 말에 납득한 모양이다.

　"그러면, 양육시설의 공사가 끝나는 동안 정규 직원 몇 명과 허드렛일 하는 자를 몇 명 찾아두지요."

　"네, 부탁할게요."

　나는 그녀에게 준비금을 건네고 면회를 끝냈다.

　돌아가기 전에 사립 양육시설의 공사현장으로 데리고 가서 목수들을 소개했으니까 앞으로 공사 진행에 대한 회의까지 대강 그녀에게 맡길 수 있겠다.

◆

　"오늘은 아이들 수가 적었네."

　원장을 채용한 다음날, 아침 식사배급을 끝내고 돌아온 뒤에 아리사가 말했다.

　"역시, 그거 탓이겠지."

　"주인님도 그렇게 생각해?"

　이째선지, 오늘 식시배급에 녹색 귀족이 도우러 온 것이다.

　실제로는 직원 구역에 서서 생글생글 웃고 있기만 하고 아무것도 안 했지만, 그를 본 아이들이 혐오의 표정을 짓고 발길을 돌리는 모습이 자주 보였다.

　분명히 녹색 귀족의 수상한 미소와 화장이 무서웠던 거겠지.

　"주인님은 그 분과 가까운 건가요?"

"아니, 오히려 멀리하고 싶을 정도인데?"

루루의 물음에 대답했다.

"그러면 쫓아내 버리자."

"아리사에게 찬동한다고 고합니다. 그 개체가 존재하면 유생체들이 위축되어 귀여움 포인트가 감소한다고 보고합니다."

나나까지 그쪽이구나.

"알았어. 어떻게든 해볼게."

아무리 그래도 귀족의 계급이 다르니까 험악하게 내쫓을 수는 없었다.

그리고, 무슨 속셈으로 하는 행동인지 조금 신경 쓰인단 말이지.

"이틀 뒤에 태수부인의 다과회가 있으니까, 그때 중개를 부탁해볼게."

내가 말하자, 아리사와 나나도 납득한 표정을 보였다.

그렇지―.

"아리사랑 나나한테 부탁이 있는데, 괜찮을까?"

"밤의 봉사?"

"아니야."

어린 소녀랑 그러는 취미는 없다.

"근처 아주머니들한테 말을 걸어서 식사배급 단기 아르바이트를 모집해줬으면 한다."

"오케이!"

"예스, 마스터."

일단 녹색 귀족은 「일손 부족」을 이유로 도우러 온 거니까 먼저 그 이유를 없앨 생각이었다.

"몇 명 정도 고용하면 돼?"

"그렇네. 예산은 한 사람당 한 번에 동화 3닢까지고, 다섯 명—아니, 직원용 장소가 넘칠 정도로 고용해도 돼."

"네~에. 그러면 15명쯤 고용하면 되겠네."

아리사가 말하고는 나나를 데리고 저택을 나섰다.

"용건 있어?"

"그렇네—."

미아의 물음에 조금 생각했다.

"타마랑 포치를 데리고 저택 주변을 탐색해줄래?"

"응."

아인 소녀들은 방치하면 훈련을 시작하니까 미아의 호위란 명목으로 놀러 가게 해주자.

"리자랑 루루는 시장에 심부름 부탁한다."

"알겠습니다."

"뭘 사오면 될까요?"

"되도록 여러 종류의 이파리 야채나 뿌리 야채를 부탁해. 덤으로 시세도 조사해주민 좋겠어."

주로 양육시설의 식사나 식사배급을 위한 정보수집이었다.

리자에게 은화 몇 닢의 잔돈이 든 주머니를 건넸다.

"조금 정도는 군것질해도 돼."

"아, 하지만—."

"맛을 연구하기 위해서야. 요리사를 목표로 한다면 이 근처의

간도 알아둬야지."

루루가 사양하기에 적당한 핑계를 만들어줬다.

루루랑 리자 둘은 이유가 없으면 돈을 안 쓰려고 사양한다니까.

가끔은 군것질이나 쇼핑으로 스트레스를 풀어야지.

"아 맞다. 야채 요리도 그렇지만 고기 요리도 좀 조사해줘."

"네, 알겠습니다."

리자가 진지한 표정으로 고개를 끄덕였다.

어쩐지 평소보다 목소리 톤이 높고, 주황색 비늘로 덮인 꼬리가 탁탁 바닥을 때리는 건 못 본 척해주자.

두 사람이 즐거운 기색으로 외출하는 걸 배웅하고, 담쟁이 저택으로 전이하고자 서재로 갔다.

◆

"레리릴, 다들 상태 어떠니?"

화재로 빈사의 중상을 입은 아가씨들 상태를 보러 「담쟁이 저택」을 찾아왔다.

"아직 잠들어 있어요랍니다."

"아직 자고 있어?"

레리릴이 안내해준 방에서 다섯 명의 아가씨들이 아직 「수면」 상태였다.

"네, 집 마법인 『졸음 모래』는 외부에서 깨우지 않으면 계속 잠들어 있어요."

마치 동화에 나올 법한 마법이네.

"깨울까요랍니까?"

"아니, 그 전에 용건을 마쳐야겠어."

나는 레리릴과 함께 지하 연구소로 갔다.

쿠로의 변장용 마스크를 만들기 위해서.

물론 마스크라고 해도 가면이 아니다.

기왕 가면의 용사 나나시와 다른 가명을 쓰려고 하는데 똑같이 가면으로 얼굴을 가리면 의미가 없으니까, 티파리자 일행을 치료할 때 발견한 「변장 마스크」를 만들 셈이었다.

"레리릴, 배양조에 약액을 넣어줘."

"알겠어요랍니다!"

레리릴이 척척 움직여서 준비를 해주는 동안 스토리지 안의 자료에 따라 기재를 설정했다.

"사토 님, 뭘 만드실 건지 물어봐도 될까요?"

기재를 조작하고 있는데 레리릴이 묘하게 정중한 어조로 물었다.

"변장용 생체 마스크야."

괴도물 같은 거에 흔히 나오는 찌이익 벗겨지는 변장 마스크다.

엘프들의 레시피 중에 딱 그것에 해당하는 「변장 가면」이라는 마법 도구도 있지만, 만드는 게 귀찮은 데다가 나는 빛 마법인 「환각」으로 같은 걸 할 수 있으니 이번에는 간단한 이쪽을 골랐다.

이런 전형적인 변장에도 로망을 느낀단 말이지.

오늘은 쿠로의 얼굴과 나나시의 가면 아래에 쓸 가짜 얼굴을 만들 셈이었다. 후자는 나나시의 정체가 내가 아닐까 의심하는 사람이 있을 때 자연스럽게 가면을 벗어 얼굴이 다르다고 알리기 위해서다.

"사토 님, 배양조에 변화가 있어요."

레리릴이 배양조 안에 변장 마스크의 베이스가 되는 하얀 막이 생긴 것을 가르쳐 주어서 그것에 집중했다.

"으흠. 3D CG를 만들 때 얼굴 텍스처 같아서 만들기 힘드네……."

불평을 하는 도중에 반드시 평면으로 만들 필요가 없다는 걸 깨달았다.

나는 여력이 있는 「이력의 실」을 조작해서 마스크를 실제 얼굴 모양으로 바꾸어 입체성형 했다.

"나나시의 얼굴은 여성 얼굴이 좋을까?"

뇌리에 동료들이나 지인의 얼굴을 떠올려봤지만, 아무래도 실존 인물의 얼굴을 베이스로 쓰는 건 안 좋겠지.

얼굴이 같은 사람이 있으면 그 사람한테 폐가 되니까.

이쪽에 절대로 없는 사람 얼굴이 좋겠다.

나는 나나시의 얼굴을 본래 세계의 아는 사람— 그것도 보지 않아도 떠올릴 수 있는 잘 아는 얼굴로 골랐다.

"—좀 미화했을지도 모르겠네."

소꿉친구의 얼굴을 써봤는데 아마 오리지널보다 30퍼센트쯤 귀여워지고 말았다.

나나시의 얼굴은 이거면 되겠지.

"쿠로는 남자 얼굴로 하자."

기왕 만드는 거 생김새가 나를 연상시키지 않는 남자다운 느낌이 좋을까?

헐리웃 액션 스타를 떠올리면서 두 번째 마스크를 성형했다.

『키맨에게는 특징을 부여하라!』

본래 세계에서 디렉터 겸 플래너인 메타보 씨가 디자이너들에게 자주 말하던 프레이즈가 떠올랐다.

그 캐릭터를 나타낼 때 한 방에 연상할 수 있는 특징을 붙이면 기억에 남기 쉽다고 했었지.

"특징이라—."

상투적이지만 볼에 눈에 띄는 상처가 있거나 좌우 눈동자의 색이 다르거나 하면 되겠지.

"그리고 눈썹이랑 머리칼을 보기 드문 색으로 해둘까?"

그런 생각을 하면서 만든 변장 마스크는 꽤 완성도가 높아서 영화의 특수 분장 수준으로 위화감이 없었다.

덤으로, 잘라냈던 티파리자의 머리칼을 써서 백발 가발도 붙여봤다.

색유리 컨택트 렌즈는 빨강과 파랑, 옛날 3D 안경이 떠오르는군.

"흠, 특징적이군."

장착해보니 제법 괜찮다.

더욱이 얼굴 윗부분 절반을 가리는 가면을 준비해서 볼의 상처가 절반 정도만 보이게 했다.

처음부터 전부 보여주는 것보다 힐끔힐끔 보이는 부분이 사토하고는 다르다는 인상을 줄 수 있으니, 본 사람들이 멋대로 상상해서 가면 안쪽의 얼굴이 내가 아니라고 생각해줄 거야.

다만, 온몸을 거울로 비춰보니 어쩐지 위화감이 있었다.

"이 나라의 인간족하고는 조형이 조금 다르군요?"

"그래. 내 고향에 있던 사람 얼굴이야."

레리릴에게 대답하면서 위화감의 원인을 찾았다.

"어깨 폭이랑 키가 부족, 한가?"

남자로서는 가녀린 내 몸과 외국인 배우 얼굴이 매칭되질 않는군.

어깨 패드가 들어간 옷과 15센티미터쯤 되는 키높이 신발로 얼버무리자.

이 얼굴과 머리칼을 「쿠로」의 표준 스타일로 정했다.

쿠로일 때의 성격이나 말투는 이 외국인 배우가 연기한 영화의 암살자 어조가 좋겠다. 오만불손한 느낌의 무뚝뚝한 캐릭터였었지?

생각보다 수수하지만, 이건 나중에 코스프레를 좋아하는 아리사에게 지도를 받을까.

로그를 보니 어느샌가 스킬과 칭호를 얻었다.

〉「변장」 스킬을 얻었다.
〉칭호 「괴인」을 얻었다.
〉칭호 「변장의 명인」을 얻었다.

이 「변장」 스킬을 이제야 얻은 건 새삼스런 느낌이 들지만, 아마 이번에 변장 마스크로 뭔가 조건을 충족한 거겠지.

꽤 자주 쓸 것 같으니까 스킬 포인트를 최대까지 분배해서 유효화해뒀다.

◆

"레리릴. 부탁한다."

쿠로의 모습이 준비됐으니, 「담쟁이 저택」에 온 본래 목적인 「화재로 빈사의 중상을 입은 아가씨들」의 상태를 보러 갔다.

"알겠습니다. ■ 〈각성〉."

레리릴에게 말해서 해제해주자, 아가씨들이 금세 눈을 떴다.

"여, 여기는?"

"어디?"

"분명히— 불이."

깨어난 아가씨들이 얼굴을 더듬더듬 만지거나, 옷자락을 들어올려 피부를 확인했다.

처음부터 큰 화상을 입고 있던 빨간 머리 넬이란 아가씨와 은발 미소녀 티파리자는 멍하니 천장을 보고만 있으며 몸을 확인하려고 하지도 않았다.

이쪽 두 사람은 인생을 포기한 것처럼 죽은 생선의 눈을 하고 있었다.

"눈이, 보여?"

이윽고, 멍한 표정의 티파리자가 자기 오른쪽 눈에 손을 댔다.

흐렸던 눈동자에 빛이 돌아왔다.

"어떻게?"

"거울로 봐라."

내가 그녀 앞에 손거울을 내밀자, 한순간 싫은 표정을 지었다가 거울에 비친 자기 모습에 눈을 홉뜨며 놀랐다.

더듬더듬 자기 머리칼이나 얼굴을 만진 다음, 굉장한 기세로 이불을 걷어내고 옷을 벗어 던졌다.

─아름답군.

초절 미모의 루루를 봐서 익숙한 나도 무심코 눈길이 사로잡힐 정도로 아름다운 나체다.

나는 보르에난 숲에 아제 씨가 있으니 괜찮지만, 만약 아제 씨를 만나기 전에 티파리자를 만났고 조금만 더 나이가 많았으면 무심코 반해버렸을지도 모른다.

"티파 씨?"

시야에 들어온 티파리자를 놀란 눈으로 보던 빨간 머리 넬 앞에 새로운 손거울을 내밀었다.

"서, 서서서서, 설마! **그 엄청난 화상**이 나은 겁까?"

넬은 보기 드물게 말단 돌마니풍 어조였다.

그녀의 놀라움을 나타내듯이 머리칼 일부가 뿅 튕겨 올랐다.

이른바 더듬이나 안테나라고 불리는 건데, 그녀에게는 신기할 정도로 잘 어울렸다.

"우오오오오오오, 제 몸도 나았슴다!"

옷을 벗어 던진 넬이 자기 피부를 보고 놀라 소리를 질렀다.

—그러니까, 왜 전부 벗는데.

다 벗어 던진 넬이 다리를 벌리고 화상을 확인하기 시작하기에 뒤로 돌아서 시선을 돌렸다.

그러나, 그쪽에서도 알몸인 티파리자가 몸을 점검하고 있었다.

어느 쪽을 보아도 살색이 잔뜩이라 그녀들이 진정할 때까지 방 바깥에서 기다리기로 했다.

"—이제 그만 진정해라, 랩니다."

잠시 지나, 실내에서 레리릴의 큰 목소리가 들렸다.

아마도, 기다리다 질린 거겠지.

"너희들을 귀중한 약으로 치료해주신 쿠로 님을, 이렇게 오래 기다리도록 만들다니 뭐 하는 짓이냐! 랩니다."

그녀들 앞에서 나를 쿠로라고 부르도록 한 것을 확실히 기억하고 있었구나.

레리릴이 부르러 왔기에 실내로 돌아왔다.

—엥?

어�째선지 모두 엎드려 절하며 기다리고 있었다.

"""쿠로 님, 정말 감사합니다."""

아무래도 레리릴에게 내가 치료해준 것을 들은 모양이다.

"몸에 이상은 없나?"

내 물음에 아가씨들이 고개를 들어 수긍했다.

"너희들의 주인은 죽은 모양이다. 돌아갈 장소가 있다면 데려다 주마."

내 말에 아가씨들은 서로를 바라보기만 하고 대답이 없었다.

이 나라에서는 노예도 재산의 일부니까 친족에게 상속권이 있을지도 모르지만, 구사일생을 얻은 그녀들이 자유의 몸이 되어도 벌은 안 받을 거야.

물론 그녀들의 상속을 주장하는 사람들이 있다면 내가 대신 현금으로 지불하겠지만.

"왜 그러지?"

자기들 옷이나 침대를 만지며 뭔가 확인하던 그녀들이 말없이 서로에게 시선을 주었다.

"저, 저는 감정 스킬이 있어요. 주인님의 도움이 될 테니까 주인님 아래서 일하게 해주세요."

"저, 저는 재봉 스킬밖에 없지만, 뭐, 뭐든지 할 테니까 주인님의 노예로 삼아 주세요."

"저는 문자를 쓸 수 있어요! 계산도 할 수 있으니까 주인님을 섬기게 해주세요."

한 사람이 결심하고서 침대에서 내려와 바닥에 엎드리며 외치자, 나머지 둘도 마찬가지로 엎드려 내 노예로 삼아 달라고 호소했다.

"좋은 대접을 받으려고 필사적이기도 하답니다."

레리릴의 경멸하는 말투를 듣고 그녀들의 의도를 깨달았다.

그녀들의 처지를 동정하기도 하고, 평민 신분 회복에 협력할 생각은 있지만 노예 같은 거 필요 없다고.

"""부, 부탁 드립니다!"""

"나에게 노예는 불필요하다."

내가 말하자 세 사람의 표정이 얼어붙더니 고개를 숙였다.

"그쪽 둘은 호소하지 않는 거랩니까?"

"딱히 노예든 노예가 아니든, 몸을 원래대로 되돌려준 쿠로 님에게 은혜는 갚을 겁다."

지금 넬의 발언과 화상이 나은 걸 확인했을 때 보여준 과한 반응을 보니, 이번 화재 이전에도 화상이 있었나 보군.

"얼굴이나 몸에는 자신이 없으니까 밤의 봉사로 만족시킬 자신은 없습다. 그래도 저는 생활 마법을 쓸 수 있습다! 분명히 도움이 될 겁다!"

분명히 생활 마법은 편리하지.

넬은 레벨이 한 자리라서 마력량도 적겠지만, 일부러 노예가 되지 않아도 여유 있게 밥값은 벌 수 있을 거다.

"저도 그래요. 렛세우 백작령의 성에서 서기관을 하고 있었습니다. 스킬은 『문장학』과 『명명』밖에 없어서 도움이 안 되겠지만, 서류 징리나 경리 서류라면 맡겨 주세요. 다른 사람보다 세 배 일하겠습니다."

티파리자가 워커 홀릭 같은 말을 했다.

그보다도—「명명」 스킬이라.

마침 잘 됐다. 그녀에게 조금 협력을 받아야겠군.

"티파리자라고 했나? 너에겐 조금 용건이 있다. 나중에 레리릴을 보낼 테니 내 방으로 와라."

"네, 넷."

티파리자가 긴장한 기색으로 수긍했다.

"역시 얼굴임까?"

넬이 불만스럽게 중얼거렸다.

유감이지만 틀렸어. 내 목적은 티파리자의 「명명」 스킬로 여러 가지 가명을 만드는 거니까.

"한동안 이 저택에 머물러라. 취직할 곳이 없다면 나중에 레리릴에게 희망을 말해둬라. 내가 찾아주마."

내쫓은 다음에 길거리에 나앉으면 꿈자리가 사나우니까.

재취업 정도는 돌봐줘야겠지.

"쿠로 님, 그건 기다려 주십쇼."

넬이 한 손을 들고 말했다.

"저랑 티파 씨는 범죄노예니까, 임금님의 은사가 없는 한 해방될 수 없습다. 쿠로 님이 내치시면, 아마 탄광에서 아침부터 밤까지 광산 노예를 상대하게 될 겁다."

넬이 눈물지으며 호소했다.

티파리자도 얼굴이 창백했다.

"범죄노예라니, 대체 뭔 짓을 저질렀답니까?"

레리릴이 두 사람에게 물었다.

"좀 손버릇 나쁜 영주님을 거부한 것뿐임다."

"목욕탕에 난입하거나, 약을 타서 잠자리를 덮치거나, 싫어하는 여성에게 억지로 행위를 강요하는 건 『좀』이라고 하지 않아요."

넬과 티파리자의 이야기를 정리하면, 렛세우 백작의 성희롱 행위를 거부했더니 반역 취급으로 등에 낙인이 찍혀 노예가 됐다고 한다.

"낙인을 찍는 김에 저랑 티파 씨 몸을 지지는 변태였습니다."

넬이 남의 일처럼 말했다.

자신을 거부했다는 이유로 소녀들의 몸을 지지는 영주에게서 봉건 사회의 어둠이 느껴지는군.

그게 통하는 렛세우 백작령에는 다가가지 말아야겠는걸.

티파리자의 몸 전체에 있던 화상의 흔적을 떠올리고서 동정의 말을 중얼거렸다.

"지독한 일을 당한 모양이군······."

이럴 때 멋드러진 말 한 마디 안 나오는 내 어휘가 원망스럽군.

내 시선을 깨달은 티파리자가 차가운 눈동자로 정정했다.

"아뇨, 제 몸에 화상이 많은 것은 본래 그랬습니다. 제 표정이 마음에 안 든다고, 어릴 때부터 의붓어머니가 지졌습니다."

아무래도 티파리자는 참 박복한 아가씨인가 보다.

"그렇군. 이제부터는 지금까지 불행했던 만큼 행복해져라."

내가 수복해준 그녀의 미모라면 구혼자기 끊이지 않을 테니까 그녀에게 걸맞은 좋은 상대를 찾을 수 있을 거야.

"―네."

작게 중얼거리는 티파리자의 머리칼을 쓰다듬고 방을 나섰다.

당장에 다른 방에서 명명 스킬을 사용해달라고 할 셈이었는데, 불행한 과거를 떠올려서 풀이 죽은 그녀를 혹사시킬 수는 없으니 밤중에 다시 오자.

일단 그녀들의 상속권을 가진 자가 없는지 서민가 대표자에게 물어볼까.

만약 있다면 그녀들을 합법적으로 해방하기 위해서 매입 교섭을 해야 하니까.

"잠시, 저 애들을 부탁한다."

"네, 쿠로 님."

나는 레리릴에게 부탁하고 쿠로의 모습으로 서민가에 갔다.

◆

—어디, 대표자를 어떻게 찾는다?

서민가에 온 건 좋은데, 너무 계획이 없었나 보다.

"여어, 백발 형씨. 못 보던 얼굴인데 여긴 무슨 용건이야?"

시비를 거는 불량배가 낯이 익었다.

전에 서민가에서 화재가 났을 때 이 근처를 대표한다고 말했던 남자다.

"진흙 전갈의 스코피라고 했던가? 네놈에게 묻고 싶은 게 있다."

"—엉? 편하게 막 부르지 마! 너 같은 놈 몰라."

아차. 이 녀석이랑 만난 건 사토 모습일 때였지.

나는 품에서 금화 몇 닢이 든 주머니를 꺼내 스코피에게 던졌다.

"거금이군……. 용건이 뭐냐?"

"정보가 필요하다."

"정보라고?"

"그렇다. 사람을 찾고 있다."

나는 티파리자 일행에게 들은 그녀들 전 주인에 대해 물었다.

"─그 녀석이라면 죽었어."

"놈의 친족은 짚이는 자가 없나?"

"빚쟁이야?"

"아니, 반대다. 놈에게 빚을 졌지. 친족이 있다면 그쪽에 돈을 건네고 싶군."

까딱해서 친족을 감싸고 숨겨주면 곤란하니까 그렇게 말했다.

"그 놈은 가족은커녕 애인이나 친구도 없었을 거야."

"그렇군─."

상속자가 없다면 이제 여기에는 용건 없다.

물러가려는데 스코피가 신경 쓰이는 말을 했다.

"그리고, 만약 있어도 절대로 안 나와."

"무슨 뜻이지?"

"요전의 화재 원인이 그 놈이거든."

이건 또 뜻밖의 이야기로군.

"놈은 노예 상인이었을 텐데?"

"정확하게는 해결사─ 아니, 돈에 눈이 먼 바보 자식이지."

스코피 말로는 그 바보 자식은 새로운 사업으로 오일 슬라임에게 부엌 쓰레기를 먹여 기르겠다고 계획했다가 잘못해서 불이 나버렸다고 한다.

눈독 들인 포인트는 제법 좋지만, 내화성이 낮은 가옥이 밀집한 서민가에서 하기에는 좀 위기관리가 부족했군.

"놈의 조문료다. 남은 돈은 불에 피해를 본 자들에게 나눠줘라."

금화 50닢 정도 든 주머니를 아이템 박스에서 꺼내 스코피에게 던졌다.

내가 그 바보 자식 대신 돈을 낼 필요는 없지만, 어쩐지 모르게 그 친구의 자산인 노예들을 가로챈 기분이 들어서 그녀들의 시세에 걸맞은 금액을 건넸다.

단순히 자기만족을 위해서니까 스코피가 평등하게 돈을 분배하는지 확인할 생각은 없었다.

주머니 속을 들여다본 스코피가 휘이 휘파람을 불었다.

"작별이다."

나는 그렇게 말하고 그 자리를 떠났다.

◆

"오늘은 잔뜩 잔뜩 탐험한 거예요!"

"그림도 그렸어~?"

저녁 식사로 고기 감자조림을 먹으면서 타마, 포치, 미아 셋이서 집 근처의 좁은 골목을 탐험한 이야기를 들었다.

타마는 탐색한 장소의 관광 지도 같은 지도를 그렸다.

전에 봤을 때보다도 늘어서 프로 뺨칠 정도로 잘 그렸다.

"잘 그렸구나. 굉장하다, 타마."

"니헤헤~?"

머리를 쓰다듬자 배시시 웃는 타마를 보고, 포치가 대항 의식을 자극 받았는지 의자에 걸어둔 자기 요정 가방을 주섬주섬 뒤졌다.

"이거랑, 이거랑, 이것도 선물인 거예요."

포치는 요정 가방에서 꺼낸 이상한 모양의 도토리나 예쁜 돌을 꺼내 테이블에 놓았다.

"포치, 식사중입니다. 선물은 식후에 드리세요."

"……네, 인 거예요."

리자가 부드럽게 주의를 주자 포치가 얌전해지면서 순순히 선물을 가방에 넣었다.

"밥은 중요한 거예요."

"우이우이~."

포치와 타마 둘이 애용하는 스푼과 포크를 들고 고기 감자조림에 달려들었다.

로지와 애니를 가르치기 위해서인지, 여러 가지 맛의 고기 감자조림 그릇이 「나 여기 있다!」라고 외치듯이 잔뜩 놓여 있었다.

곤약 말고는 미궁도시의 소재를 쓴 모양이다.

옆에 있는 목장에서 사온 세리빌라 소의 힘줄 고기를 듬뿍 썼는지, 고기를 좋아하는 아인 소녀들도 납득하는 볼륨이었다.

아인 소녀들이 고기 감자조림의 고기를 먹어 치우고 남은 감자나 당근, 곤약을 미아가 맛있는 기색으로 냠냠 먹었다.

"맛있어."

오늘은 타마랑 포치와 함께 탐색을 한 탓인지 평소보다 식욕이 왕성하다.

"미아도 재밌었니?"

"응, 연주회."

"연못 옆에서 미아가 곡을 연주하니까 할아버지 할머니가 잔뜩 모인 거예요."

"간식 받았어~?"

맵으로 확인하니 농지 근처에 작은 연못이 있었다. 그곳이로군. 탐색을 하는 김에 동네 사람들과 가까워진 모양이다.

"루루랑 리자는 뭐 보기 드문 거 샀니?"

"네!"

루루가 빛나는 미소를 지으며 고개를 끄덕였다.

"디저트로 써봤어요."

식후의 디저트로 잘게 다진 건포도 같은 것이 토핑된 요구르트가 나왔다.

"데이츠네."

"『데이츠』라는 거야? 가게 사람은 대추야자 열매라고 했는데?"

"둘 다 맞아. 데이츠가 대추야자 열매를 말하는 거니까."

조금 시큼한 요구르트에 데이츠의 단 맛이 잘 어울린다. 아마 이대로 먹어도 맛있고 술안주로도 좋겠군.

이 데이츠는 가격이 제법 비싼데도 탐색자들이 금세 사가는 환상의 식품이라고 한다.

게다가 납품하는 게 미궁도시의 서쪽에 있는 사막 너머에서 행상을 하러 오는 「사막 민족」이라서 가게에는 몇 개월에 한 번 밖에 안 나온다고 한다.

디저트를 탐닉한 다음, 루루와 리자의 전리품을 확인하러 주방에 갔다.

"보기 드문 야채도 몇 종류 있었어요."

길쭉한 하얀 당근이나 보라색 연근 같은 걸 사온 루루가 말했다.

"그 밖에도 마늘 싹이나 부추를 사용한 야채 볶음을 만드는 가게가 많이 있었습니다."

"고기 요리가 많았죠."

이어서 육류를 보았다.

"꽤 종류가 많네."

"그래도 재고에 있는 고기는 안 샀어요."

루루가 약간 질린 표정으로 말했다.

미궁도시는 고기류가 다채로운가 보군.

"사토, 독기."

"―정말이네."

소매를 낭기는 미아의 말대로 루루와 리자가 사온 고기에 독기가 들러붙어 있었다.

전에 노점에서 본 음식도 그랬고, 미궁도시의 정육점은 독기를 제거하지 않나 보군.

"어? 혹시, 위험한 고기였나요?"

"죄송합니다, 주인님. 시식해보고 맛있는 것을 엄선하려고 했는데, 위험한 것이었다니……."

"이 정도는 괜찮아."

조바심 내는 루루와 사죄하는 리자를 급하게 말렸다.

"장기간 먹으면 악영향이 생길지도 모르지만, 어지간히 몸이 약한 사람이나 환자가 아니면 먹어도 괜찮아."

미궁도시 사람들에게 독기 중독이 많은 이유는 마물 고기의 독기 제거를 안 한 탓일지도 모르겠군.

다음 다과회 때 태수부인에게 상담해보자.

"도끼가 있으면 맛있는 거예요?"

"그래~?"

포치가 고개를 갸웃거리며 말하자, 타마가 리자를 올려다보며 물었다.

"그건 모르겠습니다만, 이 고기는 모두 맛있었습니다."

리자가 당혹한 기색으로 대답했다.

—흠. 맛에 대해서 생각해본 적은 없었을지도?

"잠깐 실험을 해보자."

나는 재빨리 다섯 종류의 고기를 작게 두 조각씩 잘라서 반은 성비를 써서 핀포인트로 독기를 제거하고 가열용 마법 도구로 구웠다.

숯불로 굽는 편이 맛있지만 준비가 귀찮으니까 가볍게 끝냈다.

"좋은 냄새~?"

"역시 고기는 근사한 거예요."

저녁을 배불리 먹었을 타마와 포치가 고기 굽는 냄새에 침을 흘릴 것 같았다.

두 사람은 나중에 독기 제거한 뒤의 고기를 주도록 할까.

"기다려! 인 거예요."

내가 고기를 입으로 옮기려는데 포치가 내 손을 막았다.

그렇게 먹고 싶었니?

"독 감별~?"

"안전 확인은 포치랑 타마가 하는 거예요."

타마랑 포치가 주장했다.

이름이랑 달리 딱히 독은 아닌데, 뭐 괜찮겠지.

"그럼, 부탁할게."

"네잉~."

"네, 인 거예요."

타마와 포치가 함박웃음을 짓고는 고기를 꿀꺽 먹었다.

씹을 때마다 포치의 꼬리가 리드미컬하게 춤추고, 타마의 꼬리도 감동의 파도를 타며 움직였다.

독을 감별한다는 사실을 완전히 잊고 행복해 보이는 두 사람을 지켜보는데, 시선을 깨달은 포치가 어흠 헛기침을 했다.

"아, 아닌 거예요?"

그리고 고개를 갸웃거리면서 변명을 했다.

"어디, 두 사람의 존귀한 희생 덕분에 안전도 확인됐으니까 다들 맛을 보자."

내가 말하고 사람 수만큼 고기를 구웠다.

독기는 나중에 성비로 지우면 되겠지. 소화되기 전이면 문제없을 거야.

그래서, 맛을 보자면—.

"둘 다 변함없는 느낌이 드는데."

"그런가요? 독기가 있는 쪽이 조금 단단하고, 씁쓸함이나 역한 맛 같은 게 느껴져요."

나는 차이를 모르겠지만, 요리사를 목표로 하는 루루는 판별이 되는 모양이다.

"쓰지만, 파워풀~?"

"조금 단단하지만, 힘이 솟는 느낌이 드는 거예요."

"저는 씁쓸함은 모르겠습니다만, 포치 말처럼 몸 속에서 조금 힘이 솟는 느낌이 듭니다."

아인 소녀들도 개인차가 있어 보이네.

"우~응, 분명히 스테이터스가 살짝 늘었네."

그 말을 들은 아리사가 자기 스테이터스를 확인하고 중얼거렸다.

"그래?"

"응, 불 마법이나 스킬의 신체 강화랑 비교하면 오차 같은 거지만."

맛도 변함이 없고, 살짝 증가라면 위험을 범하면서까지 먹을 필요는 없겠다.

공도에서 고래 튀김 축제를 했을 때는 섭취하고 일정한 시간 동안 근력(STR)과 내구력(VIT) 같은 수치가 10퍼센트 정도 올라간다고 했었지.

능력 향상이란 의미에서는 고래 요리를 먹는 편이 좋겠다.

나머지 고기는 모두 성비로 독기를 지우고서 냉장고에 수납하고 내일 저녁 재료로 쓰게 되었다.

물론 독기투성이 고기를 먹은 모두가 성비의 파란 빛을 쐬었다.

"아리사, 아르바이트는 고용했니?"

거실에서 쉬고 있던 미아랑 나나와 합류한 뒤, 아리사에게 인재 모집에 대한 보고를 들었다.

"그래, 잔뜩 고용했어. 한 사람 당 동화 2닢으로 17명이야."

예정보다 많지만 문제없었다.

"이웃집에서 말도 해주고 다른 사람들 지휘를 해준다고 하니까 그 사람만 대동화 1닢이야."

"그래, 알았다."

지휘를 해주는 사람이 있으면 마음 든든하지.

"마스터."

나나가 터벅터벅 걸어와서 말했다.

"부인들에게 유생체 생산 이야기를 들었습니다."

이거 제법 위험한 느낌이 드는군.

"알몸으로 동침하면 된다는 정보를—."

"그렇겐 못해~!"

"응, 저지."

옷자락에 양손을 댄 나나의 팔을 아리사와 미아가 전광석화의 빠른 기술로 붙잡았다.

철벽 콤비 두 사람의 활약으로 나나의 귀여운 배꼽이 보인 상태에서 그녀의 팔이 멎었다.

"방해하는 이유를 묻습니다."

"결혼 전에는 안 되는 거야! 파렴치한 거야? 나나는 사토랑 결혼 안 했으니까, 아이 만들면 안 돼. 알았어? 알았지? 그러니까 유혹은 안 되는 거야? 절대야!"

초조한 기색의 미아가 보기 드물게 장문으로 나나를 꾸짖었다.

"마스터는 제 아이를 바라지 않습니까? 라고 묻습니다."

나나가 평소처럼 무표정하게, 미묘한 색기를 풍기면서 물었다.

이거 참 대답하기 어려운 질문이군.

아이 만드는 대상으로는 전혀 생각하지 않았지만, 그런 말을 직설적으로 하면 아무리 나나라도 상처를 받을 것 같으니까 대답을 좀 생각해 봐야겠군.

"내가 먼저! 그리고 루루가 더 먼저!"

"아, 아리사도 참……."

"우음, 약혼자. 부모님 공인."

아리사가 휘저어 버리고, 루루가 볼을 붉히고, 눈을 삼각형으로 뜬 미아가 아리사에게 대항했다.

"타마도~?"

"포치도! 인 거예요."

거기에 타마랑 포치도 참가했지만 아마 이 두 사람은 이해 못 했다.

기왕 이렇게 된 거, 이 흐름으로 얼버무리자.

"나나. 그렇게 조바심내지 않아도, 좀 지나면 양육시설에 아이들이 잔뜩 올 거야."

"마스터! 좀 지나면, 이란 며칠입니까, 라고 묻습니다!"

나나가 달려들었다.

"양육시설 완성까지 한 소월— 열흘 정도 걸리니까, 아이들을 수용하는 건 그보다 며칠 뒤쯤 될까?"

내 말에 나나가 말없이 충격 받은 표정이었다.

아무래도 예상한 것보다 길었던 모양이다.

"기다리다 보면 금방이야."

"예스, 마스터."

미묘하게 풀이 죽은 나나의 어깨를 톡톡 두드려주고, 다 함께 목욕하고 오라고 말했다.

"어라? 주인님은?"

"나는 용건이 좀 더 있어서 생활 마법으로 해버릴게."

"에~."

아리사에게 말하고서 나는 서재로 향했다.

◆

"후우, 생각보다 늦은 시간이 됐네."

다시 쿠로의 모습으로 「담쟁이 저택」에 돌아온 나는 「담쟁이 저택」에 준비한 사실 겸 연구실로 갔다.

도중에 발견한 레리릴에게 말해서 티파리자를 불렀다.

"어라?"

어째선지 풋라이트 말고 방의 다른 조명이 꺼져 있었다.

그러나 천창에서 내리쬐는 보름달의 빛이나 밝은 눈 스킬이 있으니 시야는 양호했다.

하지만 방으로 부른 티파리자가 무서울 테니까 「마등」^{마나 라이트} 마법이라도 사용하려고 메뉴의 마법란을 열었다.

"……쿠로 님."

메뉴 조작을 중단하고 얌전하게 노크하며 들어온 티파리자에게 시선을 주었다.

"나중에 부른다고 했는데 늦어져서 미안하다—."

—엥?

어째선지 티파리자는 다 비쳐 보이는 네글리제 같은 선정적인 의상이었다.

덤으로 속옷도 안 입은 모양이다.

"티파 씨. 힘내는 검다!"

그녀 뒤의 닫힌 문 너머에서 넬의 응원이 들렸다.

아무래도 내 말투가 안 좋아서 오해를 한 모양이다.

—풀썩. 가벼운 소리가 들렸다.

내가 자기혐오로 고민하는 동안 사태가 진행되고 있었다.

티파리자의 발치에 그녀가 입고 있던 다 비치는 옷이 떨어졌고, 천창에서 들어오는 달빛이 아름다운 그녀의 몸에 신비적인 매력을 부여했다.

조금 숙인 옆모습을, 소바쥬 스타일의 웨이브 진 머리칼이 가

렸다.

―아차, 안되지.

한순간이지만 그녀에게 눈길을 빼앗겼다.

"입어라―."

나는 아이템 박스에서 꺼낸 투박한 외투를 티파리자에게 덮어줬다.

그녀가 입는 걸 기다렸다가 술리 마법 「마등」을 썼다.

"―내가 말을 잘못한 모양이다. 너를 부른 건 정사를 강요하기 위해서가 아니다."

그럴 필요가 있으면 창관의 본직 누나들한테 부탁할 거야.

"그, 그러면 무엇을……?"

얼굴이 붉어진 티파리자에게 대답했다.

"네 스킬에 용건이 있다."

대답하는 투가 안 좋았는지 티파리자의 얼굴에서 표정이 떨어져 나갔다.

―어쩐지 그녀의 마음에 상처를 입힌 것 같지만, 그 부분의 케어는 빨간 머리 넬이나 미래에 생길 그녀의 연인에게 맡겨두자.

"티파리자, 나에게 새로운 이름을 붙여라."

"네, 어떤 이름을 붙일까요?"

감정을 읽을 수 없는 조용한 눈길로 묻는 그녀에게, 적당한 지구의 위인 이름을 열거했다.

"쿠로 님. 이름을 몇 개나 붙여도 마지막 이름 말고는 의미가 없습니다만, 그래도 상관없나요?"

"그래, 상관없다."

티파리자는 고개를 끄덕이고, 차분하고 조용한 목소리로 명명의 주문을 읊었다.

"■ ■ 명명. 『트리스메기스토스』."

이것은 공도에서 뿌린 빛 광석 장식품의 제작자로 유포한 이름이고, 본래 세계에서는 유명한 연금술사 이름이었던가 그렇다.

명명을 마친 티파리자가 의문스런 표정으로 고개를 갸웃거렸다.

"주인님, 죄송합니다. 방금 전 명명이 실패했을지도 몰라요."

난처한 표정으로 말하는 그녀의 말을 확인하고자 메뉴를 열었다.

분명히, 교류란의 이름은 계속 쿠로다. 만약을 위해서 교류란이나 스테이터스란의 이름 선택지를 확인하자 「트리스메기스토스」가 분명히 있었다.

그걸 모르는 티파리자가 명명에 실패하는 조건을 가르쳐 주었다.

"저도 소문으로만 들었습니다만, 힘 있는 자가 붙인 이름은 나중에 덧쓰지 못하는 경우가 있습니다."

쿠로란 이름을 붙인 것이 흑룡 헤일롱이니까 보통은 덧쓰지 못하는 거겠지.

"실패해도 상관없으니 다음 이름을 명명해라."

"아, 네. 그렇게 말씀하신다면……."

말에 약간 불복하는 뉘앙스가 실렸지만, 금세 담담한 분위기로 돌아가 기계적으로 명명을 계속했다.

세 번째 이름을 「명명」하자 티파리자가 마력 부족을 호소하기에, 술리 마법 「마력 양도」로 보충하면서 최종적으로 10개 정도 이름을 붙였다.

물론, 「아리스토텔레스」나, 「헤파이스토스」 등의 메이저한 이름뿐 아니라, 상인이나 대장장이의 일본어 발음을 변형한 「아킨도우」나 「카쟈」 같은 1회용 이름도 섞었다.

"감사한다."

"아, 아뇨. 조금이라도 도움이 됐다면 다행입니다."

갸륵하게 대답을 해주는 티파리자는 지친 기색이었다.

"지쳤나."

"아, 아뇨. 아직 괜찮습니다."

명명이랑 마력 보충을 반복했으니 지쳤겠지.

나는 다른 사람에게 말하지 말도록 일러두고 티파리자에게 방으로 돌아가 쉬라고 했다.

"티, 티파 씨, 벌써 끝났슴까?"

바깥에서 빨간 머리칼의 넬이 기다리고 있었는지 티파리자를 배려하는 소리가 들렸다.

광점의 수를 보니 다른 아가씨들도 같이 있었다.

"그렇게 휘청거리다니, 대체 어떤 플레이임까?"

착각한 넬이 그렇게 묻는 소리가 들렸다.

그런 행위가 이렇게 단시간에 끝날 리 없잖아?

넬의 말에 조금 넌더리를 내면서, 굳이 친구를 위해 어두운 복도에서 기다리고 있던 그녀의 모습에 조금 흐뭇하기도 했다.

물론 그런 마음은 금세 날아갔다.

"다음은 제 차례임다!"

그렇게 말하며 반라로 뛰어들어온 넬을 문 앞에서 빙글 180도 반전시켜서 바깥으로 내보냈다.

"—에? 방치 플레이임까!? 그런 고도의 플레이는 초보자라서 좀……."

넬의 목소리가 들렸지만 가볍게 무시하고 전이 거울 쪽으로 갔다.

""""쿠로 님, 한 사람으로 불만이시면 저희들 넷이서!""""

넬을 비롯한 네 아가씨들이 노크도 안 하고 방으로 뛰어들어 왔다.

무심코 머리를 감싸 쥘뻔했지만, 쿠로의 이미지에 맞지 않으니 어떻게 버텼다.

—아, 맞다.

"티파리자에게도 말했지만, 너희들에게 정사를 강요할 셈은 없다."

"아니, 저는 스스로 바라는—."

"그보다도, 너희들에게 묻고 싶은 게 있다.

괜한 말을 하려는 넬의 말을 재빨리 막았다.

"일단 옷을 입고 거실로 모여라."

""""……네, 네에.""""

미묘하게 불만스러운 네 사람을 물리고 거실로 갔다.

잠시 뒤에 거실에 집합한 아가씨들에게 불이 났을 때 이야기를 물었다.

"저희가 지하실에서 먹이를 주고 있을 때, 오일 슬라임이 갑자기 날뛰기 시작했어요."

"평소에는 얌전한데, 그 때는 굉장히 파도치면서 통에서 탈출했죠."

계산 아가씨랑 재봉 아가씨가 말했다.

지하실에서 탈주한 오일 슬라임이 계단 위에서 인화했고, 그녀들은 지하에 갇혀 버렸다고 한다.

"쿠로 님!"

넬이 내 이름을 부르며 일어섰다.

"두 사람이 도망쳐오기 조금 전에, 이상한 분홍색 슬라임을 봤습다!"

"아아, 넬이 소란을 피운 그 때구나."

빨간 머리 넬의 말에 감정 아가씨가 수긍했다.

그러고 보니 그녀들을 구한 건물에 있던 슬라임의 핵이 핑크색이었지.

그녀들 말에 따르면, 본래 오일 슬라임은 황토색이라고 한다.

"누군가 수상한 인물이나 수상한 행동을 한 자는 없었나?"

내 말에 아가씨들이 얼굴을 마주보았다.

"거기 오는 건 다들 수상한 녀석들 뿐임다."

넬의 말에 다른 아가씨들도 납득하는 표정이었다.

"수상한지는 알 수 없지만—."

티파리자가 조심조심 입을 열었다.

"온몸이 녹색 차림인 중년 남성이 가끔 주인을 찾아온 것 같아요."

"이어요이어요. 말투 이상한 사람입다."

이건 또 뜻밖의 인물이— 아니, 별로 뜻밖은 아니군.

서스펜스 방송이라면 틀림없이 미스리드를 위해 준비할 법한 인물인데.

"그 녀석이 뭐 하러 온 건지 알고 있나?"

내 질문에 아가씨들이 다시 서로 마주보았다.

언제나 뭐 딱히 하는 것도 없이, 생글생글 웃으며 전 주인과 하릴없는 대화를 하다 돌아갔다고 한다.

그것만 들어보면 전 주인과 친구였다고 생각해 버릴 것 같지만, 티파리자 일행의 견해로는 도저히 친구라고 생각할 수 없는 느낌이었다고 한다.

"그 화재 날에도 왔나?"

"아뇨, 그 날은 한 번도—."

"봤어요."

감정 아가씨의 말을 티파리자가 가로막았다.

"주인을 찾아오지는 않았지만, 건물 근처에서 걷고 있는 걸 창 밖으로 봤습니다."

"그건 언제쯤이었지?"

"넬이 분홍색 슬라임을 봤다고 소란을 피우기 조금 전이요."

티파리자를 비롯한 아가씨들의 말을 시간 순서로 정리해보자.

· 녹색 귀족은 가끔씩 찾아와서 그녀들의 주인과 만났다.

· 티파리자가 녹색 귀족을 본 직후에 넬이 핑크색 슬라임을 발견.

· 평소에는 얌전한 오일 슬라임이 날뛰며 탈주했다.

· 오일 슬라임에 무슨 불이 옮겨 붙어서 대화재가 발생.

—이런 느낌이군.

내 맞지 않는 추리는 「녹색 귀족이 오일 슬라임이 싫어하는 핑크색 슬라임을 보내서 오일 슬라임의 폭주를 유발시켜 화재를 일으켰다」가 되는데…… 그래도 이건 아니겠지.

녹색 귀족이 대화재를 일으키는 의미를 알 수가 없고, 그가 굳이 직접 손을 쓰지 않아도 부하를 시키는 게 더 간단하다.

내가 추리 드라마 주인공이라면 화재 현장에서 봤다는 이야기를 하고서 이유를 물어보겠지만, 괜히 성가신 일에 고개를 들이미는 취미는 없었다.

기회가 있으면 슬쩍 떠보는 것 정도는 해보겠지만, 유감스럽게도 내 호기심이 만족되는 것 이상의 메리트는 없단 말이지.

역시, 기본은 「군자는 위험에 다가가지 않는다」라니까.

◆

"—대, 대성황이어요."

주부 파워 덕분인지 아니면 지방력이 넘치는 체적 덕분인지, 녹색 귀족은 식사배급 장소의 직원 구역에 들어가지 못하고 조용히 중얼거렸다.

"안녕하세요? 포프테마 님."

"펜드래건 경. 안녕함이어요."

나는 등 뒤로 돌아가서 웃으며 인사를 했다.

"이제부터 화재 현장을 시찰하러 갈 셈인데, 포프테마 님도 함께 가는 건 어떠신가요?"

"식사배급은 방치해도 되는 것임이어요?"

"네. 이 정도로 사람이 많으면 귀족인 제가 도울 필요도 없겠죠."

나는 은근히 녹색 귀족의 도움도 필요 없다는 뜻을 드러내며, 나 자신을 제물로 그를 이 자리에서 떨어뜨려 놓는 책략을 실행했다.

이걸로 아이들도 부담 없이 올 수 있을 거야.

"생각보다 부흥이 빠르군요."

가연성 회반죽 부분이 불타서 무너진 집도 많았지만 절반 이상의 집은 원형을 유지하고 있었다.

우리는 새까맣게 되어서 일하는 사람들을 방해하지 않도록 길을 걸었다.

나랑 녹색 귀족의 복장을 본 사람들이 가끔씩 눈썹을 찌푸리거나 땅에 침을 뱉기도 했지만, 녹색 귀족은 그것을 탓하긴커녕 시종 즐거운 기색으로 생글생글 지켜보고 있었다.

그의 표정은 여전히 뒤죽박죽이라 진의를 읽을 수가 없군.

"―지붕이 탄 집이 많은 것임이어요."

녹색 귀족 말처럼 집들의 지붕이 90퍼센트 정도 없는 상태였다.

지붕으로 삼는 풀을 건조시키는데 시간이 걸리는 탓이겠지.

미궁도시에는 비가 별로 안 내리지만, 대사막의 모래가 바람을 타고 서쪽 산맥을 넘어 날아오기 때문에 지붕이 없어도 괜찮을 리 없었다.

그런 식으로 시찰하는 도중에 녹색 귀족이 발길을 멈추고 불탄 건물을 올려다보았다.

"이 부근은 무너져 있는 집이 많음이어요만, 여기는 무사한 것임이어요."

티파리자 일행을 구해낸 건물이었다.

"포프테마 님이 아시는 분의 집인가요?"

"그럴 리 없음이어요. 이런 곳에 아는 사람은 없음이어요."

넌지시 이야기를 해봤지만 즉시 부정했다.

시치미 떼는 기색은 없지만, 본래 태수부인의 아시넨 후작 가문 첩보기관에서 오래 일했던 인물이니까 나한테 티를 내지 않는 것 정도는 여유겠지.

어설프게 물고 늘어졌다가 괜한 풍파를 일으키는 것도 싫으니까 추궁은 이쯤 해둘까.

나는 사법 기관 사람도 정의의 사도도 아니니까.

아리사에게 식사배급이나 봉사활동이 끝났다고 「원거리 통화」가 들어오기에, 시찰이란 명목의 녹색 귀족 유인 행동을 끝내고 식사배급 광장으로 발길을 돌렸다.

"이제 끝임이어요?"

"네, 충분히 시찰했으니까요."

"그러면, 나도 태수 공관으로 돌아감이어요."

나는 그 자리에서 녹색 귀족과 헤어지고, 어깨의 짐을 내려놓은 기분으로 길을 나아갔다.

"옅어진 것도 제법 짙어지고 있음이어요. 역시 **분홍색**의 탱글 돌이는 좋은 것임이어요."

뒤에서 들린 녹색 귀족의 혼잣말에 돌아섰지만 그는 서민가 사람들 사이에 섞여 보이지 않았다.

도통 의미를 알 수 없는 혼잣말이었지만, 어째선지 내 마음에 응어리 같은 것이 걸렸다.

◆

"그럼, 오늘 일은 끝. 이제 자유 시간이다."

나는 동료들에게 선언하고 놀러 가도록 권했다.

식사배급 도구는 미테르나 씨가 옮겨준다고 했으니 딱히 용건은 남지 않았다.

"타마랑 포치는 오늘도 탐색이니?"

"네잉~?"

"오늘은 꾜치노 시도를 그리는 거예요."

어제 타마가 그린 것에 대항하려는지 포치가 요정 가방에서 낙서장을 꺼내며 선언했다.

"이건 그리기 어렵겠다. 작은 화판을 가져가."

나는 격납 가방 경유로 스토리지에서 꺼낸 널빤지 2개에 「만능 공구」 마법으로 구멍을 뚫어서 종이를 고정하는 금속 부품과

목에 걸기 위한 끈을 달아 포치와 타마용 화판을 만들어줬다.

"와~아."

"고맙습니다인 거예요!"

"감사~?"

화판을 받은 타마와 포치가 가볍게 춤을 추며 기뻐했다.

"승부인 거예요!"

"타마, 안 져~?"

포치와 타마가 화판을 한 손에 들고 달려갔다.

어느 쪽이 멋진 지도를 그리는지 승부할 모양이다.

"뭔가 난처한 일 있으면 큰 소리로 불러야 된다!"

"네~잉."

"네, 인 거예요!"

내가 외치자, 둘이 고개만 돌려 대답하고는 손을 커다랗게 흔들면서 달려갔다.

"저는 로지와 애니에게 요리를 가르쳐야 하니, 저택에 돌아갈게요."

"응, 연주회."

루루는 저택으로. 미아는 어제 그 연못가에서 노인들 상대로 연주회를 할 모양이다.

"리자는? 오늘도 시장 조사 할래?"

"아뇨, 낭비를 해서는—."

"낭비 아냐. 미궁도시에서 어떤 것들이 팔리는지 조사하는 건 중요하거든."

그렇게 말하며 리자에게 은화 몇 닢의 화폐가 든 주머니를 건넸다.

그녀가 일하는 걸 생각하면 용돈으로 금화 몇 닢 정도는 건네도 괜찮지만, 금화를 주면 괜히 조심할 것 같아서 익숙해질 때까지 은화 이하의 화폐를 건네고 있었다.

리자를 배웅하고서 마지막으로 나나와 아리사가 남았다.

"마스터, 사탕이 필요하다고 고합니다."

나나의 보기 드문 요청에 알사탕을 꺼내 건네줬다.

"하나가 아니라, 잔뜩 필요하다고 탄원합니다."

"잔뜩?"

"유생체에게 둘러싸이려면 달콤한 걸로 낚는 게 제일이라고 아리사에게 정보 제공을 받았습니다."

아리사를 힐끗 보자 조용히 사과 포즈를 취했다.

반성은 하는 모양이니까 이번에는 벌을 주지 않아도 되겠지.

"전에 벌꿀과 우기 대나무 설탕으로 만든 사탕이 잔뜩 남아 있으니까 가져가."

"마스터, 감사합니다."

백 개쯤 되는 사탕이 담긴 주머니를 들고 나나가 의기양양하게 길드 쪽으로 걸어갔다.

"괜찮아? 비싼 사탕을 나눠줘도?"

"재료야 대량으로 남아 있으니까 괜찮아."

예전에는 나름대로 귀중했지만, 설탕의 일대산지인 마도왕국 라라기에 연줄이 생긴 지금은 그렇게 아껴가며 보관할 건 아니었다.

공간 마법 「귀환전이」를 연속 사용하면 마도왕국 라라기까지 금세 갈 수 있고, 질 좋은 설탕도 산지에서 사면 시가 왕국의 10분의 1정도 가격이니까.

그럼, 나는 뭘 할까?

선택지는 잔뜩 있지만 역시 마물 소재 공작이 좋을까?

"주인님, 데이트하자!"

내 팔을 끌어안은 아리사가 고양이처럼 볼을 슬슬 비볐다.

거절할 거란 생각이 없는 무방비한 표정이었다.

—하는 수 없지. 공작은 심야에 즐겨야겠군.

"그럼, 미궁도시의 마법 도구라도 보러 다닐까?"

"오케이! 그러면 로지가 골동품을 파는 거리를 알려줬으니까 거기로 가자!"

신이 난 아리사에 이끌려 중견 탐색자가 활보하는 구불구불한 골목으로 갔다.

"헤~ 잡다한 느낌이 좋은데."

이른바 「장어의 보금자리」라고 불릴 법한, 입구가 좁고 안쪽으로 깊은 가게가 늘어서 있었다.

"그렇지? 뜻밖의 발견도 많다고 하니까 기대할게."

아리사가 눈을 가리키며 씨익 웃었다.

아마도 내 감정 스킬로 괜찮은 걸 발견하라는 말이겠지.

좀 반칙 같긴 하지만, 조금 정도라면 괜찮을 거야.

"있지있지, 이 반지 굉장해 보이지 않아?"

아리사가 울퉁불퉁하게 장식된 놋쇠 반지를 들어 나에게 보여줬다.

하얗고 불투명한 돌에 강력의 룬이 새겨져 있었다.

"그건 말이다. 손가락에 끼우고 있기만 해도 무기의 위력이 오르는 마법의 반지야! 평소에는 금화 120닢에 파는 거지만—."

비싸.

아무리 그래도 룬 하나 새겨진 놋쇠 반지에 그런 가치는 없었다.

아무리 바가지를 씌워도 금화 몇 닢이면 되는데.

시세 스킬로 보면 은화 1닢에서 6닢 범위였다.

"—장래 유망해 보이는 젊은 나리와 만난 기념으로 오늘은 특별히 금화 15닢으로 해주지."

"근력(STR) 플러스 3쯤 되네."

어느샌가 반지를 끼운 아리사가 반지를 빼면서 조용히 말했다.

그런 미묘한 수치라면 고래 튀김을 먹으면서 싸우는 게 효과가 높다.

"은화 3닢이라면 생각해볼게."

"칫, 마법 반지의 가치도 모르는 애송이는 돌아가!"

손님이 안 된다고 판단했는지 소금을 뿌릴 기세로 우리를 가게에서 내쫓았다.

다음 가게에는 새까만 칼날의 곡도가 놓여 있었다.

"저 검, 강해 보여!"

아리사가 검을 향해 뻗은 손을 붙잡아 말렸다.

"안 돼, 아리사."

"호헤? 뭔가 위험해?"

"그래, 저주 받았어."

어떤 저주인지는 모르겠지만, 독기시의 시야에 곡도에 들러붙은 수상쩍게 꿈틀거리는 독기가 보였다.

그 밖에도 우산꽂이 같은 장소에 몇 개의 검을 세워놨고, 나무 상자에 미궁 개미의 송곳니를 사용한 개미 송곳니 망치나 갈고리 단검 중고를 헐값에 팔고 있었다.

메이즈 앤트

"그다지 흥미가 끌리는 건 없네."

"그렇구나."

그 옆은 중고 방어구 상점 같았다.

"냄새나."

"여기는 좀 안되겠다."

"이 냄새를 맡으면 오래된 검도복이 귀여울 정도네."

와이번 가죽을 사용한 경화 가죽 갑옷은 그럭저럭 성능이 괜찮지만, 예전 소유자의 체취가 심해서 다가가기만 해도 구역질이 날 정도였다.

"가짜 엘릭서에 바보처럼 비싼 조악한 마법약……. 옥석이 섞인 정도가 아니라 거의 다 그냥 돌멩이잖아."

분개하는 아리사에게 길 가는 중간의 가게에서 산 베리아 즙을 건넸다.

"어머? 의외로 산뜻하고 맛있네."

"알로에 주스를 희석한 느낌인가?"

차가웠다면 더 맛있겠지만, 냉장고가 일반적이지 않은 이세계에서는 사치겠지.

나는 몰래 스토리지에서 꺼낸 큐브 아이스를 나와 아리사의 컵에 넣었다.

"고마워."

"천만에요."

작게 감사하는 아리사에게 작게 대답했다.

차가워서 더 맛있어진 베리아 즙으로 목을 축이면서 주위 점포를 돌아보았다.

"오오, 좋은 물건이다."

"어? 어느 거?"

내 말을 날카롭게 주워들은 아리사가 눈빛을 반짝이면서 물었다.

"이거야."

"이 다 녹슨 대검이?"

"그래. 겉보기에는 녹슨 놋쇠 대검이지만— 마검이야."

마지막 한 마디만 아리사의 귓가에 속삭였다.

"좀 들어봐도 될까?"

"그래. 상관없지만 손이 지저분해져도 불평하지 말라구, 젊은 나리."

가게 주인의 허가를 받아서 녹슨 대검을 들어 마력을 흘려봤다.

"마력 전달경로가 끊어진 모양이니까 이대로는 못 쓰려, 나?"

억지로 마력을 주입해 청소하면 경로가 부활할 것 같기도 하지만, 대검이 안쪽에서 파열될 가능성이 있으니까 자중했다.

"주인장. 이 검은 얼마지?"

"금화 3닢이야. 말해두지만, 그건 황금이 아니라 놋쇠다. 그리고 녹여서 쓰려고 해도 돈이 들 거야."

이 가게 주인은 꽤 친절하군.

참고로 시세는 은화 3닢에서 금화 10닢이니까, 금화 3닢은 가격 교섭을 한 뒤의 적정 가격이라고 생각한다.

이 정도로 무게라면 놋쇠를 녹이기만 해도 금화 5닢 정도는 될 법하지만, 제련해서 쓸 수 있도록 처리하는 것도 나름대로 돈이 드니까 여기서 녹슨 모습을 드러내고 있는 거겠지.

"금화 2닢으로 안 될까?"

아리사의 가격 흥정에 가게 주인이 우리에게 시선을 향하며 확인했다.

나한테 마음을 읽는 힘은 없지만, 정말로 그 가격에 살 생각이 있는지 확인하는 거겠지.

품속의 지갑에서 금화 2닢을 꺼내 보여줬다.

"팔았다!"

내 손에서 금화를 낚아채듯 받은 가게 주인이 녹슨 대검을 누더기로 감싸 건넸다.

어쩌면 그는 금화 2닢으로 바가지 씌웠다고 생각할지도 모르겠군.

"또 사러 올게."

"오오! 환영하지!"

가게 주인이 활짝 웃으며 대답하자 우리는 진지한 표정으로 가게를 나섰다.

우리는 웃음을 죽이면서 길을 돌아 좁은 골목에서 서로 마주 보며 폭소했다.

"아~ 우스워라. 저 사람 분명히, 주인님을 호구라고 생각했어."

"괜찮잖아. 서로 이득을 봤으니까."

가게 주인은 녹슨 대검을 금화 2닢으로 팔아서 대만족, 우리는 마검을 금화 2닢으로 사서 대만족인 WIN-WIN 관계라고 할 수 있으리라.

녹을 벗기는 건 「담쟁이 저택」의 설비로 금방 할 수 있고, 마력경로를 부활시키는 것뿐이라면 전용 공간 마법을 만들어서 아리사한테 써달라고 하면 금세 수복할 수 있을 거야.

로그를 보니 「눈썰미」나 「고물상」이랑 칭호를 얻었다.

"하아, 우스워라."

"그럼 다음 가게를 보러 가자―."

내가 아리사에게 제안했을 때―.

"주인니이이이이이이이이이이임!"

내 도움을 구하는 미약한 소리를 엿듣기 스킬이 포착했다.

이 목소리는 포치다.

"주인님, 왜 그래?"

아리사의 물음에 한 손을 들어 조용히 하라고 했다.

나는 귀를 기울이고 그 옆에서 맵을 조작하여 포치의 현재 위치를 표시했다.

발견했다.

포치는 화재를 면한 서민가 한 구석에 있었다.

"아리사, 포치가 핀치야. 가까운 가게에 들어가서 기다려."

"으, 응, 알았어."

내 말에 아리사가 수긍했다.

주위에 사람이 없는 것을 확인하면서 건물 뒤로 몸을 숨겼다.

재빨리 검은 외투로 몸을 감싸고, 외투 안에서 쿠로의 모습으로 변신했다.

"──포치는 난처한── 도와주세──."

이어서 들린 소리에, 나는 다리의 탄력을 전력으로 써서 하늘 높이 뛰어올라 포치가 있는 방향을 향해 섬구를 발동했다.

─지금 간다, 포치!

펜드래건 양육원

"사토입니다. 학대나 가정 내 폭력은 주위에서 눈치 못 채면 겉으로 드러나지 않는다고 들었습니다. 현대 일본처럼 복지가 되는 나라에서도 그림자 속에 숨어버리는 거죠. 만약, 그것이 이세계라면—."

"—있다."

뛰어 올라서 1초도 안 지나 포치가 있는 장소의 상공에 도착했다.

외벽 탑의 그림자 안이라서 어슴푸레하지만 포치는 무사했다.

포치 앞에 긴 봉을 가진 남자가 두 사람 있지만, 둘 다 봉을 팔에 끼우고 손바닥으로 귀를 막고 있었다.

염려하고 있던, 악한이 시비를 걸어 일촉즉발의 위기 같은 상황은 아닌 모양이다.

나는 조금 떨어진 사람이 없는 골목에 심구로 칙지해서, 「은형」스킬과「밀정」스킬을 사용해 축지로 그 자리까지 이동했다.

사람이 없는 장소에서 빨리 갈아입기 스킬의 도움을 빌어 사토의 모습으로 돌아왔다.

"주인니이이이이이이임!"

하늘을 향해 전력으로 외치는 포치 앞에 순동이 발동하지 않도록 주의하며 달려갔다.

"포치, 왜 그러니?"

"주인님!"

내 모습을 본 포치가 눈동자를 반짝거렸다.

"이 녀석들이 괴롭혔어?"

"아닌 거예요! 이 사람들은 순찰 아저씨인 거예요."

가만 보니, 조금 옷을 풀어 입었지만 미궁도시 세리빌라의 위병들 복장이었다.

"어이, 어디서 나타났―."

거친 목소리로 내 멱살을 잡으려고 팔을 뻗던 위병을 또 한 사람의 위병이 봉으로 퍽 때렸다.

가볍게 때린 것 같긴 한데, 꽤 아팠는지 맞은 쪽 위병이 머리를 누르며 눈물과 비명을 견디고 있었다.

"죄송합니다, 펜드래건 사작님. 동료가 실례를……."

"아니, 이쪽이야말로 실례."

아무래도 때린 쪽 위병은 나를 알고 있어서 동료가 귀족에 대한 폭언을 뱉으려는 걸 막은 모양이다.

조금 난폭하지만 동료를 생각해서 한 짓이겠지.

"주인님, 이쪽에 얼른인 거예요. 작은 애들이 죽어 버리는 거예요."

포치가 내 손을 끌어서 어슴푸레한 골목으로 이끌었다.

아무래도 그쪽에 포치보다 작은 애들이 몇 명 있는 모양이다.

"―뭔 짓이야!"

"그건 내가 할 말이다. 상대가 누군지도 모르냐?"

뒤에서 위병들이 싸우고 있지만 아무래도 좋아 보이는 느낌이라 일단은 아이들 곁으로 갔다.

나를 본 아이들 중 하나가 미약하게 입을 움직였지만 목소리를 내거나 몸을 움직일 활기도 안 남은 모양이다.

그 중 둘 정도는 다리가 부러져 있고, 환부가 검붉게 변색되어 작은 벌레들이 달려들고 있었다.

AR표시를 보니, 아이들 상태가 「골절」, 「기아: 무거움」, 「탈수 증상」이었다.

"이 애들을 구해주세요인 거예요."

"괜찮아, 충분히 구할 수 있어."

걱정하는 포치를 안심시키려고 힘차게 고개를 끄덕였다.

나는 일단 마법란에서 생활 마법 「해충 퇴치」를 써서 벌레들을 쫓아냈다.

"우와앗, 버, 벌레가……!"

뒤에서 위병들이 소란을 떨었다.

아무래도 조금 떨어진 곳에서 여기를 살피고 있나 보군.

체력 회복약을 먹이기 전에 영양세를 먹이려고 격납 가방에서 약병을 꺼냈다.

레이더의 광점이 움직여 위병이 다가오는 걸 깨달았다.

"사작님, 뭘 하시는 건지요……? 안락사는, 일단 국법으로 금지되어 있습니다."

위병 한 사람이 충고하러 온 모양이다.

"아니야. 그냥 영양 보급용 마법약이야."

내가 한 모금 마시자 「실례했습니다」라고 하며 뒤로 물러났다.

"자, 마셔라."

나는 작게 속삭이며 아이들에게 한 모금씩 영양제를 먹이고 순서대로 물을 먹였다.

괜찮아 보이기에 이번에는 희석 마법약을 먹여서 체력을 회복시켰다.

"움직인 거예요!"

"그래, 이제부터는 미테르나에게 맡기자. 이 애들을 데리고 갈 건데 무슨 수속 필요한가?"

나는 위병에게 물었다.

"아뇨, 저희들이 상사에게 보고할 테니 그대로 데리고 가서도 문제없습니다. 괜찮다면 저희들이 도울까요?"

제법 친절하군.

아마 태수부인이 위병들이나 그들의 상사에게 일러준 덕분이겠지.

"아니, 그럴 것까지는 없어."

나는 큰 길에서 달려오는 리자와 타마를 보면서 위병들에게 말했다.

두 사람도 포치의 외침을 듣고 걱정돼서 찾으러 온 거겠지.

"포치~."

"타마! 리자도 같이 온 거예요!"

"포치, 다친 곳은 없나요?"

포치가 무사한지 걱정하는 두 사람이 진정하기를 기다리는 동안 「원거리 통화」 마법으로 아리사에게 상황을 설명했다.

　"─그래서 포치가 발견한 죽을뻔한 아이들을 보호했어."

　『에~ 큰일이잖아! 나도 적당한 뒷골목에서 먼저 전이로 돌아 갈게.』

　"미안하다, 아리사."

　『괜찮다니까! 나중에 물리적으로 보충 부탁~.』

　어쩐지 윙크하는 아리사가 보이는 것 같다.

　그 다음에는 아인 소녀들과 나눠서 아이들을 저택으로 데리 고 돌아갔다.

◆

　"나나까지 아이들을 주워왔어?"

　"유생체 보호는 필수라고 고합니다."

　저택 앞까지 돌아오자 먼저 돌아온 아리사와 이야기하는 나나의 모습이 보였다.

　나나는 수많은 아이들을 데리고 있었나.

　"다녀왔어."

　"어서 와, 주인님─. 그 애들이구나."

　아리사는 우리가 안고 있는 아이들 곁으로 달려가 걱정스레 들여다보았다.

　"얼른 서둘러. 침대는 준비가 끝났으니까 얼른 눕혀주자."

아리사가 우리를 저택으로 재촉했다.

"저 사람."

"응, 같이 있었어."

"—유생체?"

뒤를 돌아보자 나나랑 같이 있던 아이들이 어딘가로 달려가 버렸다.

무슨 일인지는 모르겠지만 아이들은 변덕스럽고 사립 양육시설의 가동은 조금 나중이니까 그때 다시 모으면 되겠지.

일단 보호한 아이들을 저택으로 데리고 가서 객실의 침대에 눕혔다.

"그건 그렇고, 심하게 다쳤네."

아이들의 골절 흔적이나 변형된 손발을 본 아리사가 눈썹을 찌푸렸다.

"그래. 좀 남들에게 보여줄 수 없는 치료를 할 테니까 아무도 못 들어오게 해줘."

"알겠습니다."

나는 아인 소녀들에게 문지기를 맡기고 아이들의 왜곡된 손발에 꼼꼼하게 마력 치유를 시행했다.

전에 이 저택의 마구간에 쓰러져 있던 아이들— 저택의 어린 메이드 소녀들에게도 시행했었다.

—그러고 보니.

그 애들도 이 애들과 비슷하게 다쳐 있었다.

대체 누가 이 어린 애들한테 이렇게까지 가차 없는 폭력을 휘두른 거지?

그 생각을 하는 동안 내 마력 치유로 아이들의 손발이 건강한 형상으로 변형을 끝냈다.

"굉장하네— 마법?"

"아니, 『마력 치유』란 스킬이야."

아리사의 질문에 대답했다.

"흐~응, 나도 한 번 얻어볼까— 으에엑."

아리사가 중얼거리다가 말을 잃었다.

듣자니 보통 마법 스킬보다 필요 포인트가 훨씬 크다고 한다.

"스킬 하나로서 이례적일 정도로 커. 주인님, 그렇게 취미 스킬만 익히다 보면 나중에 후회할걸?"

"고마워, 충고 명심할게."

걱정해주는 아리사에게는 미안하지만, 나는 어떤 스킬이든 1포인트면 되니까 괜찮지.

물론 낭비를 할 셈은 없지만 말이야.

"녹색 옷을 입은 남자가?"

나는 보호한 아이들을 미테르나 씨에게 부탁하고, 어린 메이드 소녀들 중에서 구했을 때 다리가 부러져 있던 아이에게 이유를 물어봤다.

"응. 길가에서 자고 있는데 이상한 남자가 밟고 갔어."

아무래도 녹색 귀족 포프테마 상담관은 이면에서 부랑아들을 학대하고 있나 보군.

"나도, 『녹색』이 찼어."

"『이어요』, 싫어."

다른 메이드들도 이런 발언을 추가했다.

녹색에 이어요라는 건 아이들 사이에서 녹색 귀족의 속칭 같았다.

"마스터, 학대자에게 죽음을!"

나나가 무표정하게 주먹을 움켜쥐고는 기염을 토했다.

"괴롭히면, 안 돼~?"

"그런 거예요! 작은 애를 괴롭히면 안 되는 거예요!"

타마와 포치도 펄펄 화를 냈다.

옛날에 자기들 일이 떠오르는 게 아니라, 순수하게 그렇게 생각하는 느낌이었다.

"주인님, 그 사람은 고위 귀족이 아닌가요? 아이들을 위해서 주인님이 불이익을 받을 필요는 없다고 저는 생각합니다."

"그렇네, 리자 씨 말도 지당하다고 생각해."

정의감이 강한 아리사가 보기 드물게 넘어가자는 주의의 말에 동의했다.

"하지만, 손에 넣은 힘은 약자를 지키기 위해서 쓰는 게 제일이야!"

아리사가 날카로운 표정으로 선언하고, 아이들이 그런 아리사를 찬사의 눈빛으로 보면서 짝짝짝 박수를 쳤다.

—아아, 그래야 아리사지.

"마스터!"

쓴웃음 짓는 나에게 나나가 바짝 다가와서는 호소했다.

"알았어. 어떻게든 할게."

그러니까 가슴 밀어붙이는 건 그만두렴.

일단은 내일 오후에 태수부인의 다과회에 초청을 받았으니, 거기 참가하는 김에 녹색 귀족의 진위를 확인하고 사실이라면 못을 박아둬야겠다.

최하급 귀족인 내 말을 고위 귀족의 일원인 그가 들어줄 것 같지 않으니 태수부인의 위광을 빌리게 되겠지만, 기왕 얻은 호랑이 가죽이니까 뒤집어 써볼까.

물론 그 전에 녹색 귀족이 바라는 걸 교환 조건으로 내걸 수 있는지 찾아볼 셈이다.

◆

그리고, 그날 심야—

"믿고 싶지 않았습니다만, 소문이 사실이었군요."

나는 골목에서 잠든 아이를 밟으려고 발을 들어올린 녹색 귀족에게 뒤에서 말을 걸었다.

오늘은 소문의 진위를 확인하기만 할 셈이었지만, 아이들을 내칠 수가 없어서 무심코 움직여 버렸다.

"펜드래건 경은 기적을 지우는 게 능숙함이어요."

그의 스킬 구성으로는 스킬 레벨 최대의 은형계 스킬을 구사하는 나를 감지할 수 있을 리 없는데, 어둠 속에서 나타난 나를

발견하고도 놀라는 기색이 없었다.

"무슨―."

내 눈앞에서, 녹색 귀족이 예비동작이나 긴장감도 없이 발을 내리찍었다.

으직. 건조한 소리와 아이의 절규가 울렸다.

"무슨 짓을……!"

나는 녹색 귀족을 떠밀고 골절된 아이의 뼈를 이으며 억지로 마법약을 먹였다.

그 애 곁에서 자고 있던 아이들이 절규에 눈을 뜨더니 뿔뿔이 흩어져 어둠 속으로 도망쳤다.

"그건 이쪽이 할 말이어요. 갑자기 밀어내다니, 신사 실격이어요?"

녹색 귀족이 죄책감 한 조각도 없는 목소리로 항의했다.

―이 녀석은 무슨 말을 하는 거지?

"잠들어 있는 아이의 다리뼈를 짓밟아 부수고는 아무것도 못 느끼나?"

무심코 진심으로 항의한 나에게 녹색 귀족이 웃었다.

"나는 밤 산책을 했을 뿐이어요. 그 앞에 떨어져 있던 쓰레기를 밟아 버린 건 우연이어요. 길가에 쓰레기를 버리는 쪽이 잘못이어요."

내 품 안에서 떨고 있는 아이를 본 녹색 귀족이 희열이 가득한 미소를 지었다.

그 미소를 본 순간, 마치 사람 모습을 한 괴물을 본 것처럼 기분이 나빠졌다.

한줌의 희망을 걸고서 그의 상세 스테이터스를 AR표시로 확인했지만 아쉽게도 마족에게 빙의된 것이 아니었다.

믿을 수 없지만, 이것이 그의 본색인가 보다.

"공포, 증오, 자신이 이해하지 못하는 것에 대한 두려움, 실로 **진미**임이어요."

녹색 귀족이 달을 올려다보며 웃었다.

놈의 말을 듣고 세류 시에 미궁을 만든 하급 마족의 말을 떠올렸다.

"마치 마족 같은 말투군."

"이번에는 사람을 마족으로 부르는 것이어요? 펜드래건 경은 조금 더 귀족으로서 교육을 받는 편이 좋음이어요."

녹색 귀족이 미숙한 젊은이를 타이르는 연장자 같은 어조로 말했다.

분명히 지금 그건 실언이었다.

나보다 훨씬 높은 상위 귀족에게 더할 나위 없는 매도라고 할 수 있었다.

명예 귀족의 작위를 박탈해도 불평할 수 없다.

"뭐, 좋음이어요. 오늘은 달이 좋은 밤이어요. 그야말로 산책하기 좋은 날이어요."

"포프테마 공—"

흥행을 계속하려는 녹색 귀족을 불러 세웠다.

"펜드래건 경도 함께 산책임이어요?"

"네, 같이 가죠."

나는 골절이 나은 아이를 골목 너머로 보내주고, 녹색 귀족의 산책에 동행했다.

물론 흉행 전에 아이들을 녹색 귀족의 진로에서 도망 보내기 위해서다.

꽤 힘든 일이었다.

"저쪽에서 한탄과 공포가 느껴짐이어요."

그러면서 갑자기 진로를 바꾸고, 그의 체형으로는 지나가지도 못할 법한 좁은 골목으로 들어간다.

"역시, 돌아감이어요."

그러면서 돌아가는 척을 하고는 페인트로 담장 위를 걷기도 했다.

나는 그럴 때마다 그보다 앞서 가서 아이들을 이동시키고, 때로는 맵과 「이력의 손」을 구사해서 아이들을 지붕 위로 숨겨 넘어갔다.

아무래도 녹색 귀족은 내가 그렇게 당황하는 모습을 즐기는 기색이 있었다.

그렇다고 도중에 내넌질 수도 없었다.

녹색 귀족의 산책은 동틀 녘까지 이어졌고, 나는 마지막까지 그걸 따라다녔다.

"펜드래건 경의 당혹과 초조함도 상당히 진미임이어요."

녹색 귀족은 마지막에 웃으면서 자기 저택으로 돌아갔다.

이번에는 어떻게 됐지만, 매일 밤 저런 짓에 어울려줄 수는 없었다.

"하는 수 없지. 호랑이 가죽을 빌리러 가자."

나는 예정을 앞당겨서 사전 연락도 없이 태수의 저택으로 발길을 옮겼다.

미안하지만 오늘 아침 식사배급은 동료들이랑 미테르나 씨에게 맡겨두자.

◆

"펜드래건 경, 무슨 일인가요? 다과회는 오후부터인데?"

예약도 없이 찾아온 나를 태수부인이 웃으며 맞이해 주었다.

나는 갑작스런 방문을 사과하고, 어젯밤 일을 태수부인에게 상담했다.

그 대답은―.

"포프테마도 곤란한 사람이군요."

―라는 가벼운 말이었다.

귀족에게 평민 이하의 부랑아들 일 따위, 그런 말로 끝나는 일인가 보다.

"자선가인 펜드래건 경에게는 말하기 어렵지만, 귀족이 평민을 해쳐도 그들이 호소하지 않으면 벌을 줄 수가 없어요. 그리고, 시민권이 없는 부랑아들은 호소할 수조차 없어요."

나를 끌어안은 태수부인이 아이를 달래는 어조로 말했다.

"내가 포프테마에게 『흥행을 그만 두라』라고 말은 할 수 있겠지만, 그걸로 포프테마가 정말로 흉행을 멈출지는 보증할 수 없어요."

어린애를 달래듯이 태수부인이 내 머리칼을 쓰다듬으며 말을 이었다.

"아뇨, 포프테마는 멈추지 않을 테죠."

확신을 담은 어조였다.

"당신이 바란다면, 그를 미궁도시 바깥으로 내보내는 정도는 할 수 있어요."

"아뇨, 그래서는—."

"—아무것도 해결되지 않는다, 란 거죠."

내 말을 태수부인이 가로막았다.

그녀의 눈동자가 나를 보았다.

"한 가지 방법이 있는데, 당신은 그것을 깨달았나요?"

교사 같은 어조로, 태수부인이 말했다.

—방법?

그런 게 있다면 아침 일찍부터 의지하러 오지 않는다.

녹색 귀족을 암살하는 건 논외고.

"당신은 이미 알고 있을 텐데요?"

태수부인은 답을 말하지 않고 동그란 얼굴에 미소를 지었다.

—내가 이미 안다고?

나는 태수부인의 수수께끼에 대답하고자 그녀가 한 말을 돌이켜 보며 어제 일을 돌아보았다.

"—앗."

"눈치챘군요."

만족스런 기색의 태수부인에게 인사를 하고 다과회 결석을 고한 뒤, 저택으로 달려갔다.

◆

"다들, 와서 들어봐!"

나는 동료들뿐 아니라, 미테르나 씨랑 메이드랑 저택의 경비를 담당하는 사가 제국의 사무라이 페어까지 모아서 어젯밤 녹색 귀족의 흉행과 아이들을 구하고 싶다는 뜻을 고했다.

"작전은 있는 거지?"

"물론이지."

아리사의 말에 힘차게 수긍했다.

"길가에 있으니까 녹색 귀족이 짓밟는 거야. 시민권을 가진 보호자가 없으니까 호소하지도 못해."

태수부인이 그렇게 말했다.

"그러면, 길가에서 안 자면 되지. 그리고 귀족인 내가 보호자가 되면 된다."

지금 생각해 보면 심플한 거였다.

애당초 미궁도시의 부랑아들을 모두 양육시설에 수용하려고 생각했으니까 그걸 좀 앞당기는 것뿐이다.

"이제부터,『부랑아 소집 대작전』을 시행한다!"

슬로건은「학대 받는 아동을 제로로!」다.

"아이아이 서(Aye Aye Sir)~."

"라져(Roger)인 거예요!"

"알겠습니다. 저희들은 아이들을 회수하러 가겠습니다.

"마스터, 저도 리자에게 동행한다고 고합니다."

아인 소녀들과 나나가 처음에 그렇게 선언하고 내 허가를 받아 밖으로 달려나갔다.

"나랑 미아도 회수반으로 갈게."

"응, 행동."

"그러면, 저는 미테르나 씨랑 모인 아이들을 위한 식사 준비랑 갈아입을 옷을 준비할게요."

아리사, 미아, 루루도 금세 행동을 시작했다.

"장보기는 저와 카지로 님에게 맡겨 주세요."

"마차를 빌리지. 아야우메, 마차 몰기 정도는 맡겨라."

사무라이 페어가 말하고 짐마차로 나섰다.

창밖을 보니 아리사가 빈터에서 일을 기다리는 아이들에게 말을 거는 게 보였다.

아무래도 인해전술을 쓰려나 보다.

나는 어린 메이드 소녀들의 도움을 받아서 양육시설 건설 예정지 뜰에 수많은 텐트를 세웠다.

길가에서 자는 거랑 큰 차이 없는 환경이지만, 부지 안에서 자는 아이들을 밟으면 어제 같은 변명은 하지 못한다.

◆

"—흐음."

생각보다 잘 안 모인다.

이제 곧 점심인데, 아직 30명도 안 된다.

아리사가 고용한 아이들을 포함해도 50명 정도였다.

"루루, 여기는 맡길게. 나도 권유를 하러 가야겠다."

"주인님, 저도 같이 갈게요."

조리 보조는 로지랑 애니도 있고, 급사나 잡무는 어린 메이드 소녀들이 있다.

여기는 미테르나 씨에게 맡기면 괜찮겠지.

"알았어. 같이 가자."

나는 루루와 함께 걸어서 거리로 나섰다.

"어쩐지, 피하고 있지 않나요?"

"루루도 그렇게 생각하니?"

어째선지 길가에 앉아 있는 아이들이 우리를 보고는 재빨리 인파에 뒤섞여 사라져 버린다.

식사배급으로 조금은 호감도가 올라갔다고 생각했는데 오히려 내려간 느낌이었다.

"마스터……."

서쪽 길드 앞에서는 나나가 무표정하게 풀이 죽은 분위기로 서 있었다.

주위에 묘한 공백 공간이 있었다.

"어떻게 됐니?"

"유생체가 도망친다고 고합니다."

음. 나나도 그렇군.

"제가 어딘가 이상한 건가요? 라고 묻습니다."

"아니, 이상한 데 없어."

불안한 기색의 나나에게 대답했다.

아마도, 원인은 우리들 말고 다른 데 있는 것 같은데.

"주인님~?"

타마의 목소리에 돌아보자, 인파 너머에서 아인 소녀들이 나타났다.

"어쩐지, 너무너무 이상한 거예요!"

포치가 심각한 기색으로 호소하는 모습이 귀엽다.

내용을 듣고자 리자에게 시선을 옮겨 말을 재촉했다.

"타마와 포치와 함께 아이들에게 양육시설로 오라고 권하고 다녔습니다만—."

"아이들이 도망쳐 버리는 거예요."

"수수께끼~?"

리자의 말 중간에, 타마와 포치가 「이해 불능」이란 기색으로 눈썹을 찌푸리며 고개를 갸웃거렸다.

"제 얼굴이 무서워서 도망친 거라면 이해를 하겠습니다만……."

"그건 아냐."

내가 정정하자 리자가 조금 얼굴을 붉혔다.

적대하는 악인이 리자를 무서워하는 일은 있을 수 있지만, 어린애들이 무서워하는 일은 있을 수 없다.

"그래서, 권유하러 갔더니 어떻게 됐지?"

"네. 처음에는 괜찮은 느낌이었지만, 저희를 보고서 싫은 표정을 지은 아이가 귓속말을 하면 모두 황급히 도망쳤습니다."

"뿔뿔이~?"

"담장 너머나 벽 틈으로 어딘가 가 버리는 거예요."

그 반응은 우리를 본 아이들도 마찬가지였다.

"뭐라고 하는지는 알겠어?"

"녹색~?"

"이어요라고 한 거예요."

이어요라면, 녹색 귀족 포프테마의 대명사다.

이유는 모르겠지만, 아이들은 녹색 귀족을 이유로 나한테서 도망친다.

—내가 포프테마랑 같은 귀족 계급이라서?

"아~ 있다! 주인님!"

처음에 데리고 간 소녀들을 이끄는 아리사가 인파 너머에서 크게 손을 흔들었다.

우리는 아리사와 합류하고자 길드 앞에서 이동했다.

"그쪽도 마찬가지구나."

"아리사도 그랬니?"

"그래. 질색하겠어."

아리사가 어깨를 으쓱거리며 탄식했다.

"이유는 뭔지 알았어?"

"그래, 그걸 전하려고 저택에 돌아가는 참이었어."

과연 아리사, 일 처리가 빠르군.

"아이들한테 말도 안 되는 소문을 불어넣는 녀석들이 있나 봐."

아리사가 모아온 소문이란 것은—.

"젊은 귀족은 이어요랑 사이가 좋다."

"녹색 귀족이랑 젊은 귀족은 고문을 좋아하는 변태다."

"젊은 귀족이 음식을 베푸는 건, 바보 같은 제물 꼬맹이를 모으기 위해서다."

—이렇게 근거가 하나도 없는 것들이었다.

애당초 내가 녹색 귀족이랑 언제 친해졌다는 거지?

그럼, 어떡한다—.

"일단 소문을 뿌리는 녀석들을 잡아내 볼까?"

"안 돼. 직접 소문을 퍼뜨리는 게 아이들이니까."

"그러면, 그 애들에게 누구에게 들었는지를—."

"그것도 물어보려고 했는데 『주인님이나 포프테마한테 살해 당하니까 말 못해』라고 버티고 있어."

그거 곤란하네.

아이들에게 거친 짓을 할 수도 없고, 아이들의 의지에 반해서 양육시설에 강제 연행해도 밤중에 양육시설을 탈주해서 녹색 귀족 눈에 띄면 의미가 없다.

고민하는 우리들에게 말을 거는 자가 있었다.

"여어, 거기 귀족님. 뭐 곤란한 일 있수?"

수상쩍은 목소리에 돌아보자 낯익은 불량배가 서 있었다.

어제 쿠로의 모습으로 만난「진흙 전갈의 스코피」란 서민가의 대표자였다.

"스코피였지?"

"기억해줘서 다행이구만."

스코피는 삐딱하게 기울인 얼굴로 어깨를 으쓱거리며 웃었다.

"당신한테 정보가 있어."

내가 정보료로 내민 은화를 스코피가 손바닥으로 밀어냈다.

"오늘은 무료야. 요전의 답례라고 생각해줘."

과연, 이걸로 빚은 없다는 거구나.

"알았어. 그래서 정보는?"

"뭐가 목적인지는 모르지만,『모래 쥐』나『시궁 개구리』녀석들이 꼬맹이들한테 당신 악담을 불어넣고 다니는 모양이야."

스코피가 말하는 악담이란 대강 아리사가 모아온 소문과 일치했다.

"어째서, 그런 짓을?"

"말했잖아.『뭐가 목적인지는 모른다』고.『모래 쥐』나『시궁 개구리』녀석들이니까 누군가 푼돈이라도 쥐어주고 시킨 거겠지만, 누가 명령했는지는 추적을 못했어."

내 뇌리에 녹색 귀족이 떠올랐다.

소켈이 없어진 지금 미궁도시에서 나한테 수작을 부릴만한 인물은 달리 짚이는 데가 없었다.

"스코피, 너한테 부탁이 있는데 들어줄 수 있나?"

"그래, 당신한테는 빚이 있으니까."

나는 그에게 돈을 건네고 『모래 쥐』나 『시궁 개구리』 매수를 부탁했다.

덤으로 다른 조직도 동원해서 나랑 녹색 귀족이 사이가 좋은 건 오해고, 내 양육시설이 녹색 귀족한테서 지켜준다고 퍼뜨리도록 했다.

기왕 이렇게 된 거, 아이들 사이에 퍼진 녹색 귀족의 악명을 이용하도록 할까.

일단, 퍼뜨릴 때 「녹색 귀족」이나 「포프테마」가 아니라, 「녹색」이란 은어를 쓰도록 했다.

나중에 발목 잡히지 않도록, 조금 배려한 것이다.

◆

"많이 모였네."

그날 저녁에는 미궁도시 전체의 부랑아들이 집결했다.

스코피에게 부탁한 정보조작이 효과적이었는지, 해가 기울기 시작할 무렵부터 가속도적으로 아이들 모이는 속도기 올라갔다.

입구에서 주저하는 아이들도 루루가 지휘해서 준비한 저녁식사 냄새에 이끌려 문을 넘어섰다.

결국 양육시설의 뜰로는 부족해서 옆에 있는 빈터에도 텐트를 늘리고 마법으로 즉석 담장을 만들어 감쌌다.

담장은 서쪽 길드에서 발견한 한가해 보이는 흙 마법사 탐색자가 유료로 해주었다.

얇고 무른 벽이었지만, 탐색자가 돌아간 다음에 내가 흙 마법으로 몰래 보강을 했으니 대포의 직격에도 버틸 거야.

이거라면 녹색 귀족의 산책을 막는 것 정도는 할 수 있겠지.

"후이~ 꽤 고생했어."

피곤 모드의 아리사가 내 무릎에 늘어지며 올라타고는 고생 이야기를 들려줬다.

"우웅, 길티."

"조금 정도는 괜찮잖아. 가끔은 주인니움을 보충하는 것도 필요해."

미아의 「길티」 선언도 오늘 아리사에게는 통하지 않았다.

주인니움이란 수수께끼 물질은 짚이는 게 없지만, 가끔은 어리광을 받아줄까.

"그래서, 어떤 고생이었는데?"

"이어요의 동료 귀족한테는 안 간다고 버티는 애들이 있어서~."

"동료?"

"그게, 전에 이어요가 식사배급 부스 안에 있었고, 다음 날에 식사배급 광장에서 이어요를 쫓아내려고 주인님이 서민가 시찰을 권유한 적 있잖아?"

아아, 그러고 보니 그런 일 있었지.

"광장에서 본 애도 많았고, 주인님이랑 이어요가 동료라고 생각하는 애가 꽤 많았어."

그렇게 자기 눈으로 본 애들은 스코피의 정보조작을 듣고서도 완고하게 양육시설에 오는 걸 거부했다고 한다.

지금 생각해 보면 녹색 귀족의 그 행동도 이번 일에 대한 복선 같아 보이네.

아무리 그래도 너무 음모론이 아닌가 싶지만.

"하지만, 그런 애들을 용케 데리고 왔구나."

"내가 아니라 저 애들이 설득했어."

아리사의 시선 끝에는 양육시설의 아이들과 담소하는 어린 메이드 소녀들이 있었다.

"죽어가는 자기들을 값비싼 약을 써서 고쳐주고, 그 다음에 메이드로 일하게 해줬다고 필사적으로 호소한 게 통했나 봐."

"그럼 애들한테 상을 줘야겠네."

"그러면, 햄버그 만들어줘."

"햄버그?"

"응, 타마랑 포치 이야기를 듣고서 먹고 싶은 모양이야."

"그거라면 쉬운 일이지."

기왕 이렇게 됐으니, 양육시설 스타트 기념으로 아이들 모두에게 줘야겠다.

아무래도 오늘은 위가 약해진 아이늘이 낳을 테니까, 이떤지 좀 보고 난 다음이지만.

"그래서, 뭘 만드는 거야?"

"아아, 명찰 시제품이야."

양육시설 아이란 걸 알 수 있도록 만들어봤다.

명찰의 재료는 금강치의 비늘을 골랐다.

크기도 적당하고 대량으로 있는 데다가, 무엇보다도 튼튼하고 상처가 잘 안 난다.

이 비늘 겉에 원아의 이름과 펜드래건 양육시설의 마크, 뒷면에는「복 부르기」,「건강」,「가내 안전」의 세 가지 룬을 새겼다.

마법 도구랄 정도의 효과는 없지만, 아이들의 건강과 행복을 바라며 만들었다.

금강치의 비늘은 나름대로 비싸지만, 세 종류의 룬을 새길 수 있는 소재 중에서 적당한 게 이것밖에 없었다.

바깥쪽에 하얀 도료를 발랐으니까 그리 쉽게 알아보지는 못할 거야.

아이들 수가 좀 많지만 아침까지는 명찰을 다 만들어 봐야겠군.

아이들이 잘 잠들 수 있도록 미아가 연주하는 자장가를 들으며, 곤란한 손님이 없는지 레이더를 바라보며 밤을 지샜다.

〉칭호「보호자」를 얻었다.
〉칭호「어린 아이의 수호자」를 얻었다.

길드에서

"사토입니다. 「한 고개 넘어 다시 한 고개」 같은 서양의 해프닝 영화를 참 좋아합니다. 조마조마 두근두근은 즐겁습니다만, 되도록이면 이야기 속에서만 그랬으면 좋겠어요. 현실은 평화가 제일입니다."

"세상은 평화롭고 아무 일 없구나."

동틀 녘의 하늘에 오르는 커피의 김을 바라보면서 중얼거렸다.

녹색 귀족이나 부하의 난입을 경계하며 철야를 했는데, 내 경계를 비웃는 것처럼 평온무사한 밤이었다.

이 커피를 타준 루루도 미테르나 씨와 함께 오늘의 식사배급과 양육시설에 보호한 아이들 아침 식사 준비를 시작하고 있었다.

"그러면, 나도 돕고 싶긴 한데—."

유감이지만, 지금 주방의 넓이로는 못 들어간다.

나는 다 마신 컵을 스토리지에 수납하고, 「딤쟁이 지택」의 주방을 빌리려고 쿠로의 모습으로 변신해서 「귀환전이」를 실행했다.

"안녕하세요? 쿠로 님."

"안녕? 레리릴."

과연 집 요정 브라우니.

상당히 이른 아침인데도 벌써 깔끔하게 옷을 갖춰 입고 아침 식사 준비를 시작한 모양이다.

"레리릴, 미안하지만 주방을 좀 쓸 수 있을까?"

"뭔가 필요하시다면, 저에게 맡겨주세요!"

레리릴이 자신의 평평한 가슴을 주먹으로 두드렸다.

"요리가 아니라, 콘 플레이크를 만들려고 생각한 것뿐이야."

나는 스토리지에서 「걷는 옥수수」라는 거대한 옥수수형 마물의 열매를 꺼내, 술리 마법인 「만능 공구」와 「이력의 틀」 마법으로 단단한 외피를 제거하고 안의 열매를 부숴 가루로 만들었다.

이 「이력의 틀」을 이용한 밀폐 용기는 벽이 투명해서 부서지는 모습이 보이니까 즐겁군.

"아와왓, 눈앞에서 점점 가루가 되어가는 간맵니다! 어떻게 되어 먹은 거랩니까? 사토 님!"

놀란 레리릴의 어조가 흐트러지고, 명칭이 쿠로에서 사토로 바뀌었다.

"마법으로 만든 용기 안에서 칼날을 돌려 열매를 부수는 것뿐이야."

만능 공구의 마법으로 만든 칼날을 돌리는 건 술리 마법 「이력의 손」을 사용했다.

그런 식으로 이야기하는 동안 20킬로그램 정도의 옥수수 가루가 만들어져서 가루를 커다란 주머니로 옮기고, 다음 콘을 세팅해서 옥수수 가루를 대량생산했다.

병렬 사고 스킬의 도움을 빌어서 옥수수 가루를 생산하는 한편으로 가루를 치대 콘 플레이크용 반죽을 만들었다.

"레리릴, 미안하지만 이 반죽을 표면이 바삭해질 때까지 구워줘."

얇게 편 반죽을 오븐 플레이트에 늘어놓고 뒷일은 레리릴에게 맡겼다.

아무리 병렬 사고 스킬이 있어도 발동하고 있는 마법 셋을 제어하면서 또 마법을 기동하는 건 귀찮으니까.

"알겠습니다!"

이윽고 콘이 구워지는 좋은 냄새가 주방에 퍼졌다.

"쿠로 님, 이 정도면 될까요?"

"그래, 딱 좋은 느낌이야."

살짝 타서 바삭바삭해진 반죽을 집어 입에 넣었다.

식감은 좋지만 맛이 엷군.

"반죽을 할 때 설탕이나 우유를 섞는 편이 좋을까?"

"가져오는 거랍니다."

식자재 창고로 달려가려는 레리릴을 말리고 아이템 박스를 경유하여 설탕과 우유를 꺼냈다.

그 다음에 레리릴의 협력을 받아 몇 종류의 콘 플레이크가 완성됐다.

"나중에 우유를 부어서 먹을 거면 플레인이 가장 좋은가?"

"저도 주식으로 한다면 그러는 편이 질리지 않을 거라고 생각한답니다."

주부력이 높은 집 요정 레리릴이 한 말이니 믿어도 되겠지. 나는 플레인 타입 콘 플레이크를 대량생산해서 저택으로 돌아왔다.

물론 협력해준 레리릴에게도 콘 플레이크와 남은 옥수수 가루를 선물했다.

◆

"오랜만에 콘 플레이크는 **맛나**네~."

"바삭바삭~?"

"우유랑 엄청엄청 잘 맞는 거예요!"

"응, 새로운 식감."

가지고 돌아온 콘 플레이크를 아침 식사로 내놓았더니, 아이들이 절찬했다.

"재미있는 식감이네요. 튀긴 교자하고도 다르고, 여러모로 쓸 수 있겠어요."

"우유를 부어서 먹는 것 말고도 파르페 같은 거에 넣으면 맛있어."

진지하게 분석하는 루루에게 아리사가 조언했다.

"반죽을 굽기 전에 육포를 부수어 넣으면 어떨까요?"

"나이스 아이디어~?"

"그건 절대로, 절대로, 맛있는 거예요!"

고기를 좋아하는 리자의 제안에 마찬가지로 고기파인 타마와 포치가 쌍수를 들고 찬동했다.

응, 그 발상은 없었지만 분명히 맛은 있겠다.

"마스터! 유생체들도 만족하고 있다고 고합니다."

"나나도 제대로 먹어 봤니?"

"예스, 마스터! 유생체가 『아~앙』을 해줬다고 고합니다."

나나의 표정은 여전히 변화가 없었지만 어쩐지 피부에 윤기가 흐르는 느낌이 들었다.

"—주인 나리, 편지입니다."

식사를 마친 타이밍에 미테르나 씨가 와서 편지 몇 통과 페이퍼 나이프를 건네주기에 봉납을 뜯고서 읽어 보았다.

"뭔데뭔데?"

"태수부인하고 길드에서야."

전자는 나를 걱정하는 내용과 아이들을 법적으로도 사립 양육시설 소속으로 하기 위한 관리를 파견한다는 이야기가 적혀 있었다.

후자는—.

"전에 미적들을 포박한 일의 보상금을 받으러 오라는데."

지난번 미궁에 들어갔을 때 미티아 왕녀 일행을 돕는 김에 미적들을 붙잡았다.

그때는 나한테 대드는 소켈을 상대하느라 지진 낫에 직딩히 길드에 떠넘겨서 아직 사정청취도 받지 않았다.

아마 동행했던 귀족 자제의 호위들이 대신 사정청취를 받아 줬을 테지만.

"현상수배범인 미적왕 루더만도 붙잡았으니까 꽤 많이 나오겠다."

아리사가 만화였으면 눈이 화폐 마크로 바뀔 법한 표정으로 구헤헤 웃으며 입가를 풀었다.

"수배서에는 금화 100닢이라고 적혀 있었다고 보고합니다."

"웃햐아~ 그거 굉장하네!"

나나의 정보에 아리사가 주먹을 치켜 올리며 기뻐했다.

"뭔가 가지고 싶은 거라도 있어?"

필요한 건 다 주고 있다고 생각은 하지만, 아리사는 지출이 많은 걸 신경 쓰는 것 같으니까 사양해서 말을 꺼내지 못하는 것도 있을 것 같다.

"나는 괜찮아. 그보다도 양육시설 여자애들한테 리본 하나라도 장식품을 사주면 좋겠어. 남자애들은— 먹는 거면 되지 않을까?"

"분명히 몸을 꾸미는 일이 그다지 없었을 테니까, 리본은 좋을지도 모르겠는걸."

남자애는 멋있는 느낌의 스카프나 벨트 같은 거면 되려나?

그건 양육시설의 원장이랑 상담해서 정하자.

"어라? 또 한 통 있는데?"

아리사가 바닥에 떨어진 편지를 주웠다.

"호헤? 신인 탐색자 교습?"

편지를 읽은 아리사가 괴상한 소리를 내면서 고개를 갸웃거렸다.

"한 달에 한 번 있는 교습에 참가하라는 것 같아."

아리사가 얼추 읽은 내용을 동료들에게 전하면서 나에게 편지를 내밀었다.

"교습은 닷새 뒤라고 하니까, 미궁 탐색 재개는 그 다음이구나."

보통은 청동증을 받았을 때 받는 모양이다.

"하는 수 없지~. 어차피 얼마 동안 양육시설을 돕느라 바쁠 테니까."

"그래, 미안해."

"까짓꺼 뭘!"

내 말에 아리사가 남자답게 웃으며 코 밑을 비볐다.

"오브코~스?"

"포치는 언제나 열심히 하는 거예요!"

"응, 근면."

아리사에 이어서 타마, 포치, 미아도 도와준다고 선언했다.

아이들은 더 놀게 해주고 싶은데 마음처럼 되질 않는군.

◆

"루루는 오늘도 로지랑 애니에게 요리를 가르칠 거니?"

아침의 식사배급이 끝난 뒤에 루루가 모는 마차를 타고 서쪽 길드로 향했다.

"네. 오늘은 감자 경단이랑 콩 경단 만드는 법을 가르쳐 달라는 사람들에게도 가르칠 예정이에요."

"아까 그 사람들이구나."

아까 식사배급을 하는데 험상궂은 얼굴의 청년과 중년 남성이 나타나서 감자 경단과 콩 경단 만드는 법을 가르쳐 달라며 고개를 숙였다.

본래 비밀로 할만한 요리도 아니고, 무엇보다 새내기 탐색자를 지탱하는 요리가 맛있어지는 데는 이견이 없으니 가르쳐주기로 했다.

물론 공짜는 아니고 1개월 동안 식사배급의 노동력을 제공하는 조건이었다.

메인 요리는 매달 바꿀 예정이니까 요리사를 계속해서 확보할 수 있겠다.

이미 파트타임 주부들로 거의 커버가 되고 있으니, 이걸로 식사배급 사업은 우리가 직접 작업하지 않아도 돌아가게 된다고 봐도 되겠지.

"저 같은 것이 본직 요리사들한테 가르쳐도 되는 걸까요?"

"로지랑 애니를 가르치는 거랑 똑같아."

심각한 기색의 루루에게 걱정 없다고 말했다.

그때 시야 구석에 있는 레이더에 적을 나타나는 빨간 광점이 비쳤다.

——누구지?

설마 도시 안에서 마물이 나오는 일은 없을 거라고 짐작하면서 맵을 열자, 광점이 미적왕 루더만과 간부 녀석들이었다.

그들을 포박한지 며칠이나 지났는데 아직도 나한테 명확한 적의를 가진 모양이군.

"주인님, 왜 그러세요?"

"아니, 아무것도 아냐."

물어보는 루루에게 웃으며 얼버무리고 잡담을 계속했다.

이윽고 마차가 서쪽 길드의 정문 앞에 도착했다.

"그럼, 저는 주차장에서 기다리겠습니다."

"되도록 빨리 용건을 마치고 올게."

루루를 웃으며 배웅하고 표정을 긴장시켰다.

레이더에 별로 우호적이지 않은 인물을 가리키는 광점이 그 밖에도 비쳤기 때문이다.

"오호? 펜드래건 경도 길드에 용건이 있음이어요?"

"네, 잡다한 일입니다만."

"그런 것임이어요. 어제는 내 산책로의 쓰레기를 청소해준 모양이어요. 펜드래건 경은 부지런함이어요."

"봉사활동은 식사배급 사업의 일환입니다."

녹색 귀족이 부랑아들을 보호한 일을 에둘러 지적하기에 적당히 얼버무렸다.

식사배급은 그의 상사인 태수부처가 허가한 사업이니까 섣불리 부정할 수 없는지, 그의 생글거리던 표정이 가면처럼 굳어 있었다.

"포프테마 공은 공적인 용도로 길드에 오신 건가요?"

"나는 밤 산책의 **자극**이 없어져서, 미적들을 고문— 심문하러 들른 것이어요."

또 다시 생글거리는 표정으로 돌아온 녹색 귀족이 어디선가 꺼낸 승마 채찍을 흔들며 짙은 웃음을 지었다.

"미적을 심문인가요?"

"─신경 쓰임이어요?"

내 질문에 질문으로 대답한 녹색 귀족에게 수긍하자 「호기심 왕성한 것은 좋은 일임이어요」라며 웃은 뒤 가르쳐 주었다.

그는 「마인약을 밀조하던 소켈의 배후에 왕도의 거물 귀족이 숨어 있는 것 아닐까?」라고 생각하여 그 뒤를 캐기 위해 독자적인 조사를 진행하고 있다고 가르쳐 주었다.

"호기심 왕성한 펜드래건 경은 그 귀족의 이름을 알고 싶은 것임이어요?"

짙게 웃으며 묻는 녹색 귀족의 얼굴이 함정으로 유인하는 악마처럼 보였다.

"아뇨, 딱히─."

군자는 위험에 다가가지 않는 법이라고 하잖아.

왕도의 문벌 귀족들 정쟁에 말려들 셈은 없었다.

"그 대답은 시시한 것이어요."

진심으로 시시하단 듯 중얼거린 녹색 귀족이 나에게 흥미를 잃은 듯 손을 흔들고 가벼운 풋워크로 건물 안쪽으로 걸어갔다.

◆

"퍼레이드 말인가요?"

직원의 안내를 받아 도착한 길드장실에서, 나는 늙은 길드장에게 난데없는 이야기를 들었다.

"그래. 탐색자들이나 미궁방면군의 고민 거리였던 루더만과 간부 녀석들을 붙잡았단 말이다. 그 녀석들을 공개처형하기 전에 위대한 공적을 세운 너희들을 미궁도시 전체에 선보이는 거지."

"아뇨, 그런 건 사양해 두겠습니다."

아리사라면 기뻐할 것 같지만 난 그런 행사는 참가하기 싫어.

퍼레이드 자체는 부끄러운 걸로 그치지만, 이번에는 그 다음 공개처형까지 맨 앞줄에서 구경하게 될 것 같단 말이지.

그로테스크나 스플래터는 거북하다고.

"이봐이봐, 얌전한 것도 도가 지나치군."

의자에서 일어선 길드장이 고사하는 나를 못난 손자라도 보는 눈으로 보았다.

"명예 귀족이란 것은 이런 장소에서 공적을 알리지 않으면 좀처럼 영세 귀족이 못 되는 법인데?"

"아뇨. 딱히 영세 귀족이 되고 싶은 것도 아니니까요."

미안하지만, 나는 출세욕 없어요.

그리고 왕이 되고 싶다면 적당한 마물의 영역이나 주인이 없는 도시 핵을 찾아서 제압하는 게 간단할 것 같거든.

길드장이 성대한 한숨을 쉬었다.

"별난 친구로구만. 출세해서 영세 귀족이 되면 맛있는 식사나 맛있는 술을 마음껏 먹고 마실 수 있는 데다가, 하위 귀족이나 출입 상인에게서 미인 아내도 마음껏 구할 수 있는데?"

이미 맛있는 밥이랑 맛있는 술은 마음껏 먹고 마시는 데다가, 아내가 몇 명씩이나 되는 건 사양할래요.

나는 보르에난 숲의 하이 엘프, 사랑스런 아제 씨 한 사람이 아내가 되어주면 충분하고 남을 정도니까.

어쩐지 뇌리에 분개하는 아리사와 미아의 모습이나 슬픈 기색의 루루가 떠올랐지만, 나는 가볍게 고개를 저어서 죄책감과 함께 의식 바깥으로 떨쳐냈다.

"뭐, 좋다. 본인이 좋아하지 않는다면 어쩔 수 없지."

길드장이 어깨를 으쓱거리며 의자에 고쳐 앉았다.

"공개처형 가장 앞줄의 확보—도 필요 없나?"

"네."

내 표정을 읽은 길드장이 불가사의하단 표정으로 묻기에 힘차게 수긍했다.

"어지간해선 못 보는 구경거리인데?"

"죄송합니다만—."

공도 때도 안 보고 넘어갔는데, 오락이 적은 이세계에서는 중범죄자의 공개처형이 오락 중 하나 같단 말이지.

살인자라도 범죄노예로 만들어 강제노동에 처하는 시가 왕국에서는 공개처형이라는 게 드문 모양이다.

"정말이지, 대체 얼마나 별종인 건지. 그래도 포상금 정도는 받겠지?"

"네, 받습니다. 루더만의 포상금 절반은 노로크 왕국의 기사 라브나 공에게 부탁드립니다."

내 뇌리에 바위 같은 굳건한 여기사 라브나의 모습이 떠올랐다.

최종적으로 미적왕 루더만을 붙잡은 건 나지만, 그 전에 놈과 분전한 것은 그녀니까.

"그 라브나 공이, 네가 자기 목숨을 구해줬으니까 포상금은 전부 너에게 건네주라고 하던데?"

"그러면, 본인을 만났을 때 제가 전해드리죠."

바위의 기사의 성실한 성격이라면 현금은 거부할 것 같네. 부러진 애검을 대신할 수 있는 대검이라도 준비해 볼까.

마검은 가치가 너무 높고, 철검은 마인을 만들기 어려우니까 청동이나 마물 소재를 베이스로 한 대검을 만드는 게 좋겠다.

그런 생각을 하는 내 귀에 얌전한 노크 소리가 들렸다.

"—길드장."

"들어와라."

길드장의 비서관인 우샤나 씨와 후드를 눌러쓴 초등학생쯤 되어 보이는 여자애가 들어왔다.

여자애가 후드를 내리자 가는 머리칼의 청록색 단발이 나타났다.

"엑, 세베르케아."

"실례잖아, 릴리안."

"날 그 이름으로 부르지 마!"

의외로 귀여운 길드상의 이름을 가지고 놀리는 건 술자리 때 하면 되겠고, 세베르케아라고 불린 여자애한테 시선을 주었다.

그녀의 머리칼 색과 인간족보다 조금 뾰족한 귀가 그녀의 종족을 나타낸다.

그렇다. 그녀는 미아와 같은 엘프다.

다만 미아가 속한 보르에난 씨족이 아니라 연구를 좋아하는 브라이난 씨족이었다.

그녀는 레벨이 43이나 되고, 흙 마법이나 숲 마법이 특기인 모양이다.

그건 그렇고 술자리에서 길드장에게 들은 세베르케아 양의 무용담으로는 상상할 수 없는 가련한 용모였다.

"보르에난의 고요한 방울?"

내가 허리에 차고 있던 소리가 안 나는 방울을 보더니, 여자애가 퍼뜩 깨달은 표정으로 나에게 시선을 돌리고「흑발……」이라고 중얼거렸다.

『처음 뵙겠습니다. **흑발의 그대**. 저는 브라이난 숲의 처녀, 모베리토야와 케시르세아의 딸, 세베르케아라고 합니다.』

『정중한 인사 고맙습니다. 저는 시가 왕국 무노 남작의 가신 사토 펜드래건 명예사작이라고 합니다.』

세베르케아 양이 엘프어로 정식 소개를 하기에, 나도 시가 왕국 귀족의 이름으로 소개했다.

『……사토?』

그렇게 중얼거리며 고개를 조금 갸웃거린 세베르케아 양이, 의미심장하게『아홉 번째 성수(聖樹)』라고 중얼거렸다.

—엥?

그건 내가 세계 각지의 세계수를 구했을 때 하이 엘프들에게 받은 칭호다.

하이 엘프들에겐 사토란 이름을 밝혔지만, 보르에난 숲이 아닌 곳의 엘프들에겐 보라색 머리칼에 가면을 쓴「용사 나나시」

로 퍼져 있을 텐데…….

아마, 세베르케아 양이 떠보는 거겠지.

다행히 무표정 스킬 덕분에 태도에 드러나지 않았으니 고개를 갸웃거리는 연기를 해서 넘어가 두자.

"뭐야? 사토. 너 엘프어도 할 수 있나?"

"네, 동료들과 여행을 하면서 배웠습니다.

스킬을요.

"흐~응, 그건 그렇고 세베르케아가 먼저 인사를 하다니 드문 일이군. 사토에게 반한 거냐?"

"그가 지닌 고요한 방울에 경의를 표한 것뿐이야."

세베르케아 양이 친구 사이처럼 가벼운 태도로 길드장을 험하게 대했다.

"네 고향 다녀온 이야기는 나중에 듣기로 하고, 선물은 아직인가?"

"정말이지, 릴리안은 술을 너무 좋아해."

"그러니까 그만 두라고 좀 하잖아?"

―어라?

가만 보니 AR표시에 뜨는 실드장의 이름은 릴리안이 아니라 「조나」였다.

여기서 태클을 걸 셈은 없지만 분명히 「영혼의 이름」 같은 재미있는 일화가 있는 게 틀림없어.

술자리 때 세베르케아 양에게 물어봐야겠군.

"브라이난의 요정 포도주를 사토에게도 자랑하고 싶거든."

"사토 님에게?"

"―님?"

세베르케아 양의 물음에 붙은 나의 존칭에 길드장이 눈썹을 찌푸렸다.

"세베르케아, 너 뭐 안 좋은 거 먹은 거 아니냐?"

"실례야, 릴리안. 나는 평소랑 같아."

"아니, 너랑 오래 알고 지냈지만 말이야. 네가 남을 『님』으로 부르는 건 난 처음 들었는데?"

사이좋은 두 사람의 이야기를 우샤나 비서관이 막았다.

"세베르케아 님, 환담을 막아서 죄송합니다. 길드장에게 먼저 보고를 해도 될까요?"

아차. 길드 내부 이야기를 들으면 성가신 일에 복선이 생길 것 같아.

"그러면, 저는 이야기가 끝난 것 같으니 실례하겠습니다."

"기다려 주세요, 사작님."

슬그머니 물러나려고 했는데 우샤나 비서관이 막았다.

"사작님도 관계가 있는 이야기니, 부디 함께 들어주세요."

아무래도 우샤나 비서관에게서 도망칠 수가 없나 보다.

◆

"여전히 냄새 나는 장소구만."

길드장이 코를 집으며 불평했다.

나는 길드장 일행과 함께 길드 지하 감옥을 찾아왔다.

미적왕 루더만이 길드장에게 비밀을 이야기하는 조건으로, 어째선지 나를 대동할 것을 든 탓에 이런 장소까지 오게 된 것이다.

"이쪽입니다."

우샤나 비서관이 선도했다.

지하 감옥의 특히 엄중한 한 구석에 루더만이 붙잡혀 있었다.

놈은 튼튼한 쇠창살 안에 있는데도 굵은 사슬로 묶여 있었다. AR표시를 보니「마를 봉하는 사슬」이란 마법 도구였다.

루더만의 괴력을 봉하기 위한 아이템이겠지.

고문 비슷한 심문을 받았는지, 루더만의 몸에는 아직 새로운 상처나 아물기 시작한 자국이 잔뜩 있었다.

"헤헤, 빨리 오셨구만—."

우리를 발견한 루더만이 고개를 들었다.

—기이한 형상.

가면으로 가리고 있던 그의 얼굴 오른쪽 절반은 강철제의 악귀를 연상시키는 기이한 형상이었다.

"항? 마인약으로 변한 이 몸의 얼굴이 희한한가?"

루더만이 나를 노려보았다.

아무래도 마인약의 부작용으로 얼굴이 저렇게 변해버린 모양이다.

과연 이세계의 금지약품이군.

"그래서, 루더만. 우리들에게 비밀을 이야기하고 싶다는 건 어떤 심경의 변화냐?"

루더만의 모습을 전혀 개의치 않으면서, 길드장이 물었다.

루더만은 이상하게 여유를 보이면서 아픔 따위 느끼지 않는 듯 오만불손한 표정으로 교섭했다.

"구명 탄원이란 거지."

"바보 같은 소리 마라. 너는 공개처형이야."

사법 거래를 하려는 루더만을 길드장이 내용도 안 듣고 딱 잘라 내쳤다.

"그거야 타당한 순서지만, 빌어먹을 귀족들이나 깔끔한 시민들의 구경거리가 되는 건 사양이야. 이 몸을 무라사키로 보내주지 않겠어?"

"지은 죄를 돌아보고 말해라."

구경거리란 것은 아까 길드장이 말한 공개처형을 말하는 거겠지.

"무라사키가 뭐죠?"

모르는 단어가 나와서 우샤나 비서관에게 작게 물어봤다.

"범죄노예로 구성된 왕국군 부대의 속칭입니다."

성가신 마물의 제거나 미끼 역할을 전문으로 맡기 때문에 소모율이 높은 부대로 유명하다고 한다.

뒤에서 소곤거리는 우리들에게는 집착하지 않고, 길드장과 루더만이 진지한 느낌으로 설전을 벌이고 있었다.

"너는 서문 앞 효수대에 꼴사나운 면상이나 드러내라."

"켁. 할망구는 안되겠군—."

가차없이 탄원을 기각 당한 루더만이 나에게 시선을 돌렸다.

"어때? 그쪽의 상냥하신 귀족님이라면 이뤄줄 수 있지 않나?"

왜 루더만이 그렇게 생각했는지는 모르지만, 내가 그런 부탁을 들어줄 이유는 없다고 생각하는데.

"우리들 미적을 그 자리에서 죽이지 않고 굳이 살려서 포박할 정도니까. 사람이 죽는 건 싫어하잖아?"

길드장과 함께 나를 부른 건 내가 살인을 기피하는 마음을 이용하기 위해서인가 보군.

내가 길드에 있는 건 또 **어떻게** 안 건지 몰라.

"사람을 죽이는 건 싫어하지만, 악인이 처형되는 것까지 부정할 생각은 없어."

나는 루더만의 호소를 내쳤다.

"그럼, 당신이 흥미를 가진 정보를 가르쳐주지."

—흥미를 가진 정보라.

아까 녹색 귀족에게 말한 것처럼 귀족들 사이의 권력 투쟁에 얽힌 이야기라면 노땡큐다.

그러고 보니 미적들을 심문한다고 했던 녹색 귀족의 모습이 없다. 맵 징보를 확인해 보니까 이미 서쪽 길드에서 물러간 다음이었다. 심문치고는 빠르군.

우샤나 비서관이나 세베르케아 양이 내쫓은 건가?

"소켈 뒤에 있는 흑막 이야기라면 됐어."

"칫—."

내 말에 루더만이 혀를 찼다.

아무래도 놈의 거래 정보는 그거였나 보군.

그런 사법 거래는 녹색 귀족 상대로 해라.

"그러면 또 하나 쪽이다."

혀를 찬 루더만이 이번에는 자신 있게 말을 이었다.

"우리는 파멸초나 자멸 줄기를 재배하려고 꽤 많은 여자들을 미궁 한 구석에 가둬놨다."

—뭐, 라고?

최악의 상상이 내 뇌리를 스쳤다.

지하 감옥에 우직 소리가 울렸다.

무심코 쇠창살을 움켜쥐어 찌그러뜨린 모양이군.

"어허, 무서워라."

루더만이 식은땀을 흘리면서 턱짓을 했다.

"진정해라, 사토."

"죄송합니다, 길드장."

나는 심호흡을 하고 흐트러진 마음을 진정시켰다.

이 세계에 와서 정신(MND)치가 최대치에서 멈춘 내 마음은 사실 꽤 쉽사리 안정을 되찾을 수 있다.

의분을 느끼는 건 좋지만, 루더만에게 벌을 내리는 건 내가 아니라 놈들에게 지독한 일을 당한 아가씨들의 권리다.

"말해두지만, 이 몸들은 여자들에게 손은 안 댔다?"

"항, 너희들 무법자가 눈앞의 여자들에게 아무것도 안 했을 리 없지 않나!"

큰소리치는 루더만에게 길드장이 일갈했다.

나도 솔직히 그 이야기는 믿을 수 없었다.

"정말이야. 여자는 조금 놀기만 해도 금세 부서진다구."

여성을 같은 인간이라고 생각지 않는 루더만의 발언에 불쾌감이 솟았다.

"마인약을 먹은 근육질 남자나 전에 싸운 여기사 정도쯤 안 되면, 즐길 수가 없지."

루더만의 동성애적 발언에 분노가 조금 잦아들었다.

그 이야기가 정말이라면, 여성들이 성적으로 폭행을 받진 않았다는 이야기에 신빙성이 생긴다.

진위는 어떤지 몰라도 이 이야기가 끝나고 나면 얼른 구출하러 가야겠어.

"그리고 『여자들은 노동력이며, 동시에 밭을 키우는 비료다』라고 했던가?"

루더만이 누군가의 말을 떠올리듯 말했다.

"그건 또 뭐냐?"

"이 몸에게 파멸초와 자멸 줄기 재배 방법을 알려준 노란 옷의 마법사가 한 말이지."

노란 옷의 마법사라…… 또 새로운 수수께끼 인물이군.

아마 흑막이란 녀석의 관계자겠지만 가볍게 수수께끼를 늘리는 건 좀 관두라고.

"재배라고? 아까도 말했었지."

길드장은 나와 신경 쓰는 포인트가 달랐다.

"발견한 군생지를 다 베지 않는 건 재배라고 안 한다."

177

"그 정도는 나도 알아. 노란 옷 말로는 여자들의 공포와 절망이 파멸초나 자멸 줄기를 키운다고 하던데?"

루더만이 말한 것이 사실이라면, 파멸초나 자멸 줄기는 독기를 흡수해서 성장하는 거겠지.

"길드장."

"그래."

우샤나 비서관과 길드장이 시선을 맞추고 고개를 끄덕였다.

"너, 자기가 무슨 말을 하고 있는지 알고 있냐?"

"그래, 물론이지. 그 녀석들이 있는 장소를 알려주는 대신에—."

"너는 공개처형 안 한다."

길드장의 말에 루더만이 씨익, 사나운 웃음을 보였다.

"그럼, 이 몸을 무라사키에—."

"너는 내가 잿더미로 만든다. 왕도에서 허가가 나올 때까지 여기서 짖고 있어라."

길드장의 차가운 말이, 자기 요청이 이루어질 거라 생각한 루더만을 지옥으로 밀어 버렸다.

"—뭐, 뭐라고! 여자들 중에는 귀족의 딸들도 있다! 어이, 거기 귀족 애송이! 할망구를 말려! 왕도의 상급 귀족 딸도—."

루더만이 더욱 외쳤지만 길드장은 돌아보지 않고 지하 감옥을 나섰다.

"우샤나, 지하 감옥에 아무도 들이지 마라. 그리고 루더만과 간부 놈들 목을 망가뜨려서 말하지 못하도록 해라."

"네, 알겠습니다."

쓸쓸한 표정의 길드장이 말대꾸를 용납하지 않는 어조로 명령했다.

아까 재배 이야기가 그렇게 중요한 내용이었나?

"왕도로 편지는—."

"편지는 안 쓴다. 이번 일은 만에 하나라도 새어나가면 안 된다. 태수에게 말해서 도시 핵 통신을 쓴다."

분명히 도시 핵의 이야기는 기밀이었을 텐데, 길드장은 평범하게 유출시키고 있군.

"사토."

"네."

"맹세해라."

"네?"

길드장이 내 멱살을 잡더니 다시 한 번 「맹세해라」라고 말했다.

"뭘 맹세하면 되는 걸까요?"

내가 내용을 묻자 길드장이 조금 힘을 빼고 설명해 주었다.

"마인약의 재료가 인공적으로 재배 가능하다는 것, 아까 들은 재배에 필요한 조건을 다른 곳에 말하지 않는다고 맹세해라."

"알겠습니다. 그 두 가지 내용에 대해서 말하시 않을 것을, 왕조 야마토 님과 펜드래건 가문의 가문명에 맹세합니다."

중요성을 잘 몰랐지만 딱히 반발할 내용도 아니기에 순순히 맹세했다.

나에 이어서 우샤나 씨가 선서를 하는가 했는데, 그녀는 평민이라 나중에 「계약」 스킬로 묶는다고 했다.

"길드장, 미적들에게 붙잡힌 사람들 말입니다만—."

"잊어라."

내 말에 길드장이 짧게 대답했다.

"버리는 건가요?"

조금 가시가 돋치고 만 내 말에 길드장이 찌릿 노려보았다.

"좋아서 버린다고 생각하나?"

"그러면, 어째서—."

"미적의 아지트는 미궁 깊숙한 곳, 미궁방면군의 추적을 피하기 위해서 제1급 위험지대 안에 있다. 그런 장소에서 사지가 멀쩡한지도 알 수 없는 포로를 몇 명, 혹은 몇 십 명이나 구출할 수 있다고 생각하나?"

나는 「귀환전이」로 여유롭게 할 수 있지만, 분명히 보통 구출부대에겐 어려운 미션이겠지.

"그리고……."

길드장이 말을 망설였다.

—아직 뭔가 더 있나?

"아까 그 재배 때문이다."

"마인약의?"

"그래. 자신들이 뭘 키웠는지를 모른다면 괜찮아. 그렇지만 만약 포로들이 자기들이 키우고 있는 게 뭔지 알고 있다면, 시가 왕국은 그 녀석들 입을 막으려고 할 거다."

아무래도 아까 루더만의 말은 내가 생각하는 것 이상으로 위험한 것이었나 보다.

쓸쓸한 표정으로 어금니를 악무는 길드장도 사실은 포로들을 구하고 싶은 거겠지.

그 뒤로는 말을 나누지 않고 묵직한 공기에 휩싸인 채 지상으로 돌아왔다.

지하감옥으로 이어지는 계단은 술리 마법으로 봉쇄되고, 길드의 고레벨 직원이 보초로 배치되었다.

나는 길드의 접수처에서 루더만이나 미적들을 포박한 포상금을 받아 햇살이 눈부신 바깥으로 나왔다.

"역시, 햇살은 기분 좋구나."

나는 기지개를 한 번 켜고 걷기 시작했다.

그러면, 미적 아지트에 붙잡힌 사람들을 구하러 가야겠네.

미적 퇴치

"사토입니다. 「한 마리 보이면 30마리 있다고 생각해라」. 바퀴벌레를 두고 하는 이야기입니다만, 도적 같은 것도 제법 번식력이 왕성한 모양입니다. 도적 계통에 효과가 있는 붕산 경단이나 호이호이[#2]가 있으면 좋겠어요."

"그러면, 일단 맵으로 미적의 아지트를 찾아야지—."

미궁 별장으로 전이한 나는 쿠로의 모습으로 변신하고서 맵 검색으로 미적의 거점을 조사했다.

커다란 거점이 넷. 중소 거점은 열 개 이상 있는 모양이다.

미적왕 루더만을 붙잡은 장소에서 가장 가까운 거점 근방에 미적이 아닌 여성들만 잡혀 있는 광장이 있었다.

위치를 볼 때 미적 퇴치를 먼저 해야 할 것 같군.

나는 맵의 경로를 조사하면서 공간 마법 「멀리 보기」로 요충지를 확인했다.

"성가시네."

생각보다 더 복잡한 데다가 침입하기 어렵고 도망치기 쉬운 경로였다.

#2 호이호이 일본의 벌레 및 쥐 잡이용 끈끈이 트랩 제품. 스카치 테이프처럼 제품 하나가 너무 유명해서 끈끈이 트랩의 대명사가 되었다.

구체적으로 도망칠 때는 뛰어 내려서 경사면을 미끄러지기만 하면 되고, 침입할 때는 꽤 고생할 법한 부분이 몇 개나 있었다.

분명히 이래서야 미궁방면군이 미적을 다 붙잡지 못하는 것도 이해가 되네.

정면에서 정공법으로 싸우러 가면 난공불락의 성 같은 지형에서 쓰고 버리는 부하들이 싸우는 틈을 타서, 여러 개 있는 탈출구로 뿔뿔이 흩어져 도망쳐 버리겠군.

"—나는 날 수 있으니까 상관없지만."

미궁 별장에서 맵을 닫고, 가장 가까운 각인판이 있는 장소로 「귀환전이」했다.

다음으로 동료들이 레벨을 올리는데 쓸 예정인 반수몰 구역의 한구석이었다.

여기서부터 전에 미궁방면군 사람들을 구출한 구역을 거쳐 가는 게 제일 빠르다.

나는 이동 경로를 맵에 마킹하고 마커를 가시화해서 내비게이션처럼 만들어 고속 이동을 시작했다.

이동하면서 만난 마물은 사이를 빠져나가며 가능한 한 무시했다.

두 구역을 지나며 처음 만난 마물에 호기심을 느끼면서도, 눈물을 삼키고 교전을 피했다.

"오옷, 천연 골렘이다."

관절도 없는 판판한 외견인데 평범하게 걸어오더니 이쪽에 주먹을 내리 휘둘렀다.

그것을 경쾌한 스텝으로 회피하면서, 모어드는 여러 가지 종류의 골렘을 바라보며 달렸다.

진흙이나 돌이 많고, 개중에는 청동이나 철 같은 소재로 쓸 수 있을 법한 것도 있었다. 수정제도 있었지만, 아쉽게도 은이나 금은 없는 모양이다.

맵 검색을 해보면 발견될지도 모르지만, 그건 구출 작전이 끝난 다음에 하자.

다종다양한 골렘들이 휘두르는 주먹의 아치를 축지로 지나서 골렘 구역을 등졌다.

"이제 곧 미적 구역이네—."

계단식 절벽이나 균열을 천구로 뛰어넘어 미적 파수꾼이 있는 장소 근처까지 왔다.

나는 척후 계통 스킬을 모두 유효로 전환하고 축지로 소리 없이 통로를 나아갔다.

—없네?

레이더에 미적을 가리키는 광점이 비치는데 그 장소에 아무도 없었다.

—아니, 있다.

어엿한 보호색으로 미궁 벽에 뒤섞여 있었다.

나는 축지로 그 녀석 앞으로 뛰어들어 상대가 나를 깨닫기 전에 기절시켰다.

정신을 잃자 보호색이 풀렸는지 회색에 가까운 피부색이 드러났다.

옷까지는 보호색으로 못하는지 그 녀석은 전라였다.

남자의 알몸 따위 흥미가 없으니 적당한 누더기로 가리고 포박했다.

물론 여자였다고 해도 카멜레온 같은 마물의 얼굴을 한 상대에게 흥분할 정도로 상급자는 못 된다.

이 녀석도 루더만과 마찬가지로 마인약의 부작용 때문에 얼굴이 변해 버린 거겠지.

붙잡은 미적은 「이력의 손」으로 공중에 띄워 옮겼다.

방치해도 되지만, 연행하려고 돌아왔을 때 마물이 먹어 치운 스플래터 시체를 보기 싫어서 이런 선택을 했다.

아무래도 한 명 잡을 때마다 각인판을 설치하고 「귀환전이」하는 건 귀찮으니까.

"엇, 이번에는 함정 구역이네—."

이 앞 통로에 함정이 있다고 「함정 감지」 스킬이 알려주었다.

그리고 그 함정 너머, 통로의 중앙에서 약해 보이는 미적이 졸고 있었다.

사실 이 미적도 함정 중 하나다.

그의 바로 앞에는 그가 조련한 월 슬라임이라는 투명한 마물이 버티고 있었다.

옛날에 해봤던 명작 테이블 토크 RPG에서 이런 마물 있었지.

만약 레이더에 빨간 광점이 비치지 않았다면 미적을 포박하려고 친구로 접근했다가 월 슬라임에게 돌격했을지도 모른다.

"어디, 이런 데서 시간을 잡아먹으면 아깝지."

나는 「이력의 손」으로 미적을 등 뒤에서 밀어 월 슬라임 안으로 매몰시켰다.

당연하지만 혼란에 빠진 미적이 월 슬라임의 점액 안에서 발버둥쳤다.

나는 그 동안 함정의 통로를 친구로 뛰어넘고, 이쪽으로 촉수를 뻗는 월 슬라임의 핵을 자갈로 관통시켰다.

이어서 스토리지에서 꺼낸 벼락 지팡이로 월 슬라임의 잔해와 함께 미적을 감전시켜 무력화했다.

"—으엑."

슬라임의 잔해 안에서 경련하는 미적이 점액투성이에 끈적끈적하다.

무력화하려고 직접 때리면 옷이 더러워질 테니, 여기까지 옮겨온 카멜레온 미적의 머리로 때려서 기절시키고 「이력의 손」으로 미적을 묶었다.

"이 녀석도, 괴상하네……."

이 미적도 일반적이지 않은 용모다. 머리 부분 위쪽 절반이 어두운 하늘색의 수정으로 뒤덮여 있다.

마인약의 부작용으로 모습이 변해버린 자가 생각보다 많을지도 모르겠군.

이어서 「구역의 주인」급 마물이 배회하는 회랑을 지나쳐, 독벌레나 그림자 소귀가 숨어 있는 좁고 시야가 안 좋은 통로를 축지로 빠져나가자 산성 같은 분위기의 미적들 전선 기지에 도착했다.

"여기서부터가 진짜구나."

파수꾼으로 보이는 남자들이 둘 정도 활을 매고 대화하고 있었다.

이 전선 기지에 있는 미적은 10명쯤 되는데, 레벨 30대인 녀석 하나 말고는 다들 레벨 20 이하였다.

확실하게 붙잡아야 하는 건 「질주」나, 「험로 주파」 같은 스킬을 가진 전령이겠지.

물론 본거지 녀석들에게 소음이 전해지면 의미가 없지만 말이야.

나는 맵으로 정보를 확인한 다음, 공간 마법 「멀리 보기」를 써서 눈으로 확인할까 조금 망설였지만 실행하지 않고 마법란을 닫았다.

기습하기 전에 감이 좋은 미적이 있으면 눈치챌지도 모르니까.

나는 「이력의 손」으로 짊어진 카멜레온 남자와 슬라임 남자를 그 자리에 던져두고 섬구로 파수꾼 앞에 뛰어들었다.

"—어."

"너—."

둘이 의미 있는 말을 하기 전에 장타(掌打)를 때려 박아 기절시켰다.

전선 기지에는 벽이 없는지, 아래쪽에서 보이지 않던 미적들이 보였다.

감 좋은 미적이 나를 발견하고는 돌아보지도 않고 도망치고자 다리에 힘을 주는 게 보였다.

—그렇겐 못하지.

나는 축지로 미적 앞에 뛰어들어 「질주」 스킬을 가진 토끼 수인 미적을 재빨리 무력화했다.

"무슨—."

이어서 무기로 손을 뻗는 미적들을 물 흐르는 듯한 스텝으로 격침시켰다.

개중에는 일격을 받은 순간에 빨간 빛을 뿌리는 녀석이 섞여 있었다.

AR표시를 보니 「마신 부여」란 이름의 지원^{버프} 효과인데, 마인약을 과잉섭취한 녀석들 특유의 것인가 보다.

"소두목!"

—어?

기절시켰다고 생각한 미적이 몸을 일으키며 외쳤다.

예상 이상으로 강인한 미적에게 추가 공격을 해서 이번에야말로 기절시켰다.

아까 그 빨간 빛을 뿌린 녀석들 중 하나였으니, 「마신 부여」란 건 배리어 같은 게 아니라 내구력 상승이나 신체 강화 같은 효과도 있나 보네.

나는 힘 조절이 귀찮다는 정도의 차이지만, 비슷한 레벨의 사람들이 싸우려면 고생하겠군.

"못 보던 얼굴인데, 적철의 탐색자냐?"

서른줄 반라의 남자가 여유를 보이며 차폐물 뒤에서 나타났다. 거물 행세냐?

"형님, 가로우마루입니다."

반라의 남자 뒤에서 나타난 전라의 남자가 검은 칼날의 창을 건넸다.

전라 남자가 말한 가로우마루란 건 저 마창이겠군.

"정말이지, 모처럼 즐기고 있는 와중에 오다니— 편히 죽을 거라 생각지 마라."

반라 남자가 마인약 같은 환약을 삼키자 몸의 표면에 붉은 빗줄 모양의 마법진이 떠올랐다가 사라지고, 두 팔이 칠흑의 비늘로 뒤덮였다.

"마장— 흑린."

반라의 남자가 제 잘난 표정으로 말하는 것과 동시에, 그의 얼굴에 있던 혹이 늘어나 2개의 뿔로 변했다.

제법 중2병적인 기술 이름인데 생각보다 다크 히어로 같아서 멋있네.

"케하하하, 두려워 떨어라! 이 분이 미적왕 루더만 님의 오른팔, 마전사 카스 님이다!"

전라 남자가 뽐내는 표정으로 반라 남자를 소개했다.

—아니, 그런 건 됐으니까 넌 옷 입어라.

"와라, 암기술사. 말해두지만 이 몸에게 마비독 같은 건 안 통한다."

나는 맨손이지만, 동료들이 순식간에 쓰러진 걸 본 반라 남자는 내가 마비독 단검을 숨기고 있다고 생각한 모양이다.

"왜 그러지? 두렵나?"

마창을 한 번 휘두른 반라 남자가 위압감을 담은 표정으로 턱짓을 했다.

이 녀석은 「창」 스킬이나 「순동」 스킬 말고도, 「반격^{카운터}」이란 보기 드문 스킬을 가지고 있었다.

그래서 이쪽이 공격하길 기다리는 것이다.

기왕이니까 이 스킬을 배울 수 있도록 이쪽의 공격을 반격 가능한 속도로 떨어뜨려서 공격해볼까.

나는 스토리지에서 싸구려 단검을 꺼내 순동이 되지 않는 속도로 파고들어 반라 남자를 찔렀다.

"—치잇. 제법이군, 암기술사!"

상당히 힘 조절을 했는데도 반라 남자는 피하는 게 고작이라 카운터를 발동하지 못했다.

하는 수 없지—. 나는 들고 있던 단검을 버리고 지나치게 노골적인 텔레폰 펀치를 선보였다.

"얕보는 거냐! 아랑마창격!"

반라 남자가 기술 이름을 외치면서 카운터 공격을 했다.

창 주위에 검은 안개 같은 것이 휘몰아치며 드릴처럼 모든 것을 파헤치고자 접근했다.

—순순히 맞으면 아프겠는데.

나는 마력 갑옷을 두른 손으로 명중하기 직전의 창을 떨쳐내고 그 손으로 곧장 반라 남자의 턱을 후려쳤다.

남자의 몸을 감싸고 있던 붉은 빛이 부서졌다.

〉「반격」 스킬을 얻었다.

좋아, 스킬 획득.

"크오오오오오."

반라 남자가 굵직한 비명을 지르면서도 그 자리에서 버텼다.

지금 그 일격으로 기절시키려고 했는데 이 녀석은 상당히 터프하군.

나는 빈손으로 남자의 어깨를 붙잡고 기절할 때까지 내뻗은 손을 왕복했다.

"—부바바바바."

반라 남자가 뭐라고 말하는 것 같았지만, 볼을 연타하자 제대로 말을 하지도 못하고 얼굴이 퉁퉁 부어 기절했다.

"형님을 놔라!"

남은 전라 남자가 곡도를 들고 덤벼들었다.

여기 있는 미적은 이 녀석이 마지막이다.

방금 유효화한 「반격」 스킬이 곡도를 피하고 카운터를 넣을 타이밍을 알려주었다.

스킬이 이끄는 대로 주먹을 휘두르자 평소보다 적은 힘으로 기절시킬 수 있었다.

뭐, 오차 범위지만.

"그런데, 이 녀석들을 전부 데리고 가는 것도 귀찮군."

나는 땅에 굴러다니는 미적들을 둘러보며 투덜거렸다.

마침 지면이 드러난 장소가 있고, 미궁의 구조를 봐서 샛굴이 생기지도 않을 것 같으니 여기에 일시적으로 감옥을 만들도록 할까.

나는 남자들을 무장 해제시키고 묶어서 땅이 드러난 장소에 모았다.

마법란에서 흙 마법 「흙벽^월」을 선택하려는데 미적들 사이에서 함성이 솟았다.

"내, 내애 슬라임은 최가아아아아아아아아아악!"

두 번째로 쓰러뜨린 슬라임 남자가 빨리도 정신이 들어서 덤벼들었다.

검붉은 빛을 두른 기색을 보니 어느샌가 마인약을 먹은 모양이군.

놈을 묶은 밧줄은 손가락 끝에서 돋은 수정 같은 칼날로 자른 모양이다.

"먹어라아아아아!"

"―으엑."

슬라임 남자가 입이나 코에서 점액의 촉수를 뻗는 걸 보고 무심코 이상한 소리를 냈다.

"기인 콘테스트냐?"

불평하는 내 시야에 점액 촉수가 슬라임의 일종인 패러사이트 슬라임이라는 AR표시가 떴다.

이름을 보니 슬라임을 기생시키고 있었나 보군.

기절시켰을 때 벼락 지팡이로 감전시키지 않았으면 이 슬라임이 나와서 반격을 했겠네.

끈적끈적한 이 녀석이랑 격투전을 하기는 싫으니까, 언제나 발동하고 있는 「이력의 손」으로 다리를 붙잡아 넘어뜨렸다.

나는 놈이 일어나기 전에 벼락 지팡이를 꺼내 종복인 슬라임과 함께 전격으로 마비시켰다.

"도망칠 수 있다고 생각지 마라!"

내가 슬라임 남자를 신경 쓰는 틈에 도망치려던 카멜레온 남자를 스토리지에서 꺼낸 돌 창으로 벽에 꿰었다.

마인약으로 괴상하게 변한 녀석들은 자연 회복 속도도 보통보다 빠른 모양이군.

"크에아아아아아오."

비명까지 인간 같지가 않네.

나는 카멜레온 남자를 지난번보다 강하게 때려 기절시키고, 다른 미적들과 세트로 흙벽마법으로 가뒀다.

괴력에다 기인들이 모인 미적들도 두께 5미터의 흙벽을 무너뜨리는 건 쉬운 일이 아닐 거야.

터프하게도 벌써 정신 차린 반라 남자의 욕설이 작은 공기구멍으로 들렸다.

"나중에 회수하러 오지. 얌전히 기다려라."

나는 그렇게 말하고 미적의 전선기지를 등졌다.

그 뒤로 몇 군데의 파수대를 제압하고 본거지에 도착했다.

처음 귀환전이를 한 뒤로 소요 시간은 30분— 시간을 너무

들였을지도 모르겠다.

"방심은 금물이지."

하품을 하던 본거지의 파수꾼을 몰래 다가가 제압했다.

나는 재빨리 맵과 본거지의 지형을 확인하고, 탈출로 및 미적들에게 붙잡힌 사람들이 있는 구역의 통로를 확인했다.

"봉쇄를 하고."

흙 마법「흙벽」으로 네 군데의 통로를 막는 장대한 벽을 만들었다.

이 커다란 방은 땅이 드러나진 않았지만 보통의 3~5배 정도 마력을 담으면 벽을 만들 수 있다.

평소보다 무르지만 그 대신 두껍게 만들었으니 문제없겠지.

"뭐, 뭐야!?"

"미궁 녀석이 화났다!"

"벽이잖아!?"

당황하는 미적들의 말을 무시하고 딱 한 군데 아래쪽으로 빠져나가는 탈출구를 막기 위해 섬구로 중앙 건물을 강습했다.

클릭시블 실드
—자유 방패.

건물이랑 격돌하기 직전에 중급 술리 마법「자유 방패」를 만들어 충격을 완화했다.

내가 격돌한 벽이 발포 스티로폼처럼 무르게 부서지고, 굉음과 흙먼지 속에 있던 미적들이 혼란에 빠졌다.

〉칭호 「강습자」를 얻었다.

"저, 적습이다!"

"다른 미적들이냐!"

"아니, 이런 건 마족밖에 못해!"

—누가 마족이냐.

아차, 미적 하나가 탈출구로 도망치려고 하네.

나는 축지로 그 녀석 앞에 가서 놈이 들어 올리려던 돌 뚜껑을 밟아 버렸다.

"좋은 판단이지만, 조금 늦었다."

"칫, 이 가면 자식!"

미적이 허리의 검을 뽑아서 덤벼들었다.

검은 칼날의 한손검이 검붉은 빛을 끌면서 접근했다.

"저주 받은 마검이군—."

AR표시를 보니 한손 검은 미궁산 마검이었다.

저주 받았다는 정보는 AR표시에 안 나오지만, 한순간 전환한 독기시로 새까만 색이었으니 틀림없을 거야.

나는 스토리지에서 꺼낸 싸구려 소검으로 미적의 마검을 떨쳐냈다.

키잉 소리가 나면서 내 소검이 부러졌다.

역시 싸구려는 내구성이 낮구나.

"무모한 돌격으로 금이라도 가 있었나?"

미적은 내 소검이 부러진 걸 보더니, 가학적인 웃음을 지으며 징그러운 표정으로 한손검을 핥았다.

　지금 깨달았는데, 이 녀석 혀는 뱀처럼 끝이 갈라져 있었다.

　자세히 보니 팔도 보통보다 꽤 길군.

　"죽어라아아아아아!"

　"모가지 내놔라아아아!"

　동료가 우위에 선 것을 보고 혼란이 풀렸는지 다른 미적들도 소리치며 덤벼들었다.

　이 녀석들도 팔이나 다리가 벌레나 게처럼 껍질로 싸여 있거나, 마물처럼 털이 돋아있거나 했다.

　개중에는 목 위가 뱀인 미적도 있었지만, 그 녀석은 뱀 머리 수인이란 수인의 일종이었다.

　"으라아아아아."

　"크에야아아아아!"

　사방팔방에서 덤벼드는 미적들을 스토리지에서 꺼낸 돌 창으로 한꺼번에 휩쓸었다.

　가볍게 후린 것뿐인데 모두 벽까지 날아가 버렸다.

　"어, 어디서 꺼냈지."

　"칫, 마법사냐."

　"영창이 없었어. 저건 마법 도구다!"

　아깝군, 유니크 스킬이야.

　"이 자식들아! 약을 써라! 아끼는 건 없다! 이 맛간 가면 자식을 살려 보내지 마라!"

　공격을 망설이는 동료를 보고 마검사 미적이 지시를 내렸다.

미적왕 루더만이 없을 때 리더는 이 녀석인가 보군.

"—여유구만. 마인약을 먹은 우리는 10레벨 위의 상대도 쓰러뜨린다."

취급이 곤란한 마인약 처분이 끝나는 것을 보고 있자니 리더가 허세를 부리며 웃음을 짓고 뾰족한 송곳니를 보였다.

마인약으로 10레벨 올라가도 오차범위야.

레벨이 280 정도 부족하거든.

"우오오오오."

"온다온다온다아아아아."

미적들이 차례차례 마인약을 먹더니 과잉섭취 상태가 되었다.

그들의 몸 위에 떠오른 붉은 밧줄 모양의 마법진이 그대로 피부에 빨려 들어가더니 그들의 기이한 형상을 한층 위로 끌어올렸다.

팔꿈치에서 뿔이 돋고, 윗팔이 갈라지며 칼날이 되고, 등에서 날개 같은 것도 돋아났다.

마물이랑 인간을 짜깁기한 것 같은 모습이네.

"—이질적이군."

"헷. 마인약을 안 하는 놈들은 이 전능감을 알 수가 없지."

내 말을 주워들은 기생 오래비 미적이 큰소리를 쳤다.

"미적왕 루더만의 제1전사, 적검의 가론 간다!"

"제1전사는 이 몸이다! 흑검의 아시로— 필살 『갑참검』!"

"갑자기 그거냐! 오의 『용암류 3연 찌르기』!"

칠흑의 검을 든 리더와 붉은 검을 쥔 기생 오래비가 사이좋게 말다툼을 하면서 동시에 필살기를 펼쳤다.

마인약의 신체 강화도 있어서 어마어마한 검속이다.

리더는 참격, 기생 오래비는 찌르기였다.

물론「수 읽기: 대인전」스킬의 지원을 받는 나는 피하는 것도 요격하는 것도 자유롭지만, 미적들의 마음을 꺾기 위해서 필살기로 대응해줘야겠다.

—섬광 6연격.

전에 공도에서 사가 제국의 용사 하야토에게 전수 받은 필살기다.

섬광 같은 찌르기가 여섯 줄기 번득이고, 창이 바로 옆을 통과한 미적 둘이 피를 뿜으며 날아갔다.

미적들은 건물 벽을 부수며 옥외로 떨어졌고, 실내에 일어난 바람이 나머지 잔챙이 미적들을 녹아웃 시켰다.

기술을 견디지 못한 돌 창이 손에서 부스러지고, 더욱이 굉음을 내면서 건물이 붕괴해 버렸다.

천구를 사용해 하늘로 벗어난 나는 천장 부근에서 미적들을 둘러보았다.

돌 창이 스치지도 않았는데 여파만으로도 씽상한 위력이군.

과연 용사가 직접 전수한 기술이야.

처음 예정하고 좀 달라졌지만 바깥의 미적들이 멍하니 움직이지 않는군. 이 틈에 마법란에서 대인 제압용「유도 기절탄」을 선택했다.

시야에 AR표시되는 타깃 마크가 차례차례 미적들을 록온했다.

"─발사."

입을 벌린 채 무너진 건물을 보던 미적들에게, 머리 위에서 쏟아지는「유도 기절탄」최대 120발의 비를 몇 세트 먹였다.

마법의 탄환을 맞은 미적이 차례차례 기절했지만, 「마신 부여」의 붉은 빛이 흩어진 놈들은 기절까지는 안 가거나 기절하고서도 금세 회복하여 숨는 게 보였다.

마인약을 과잉섭취한 놈들은 꽤 귀찮군.

나는 마법란에서 대인 제압용「유도 기절탄」이 아니라, 마물 제압용「짧은 기절탄」을 사용했다.

보이지 않는 포탄이 쏟아져 미적과 본거지 설비를 부쉈다.

아무리 그래도 단단한 딱정벌레 갑각까지 분쇄하는「짧은 기절탄」을 맞고서 무사할 수는 없는지, 대부분의 미적들이 중상을 입고 기절했다.

유도 기능이 없는「짧은 기절탄」을 대쉬와 감으로 회피한 미적이 딱 한 명 있었지만, 내가 금세 장타로 기절시켰다.

"그럼, 다음은 인질 구출 작전이네?"

나는 40명쯤 되는 미적을 한 군데 모아 묶으며 중얼거렸다.

좀 지쳐서 그런지 사토 말투가 되었지만 아무도 안 들으니까 딱히 괜찮겠지.

맵을 열어서 위치를 재확인했다.

납치된 사람들은 여기서 방 몇 개 너머에 있는 넓은 방에 감금되어 있나 보다.

그 방향에서 2개의 광점이 다가왔다.

"엉? 길을 잘못 들었나?"

한 사람은 미적 남자, 또 한 사람은—.

"놔라! 이 무례한 놈!"

"좋구만. 상급 귀족 아가씨는 기가 드세."

통로를 봉쇄한 흙벽 너머에서 두 사람의 대화가 들렸다.

"여기서 맛을 좀 볼까?"

"나를 더럽히면 몸값은 사라진다!"

"크하하하핫!"

"뭐가 우습지!"

"네 부모는 진작에 널 버렸거든?"

"마, 말도 안 된다!"

제법 비극적인 이야기로군.

"고귀한 공주님의 그런 표정이 땡기는구만."

"무, 무슨 짓을……!"

"헷헷헷. 루더만 형님이 없는 틈에 좀 즐기자구."

천이 찢어지는 소리가 나기에 흙벽을 없애고 두 사람 앞으로 나섰다.

"누, 누구냐! 우리 동료 중에 백발은 없어!"

"가면?"

나를 본 두 사람이 놀란 목소리를 흘렸다.

지금 나는 신작인 「쿠로」 스타일이라 얼굴 위쪽 절반을 가면으로 가리고 있었다.

볼의 상처 아래쪽 절반이 가면 아래쪽으로 보이는 느낌이다.

"죽어라!"

나이프를 뽑은 미적이 덤벼들었다.

마인약을 안 쓴 것 같으니까 납치 스킬을 의식하면서 죽이지 않도록 기절시켰다.

"이걸로, 이 근방의 미적은 끝인가 보군."

나는 쿠로 모습의 소재가 된 영화 캐릭터의 어조를 떠올리며 성대모사를 했다.

"저, 저기, 구해주셔서 감사합니다."

궁지에서 구해낸 20세쯤 되는 금발 여성이, 찢어진 가슴을 가리며 인사를 했다.

"저는 에르테리나 론도벨이라고 합니다. 아버지는 남작이지만, 조부는 군벌에 영향력이 있는 케르텐 후작이니 반드시 당신이 바라는 것 이상의 답례를 하겠어요."

귀족 아가씨는 긴 포로 생활 탓인지 피부가 거칠어지고 지저분한 데다가 냄새도 나서 이래저래 뭣하지만, 몸가짐을 갖추면 화려한 생김새의 미인일 것 같았다.

나는 아이템 박스를 열어서 가슴을 가리기 위한 천을 건넸다.

"그러니, 안쪽에 잡혀있는 사람들도 함께 데리고 가주실 수 없을까요?"

"인사 따윈 필요 없다. 나는 본래 미적에게 붙잡힌 자들을 구조하러 왔으니."

나를 데리고 도망쳐라, 가 아니라 모두 구해달라고 부탁하는 귀족 아가씨를 좋게 생각하면서 수긍했다.

보통은 무모한 부탁이지만, 나는 딱히 문제없이 실행할 수 있으니까.

"저, 저기, 이름을 여쭈어도……?"

귀족 아가씨가 이름을 묻기에 미적 퇴치를 하면서 생각해둔 역할로 대답했다.

"나는 용사 나나시의 종자 쿠로."

"요, 용사님의……?"

놀라는 그녀의 뒤에서 미적의 손가락이 꿈틀 움직이는 게 보였다.

먼저 미적을 정리해야겠지.

"잠시, 기다려라."

"네, 네……."

내가 40명쯤 되는 미적들을 공중에 떠올리는 걸 보더니 귀족 아가씨가 말을 잃었다.

"어, 어느 틈에 영창을……?"

보통은 들릴 리 없는 작은 소리로 중얼거리는 것을 내 「엿듣기」 스킬이 포착했나.

그러고 보니 무영창은 용사나 전생자의 반칙 기술 같은 거였지?

쿠로는 딱히 능력을 감출 생각 없지만, 정체가 들킬만한 정보는 없는 편이 좋겠지.

이제부터는 고대어 같은 말로 「부유」나 「전이」 같은 말을 한 다음에 「환영」 마법으로 적당한 이펙트를 넣어서 신화시대의 비보

203

같은 걸 쓴다고 주장해두자.

"하, 하지만, 『이력의 손』으로 이렇게 많은 사람을 들어올릴 수 있을 리가……. 어떤 스킬인가요?"

그녀는 마법 스킬이 없는데도 술리 마법을 잘 아는 모양이군.

"내 주군께서 내려주신 신화시대의 비보를 사용했다."

"―비보……."

내 말에 귀족 아가씨가 감탄하며 중얼거렸다.

"곧 돌아온다. 이동하지 말고 이 방에서 기다려라,『전이』"

나는 귀족 아가씨에게 물통을 건네주고는 미적들을 데리고 미궁 안의 다른 광장으로 귀환전이했다.

여기는 두 번째 미궁 탐색에서 동료들이 마물을 다 잡은 광장 중 하나였다.

미궁 안에서도 흙 마법이 저해되지 않는 흙이 드러난 장소라서 미적들을 일시 보관하는데 이 장소를 골랐다.

먼저 감옥을 만든 미적의 전선기지도 괜찮지만, 다른 거점의 미적들도 모두 가두는 게 귀찮아지니까 넓은 여기를 골랐다.

무장해제한 미적들을 감옥 예정지에 두고 천장까지 닿는 두꺼운 흙벽으로 가뒀다.

구멍을 파서 탈옥하는 걸 막기 위해 바닥도 흙벽으로 굳혀놨으니 편리한 스킬이나 괴력이 있어도 며칠 안에 탈출할 수는 없을 거야.

일단 여성으로 보이는 미적도 있기에 남녀를 갈라서 투옥했다.

흙 마법인「흙벽」을 쓰면 한순간이니까 큰 수고도 아니거든.

흙 감옥에 가둔 미적들에겐 식량을 주지 않았지만, 며칠 분량의 물이 든 통을 같이 넣어놨으니 굶주려도 죽지는 않겠지.

—맞다.

나는 「담쟁이 저택」의 레리릴에게 공간 마법 「원거리 통화」로 말을 걸었다.

『레리릴, 조금 있다가 미적들에게 감금되어 있던 사람들을 데리고 갈 거야. 준비를 부탁한다.』

『네, 사토 님! 개인실로 준비할까요?』

레리릴의 물음에 조금 생각했다.

감금당했던 사람들은 심한 일을 당했을 테니까, 혼자 두지 않는 편이 좋겠다.

『큰 방이랑 몇 명 단위로 쓸 수 있는 방을 몇 개 준비해주면 좋겠다.』

『네! 알겠습니다! 당장에 준비할게요!!』

레리릴은 활기차게 수락해 주었다.

나는 그녀에게 감사의 말을 하고, 아까 그 귀족 아가씨가 기다리는 미적의 아지트 근처에 설치해둔 「각인판」으로 「귀환전이」했다.

◆

"누, 누구냐!"

아지트에 들어가자마자, 식칼을 든 귀족 아가씨가 금발을 흐트러뜨리며 외쳤다.

미적들이 쓰던 식칼을 호신용으로 조달한 모양이군.

"기다리게 했군."

"쿠, 쿠로 님."

—님?

"구조하러 간다."

"네, 넷. 안내하겠어요."

선도하려는 귀족 아가씨의 어깨를 붙잡아 기다리라고 했다.

"남성이 만지는 건 싫을지도 모르지만, 잠시 참아라."

나는 그렇게 선언하고 귀족 아가씨를 공주님 안기로 들어 올렸다.

귀족 아가씨가 흠칫 떨었지만, 홍조를 띤 볼이나 표정을 보니 혐오감은 없는 모양이다.

"저, 저기?"

"무서우면 눈을 감고 있어라."

"네, 네! 처음이니까 살살—."

뭔가 착각하는 발언을 하는 귀족 아가씨에게 「물리 방어 부여」 마법을 걸어 안전을 확보하고, 연숙 축지로 감금 장소까지 고속 이동했다.

그건 그렇고 미적에게 심한 짓을 당했을 텐데 아까처럼 농담을 할 수 있다니, 이 아가씨는 담력이 꽤 좋군.

나는 맵을 의지해서 고속 이동을 하여 불과 수십 초 만에 목적지에 도착했다.

"이 바위 너머인가?"

"네, 헤에, 흐래요."

고속 이동으로 눈이 핑핑 도는 귀족 아가씨가 혀 꼬인 발음으로 긍정했다.

감금 장소와 통로를 막고 있던 강철 지지 막대와 바위를 치우고, 감금 장소인 어슴푸레한 장소로 발을 디뎠다.

검은 알갱이의 보리나, 암적색의 열매를 가진 메밀 같은 작물이 심어진 밭이 보였다.

저게 마인약의 주재료인 자멸 줄기나 파멸초인 모양이군. 겉보기에는 자멸 보리나 파멸 메밀이라고 하는 편이 맞을 것 같은데.

감금되어 있던 사람들의 거주구는 가장 안쪽에 있는 모양이다.

"에르테리나!"

"리더!"

광장에 들어가자마자, 붉은 머리와 밤색 머리 아가씨들이 함께 와서 귀족 아가씨를 끌어안았다.

이 두 사람은 여성 탐색자 동료로 둘 다 귀족 출신이었다.

헷갈리니까 처음 만난 귀족 아가씨를 금발 귀족 아가씨로 부르자.

"너희들을 구하러 왔다. 모두 여기로 모아라. 여기서 가지고 나갈 물건이 있다면 가져와도 상관없다."

아가씨들이 나를 의심스레 바라보았지만, 금발 귀족 아가씨가 고개를 끄덕이자 소리를 지르며 환희했다.

멀리서 보던 사람들이 그녀들의 목소리에 이끌려 모여들었다.

이 광장에 있는 건 43명 모두 여성인가 보다.

어째선지 6명 정도 거주구역에서 떨어진 장소에 틀어박혀 있었다.

"이걸로 모두인가?"

"그밖에 약사 4명이랑 연금술사가 1명 있어요. 폴리나를 보냈으니 금세 올 거라 생각합니다."

"그렇군."

금발 귀족 아가씨에게 수긍하고, 나는 모여든 여성들을 돌아보았다.

"정말로 나갈 수 있어?"

"가족들 곁으로 돌아갈 수 있어."

"우리들 살았구나……."

아까 그 귀족 아가씨들 말고는 기쁨보다 당황이 큰 모양이다.

그렇지, 일단 주의를 해두자.

"이제부터 너희들을 미궁 바깥으로 탈출시킨다."

나는 모두 이해한 것을 기다렸다가 말을 이었다.

"그러나, 지금 당장 가족들 곁으로 돌려보내줄 수는 없다."

여성들 사이에서 비명이나 울음소리가 들리기에 금세 이어서 말했다.

"너희들을 해방하기 전에, 다른 장소에 붙잡힌 사람들을 구해내야 한다. 며칠 동안만 참아라."

사실 이건 반쯤 거짓말이다.

그녀들이 여기서 「마인약 재료를 재배하고 있었다」는 것을 안

시가 왕국의 높은 사람들이 그녀들을 처리해버리지 않을까 걱정되니까 그 대책을 짤 시간이 필요한 거다.

"이대로 지상의 숨겨진 가옥으로 전이한다."

"기, 기다려줘!"

"기다려 주세요."

근육질 여성과 금발 귀족 아가씨가 나를 말렸다.

"뭐지?"

"약사를 부르러 보낸 폴리나가 돌아오지 않았어요."

그러고 보니, 그랬었지.

"걱정 마라. 그쪽은 나중에 회수하러 온다."

나는 금발 귀족 아가씨에게 말하고 근육질 여성을 보았다.

"네 용건은 뭐지?"

"저쪽 고문방에, 내 동료나 이 녀석들 동료의 시체가 있어. 하다못해 탐색자증이나 머리칼이라도 지상으로 데리고 돌아가고 싶어."

나는 맵을 열어 고문방이란 것을 확인했다.

중간의 통로에 마비독이나 석화 능력을 가진 위험한 마물이 배회하고 있있다.

"고문방으로 가는 통로는 위험하다. 유품은 내가 대신 회수해주지."

"부탁이야! 나를 데리고 가줘. 동료들에게 조문의 말을 해주고 싶어."

나만 가려고 했지만 근육 여성이 굳이 가고 싶다고 호소하기에 양보하기로 했다.

"알았다. 다만 데리고 가는 건 두 사람까지다."

너무 많으면 지키는 게 귀찮으니까.

"그러면, 제가 큰언니와 함께 가겠어요."

금발 귀족 아가씨가 곧장 나섰다.

근육 여성은 포로들 사이에서 「큰언니」라고 불리나 보군.

"알았다. 그러면 잠시 둘이 기다리고 있어라."

나는 두 사람 말고 다른 여성들과 짐을 「이력의 손」으로 들어 올려 「귀환전이」로 지상의 「담쟁이 저택」으로 전이했다.

"여, 여기는?"

"언니, 해님이야! 해님이 보여."

"바깥? 정말로 바깥이야?"

담쟁이 저택 뜰로 전이한 여성들이 하늘을 올려다보며 눈물을 흘렸다.

나는 마중 나온 레리릴에게 뒷일을 맡기고 미궁으로 돌아갔다.

◆

"여기가 고문방인가?"

"그래, 나도 온 적은 없지만 이 피 냄새는 틀림없어."

미궁으로 돌아온 나는 금발 귀족 아가씨와 큰언니를 데리고 고문방으로 찾아왔다.

그건 그렇고…… 광원을 횃불로 한 건 실수였을지도 모르겠군.

피투성이 고문기구나 썩은 냄새, 그리고 파리 같은 날벌레들이 모여드는 구멍. 횃불의 흔들리는 불꽃이 만드는 그림자가 이런 스플래터에 호러한 분위기를 강조하고 있었다.

뭐랄까, 모 초유명 호러 게임으로 예를 들자면 제정신(SAN) 수치가 팍팍 깎여나갈 법한 느낌이었다.

그 증거로—.

〉「광기 내성」 스킬을 얻었다.

—로그에 이렇게 표시됐다.

정신 내성이나 공포 내성과 다른 점이 좀 신경 쓰이지만, 스킬 포인트도 대량으로 남았으니까 이 좀 먹히는 기분을 치유하기 위해서라도 포인트를 최대까지 분배해서 유효화해뒀다.

"가르츠, 자하나, 보도리나— 너희들의 원한은 이 사람이 풀어줬어."

큰언니가 구멍 바닥의 시체를 내려다보며 중얼거렸다.

나는 그녀의 작별을 방해하지 않도록 뒤에서 그 모습을 지켜보았다.

"미적들은 남자들을 붙잡으면 노리개 삼은 다음에, 동료가 될 건지 죽을 때까지 고문을 받을 건지 고르게 해요."

금발 귀족 아가씨가 작은 소리로 가르쳐줬다.

이 방과 밭이 있는 방은 통기구가 이어져 있어서 이 방의 비명이 직접 들린다고 한다.

정말이지 미적들의 악취미에 구역질이 나는군.

"여성들은 그 방에서 **이상한 식물**을 키우도록 하지만, 열흘인가에 한 번, 미적들이 나타나서 새로운 여성을 데리고 와서는 대신 여성 하나를 데리고 갔어요."

데리고 간 여성은 고문방에서 남성들과 마찬가지로 죽거나 지독한 일을 당했다고 한다.

그 비명을 듣기만 해도 괴로울 텐데—

"내가 선택되지 않은 것에 안도하는 자신이 죽을 정도로 싫었어요."

눈물 섞인 독백을 하는 금발 귀족 아가씨의 머리를 가슴에 끌어안아줬다.

억눌린 목소리로 우는 아가씨를 달래는 동안 큰언니가 죽은 동료들과 작별을 마친 모양이다.

동료의 탐색자증을 회수하고자 구멍에 들어가려는 큰언니를 막았다.

나는 구멍 속에 있던 인골이나 탐색자증 같은 것들을 「이력의 손」으로 아이템 박스에 수납하는 퍼포먼스를 보이며, 몰래 구멍 안쪽으로 뻗은 「이력의 손」으로 만져서 통째로 스토리지에 수납했다.

하다못해, 햇살이 닿는 지상의 묘소에 매장해주고 싶으니까.

"쿠로 님, 이 마법진은 뭘까요?"

등을 돌리고 눈물을 닦던 금발 귀족 아가씨가 가리키는 곳에는 해골이나 인골로 장식된 흉흉한 마법진이 있었다.

독기시를 유효화시켜서 보니 이 방 전체가 어두워질 정도의 독기가 있는 것이 판명됐고, 더욱이 마법진 자체도 독기나 저주를 뒤죽박죽으로 섞어서 구축된 걸 알 수 있었다.

그건 그렇고 이 정도 독기가 있는데 비운의 죽음을 맞이한 유골이 구멍 속에서 언데드화되지 않은 게 신기하군.

아마도, 이 마법진이 억제하고 있는 거겠지.

마법진이 실려 있는 자료를 파라락 넘기면서 「화상 검색이 있으면」하고 생각해 버렸다.

―어? 검색 결과네?

놀랍게도 스토리지는 화상 검색도 가능한 모양이다.

"광기의 증폭과 확산. 부정적인 감정을 증폭해서 광범위에 뿌리기 위한 장치다."

나는 공도 지하에서 마왕을 부활시킨 사교도 「자유의 날개」 녀석들이 가지고 있던 자료에서 그것을 알아냈다.

자료에 따르면 노란 피부 마족이 놈들의 선조에게 전해준 마법진이었다.

놈들이 마왕 부활을 위해서 사용했던 「혼돈 항아리」나 「주원병」이 완성되기 전까지는 이 마법진이 마왕을 부활시키는 토양을 만드는데 쓰인 모양이다.

어쩌면 루더만이 말했던 「노란 옷의 마법사」는 노란 피부 마족의 관계자일지도 모르겠군.

"파괴할까요?"

"물론이다."

213

기껏 공도에서 마왕을 쓰러뜨렸는데 이런 걸 방치해서 다시 부활하면 귀찮아진다.

나는 사악한 마법진을 성비의 파란 빛으로 정화했다.

"성스러운 파란 빛?"

"백발 나리— 쿠로 님이 용사님의 종자라는 건 정말이었구나…….."

금발 귀족 아가씨와 큰언니가 찬사와 동경의 눈길로 나를 보았다.

아니아니, 성비는 누구든지 쓸 수 있거든.

파란 빛을 내는 건 청액으로 커스터마이즈한 내 성비뿐이지만.

그리고, 조금 생각이 있어서 물리적인 파괴는 최소한으로 해 두고 고문방을 등졌다.

"—여기서 나가기 싫다고?"

금발 귀족 아가씨의 안내를 받아서 약사들이 있는 작은 방으로 갔는데, 대표 연금술사 아가씨에게 그런 말을 들었다.

큰언니는 구출된 사람들을 통솔하기 위해서 먼저 아까 그 아가씨들과 합류시켰다.

굳이 따지자면 금발 귀족 아가씨도 함께 두고 올까 했었지만, 약사가 있는 곳에 보낸 폴리나라는 아가씨가 걱정된다며 억지로 따라왔다.

"이유를 들어볼까?"

"저는 연금술사, 저쪽 애들은 약사 길드의 도제였어요."

그것과 나가기 싫은 이유가 이어지질 않아서 묵묵히 그녀들의 말을 기다렸다.

"저희는 여기서 주검약이나 마인약을 만들고 있었어요."

그녀들이 만들었다는 약을 봤는데, 주검약과 마인약은 모두 품질이 열악한 것들이었다.

아마 그녀들은 이런 약을 만들기 위한 스킬이 없었기 때문이겠지.

미적의 본거지에 남은 마인약은 열악하지 않은 것들도 있으니까, 루더만은 외부에 재료를 매각해 제품을 구입하면서 자신들도 밀조를 진행한 모양이군.

"바깥으로 나가게 되면, 주검약이나 마인약을 만든 죄로 공개처형 될 거예요."

그럴 것이라면 여기서 죽는 편이 낫다고 연금술사나 약사 아가씨들이 호소했다.

참고로 설령 협박을 받아서 했다고 해도 정상참작의 여지는 없다고 한다.

"미궁도시 밖으로 도망치면 된다."

"아뇨……."

아가씨들은 자신들의 죄를 후회하고 있으며, 도망쳐서 자유롭게 사는데 죄책감을 느끼나 보다.

"사정은 알았다. 고려해줄 테니 여기서 나간 뒤에 생각해라."

나는 말대꾸도 듣지 않고 「담쟁이 저택」으로 전이했다.

그녀들의 갈등에 어울려주는 건 다른 애들을 구하고 미적을 모두 포박한 다음이다.

또한, 이 애들은 확실하게 재배한 사실을 알고 있으니 레리릴에게 말해서 다른 아이들과 격리된 방에 수용했다.

◆

"네놈은 뭐냐! 이 몸을 누구라고 생각하느냐!"

"네놈 따위 모른다."

대인 제압용 「유도 기절탄」의 비를 맞고도 팔팔하게 덤벼드는 미적을 날려 버렸다.

나는 금발 귀족 아가씨와 약사들을 「담쟁이 저택」으로 보낸 뒤, 다른 미적 아지트를 순서대로 퇴치하러 다녔다.

포로가 있는 거점은 여기가 마지막이다.

"아직 멀었다아아아아!"

힘 조절이 어설펐는지 미적이 피투성이로 일어섰다.

정말이지 마인약을 과잉섭취한 놈들은 어중간하게 터프해서 귀찮다.

"이제 좀 자라."

나는 붉게 빛나는 커다란 도끼칼을 들어올린 미적의 품에 축지로 뛰어들었다.

평소보다 힘 조절을 적게 해서 때리자 미적의 뼈가 분쇄되는 불길한 감촉이 내 손바닥으로 전해졌다.

"커어어어어."

아무래도 내가 때리기 전에 이 녀석의 「마신 부여」 효과가 떨어졌나 보다.

빈사의 중상을 입은 미적이 피를 토하면서 땅을 굴렀다.

죽으면 뒷맛이 나쁘니까 지난번 미적 거점에서 압수한 조악한 마법약을 뿌려뒀다.

"우, 움직이지마! 이 인간족 여자를 죽인다!"

처음에 쓰러뜨린 미적이 부활해서 노리개로 욕보이던 여성을 인질로 나를 협박했다.

"꺄하하하하하."

여성은 거듭되는 폭행에 제정신을 잃었는지, 목덜미에 나이프로 상처가 나도 깔깔거리며 웃기만 하고 겁먹은 기색이 없었다.

"정말이지, 싫어지는군."

미적의 터프함도, 놈들의 소행도.

마음이 망가질 정도로 지독한 꼴을 당한 사람들을 구한 거야 몇 번이고 있었지만, 이건 정말 익숙해지지 않는다.

마치 마음에 응어리가 쌓이는 기분이야.

"얼른 무기를 버려! 나, 나는 진심이다!"

미직의 나이프가 디욱 여성의 목에 상처를 냈다.

나는 미적의 협박을 무시하고 축지로 파고들어, 머리가 분쇄되지 않을 정도의 위력으로 때렸다.

나이프를 든 미적의 손은 「이력의 손」 여러 개로 붙잡고 있어서 꼼짝도 안 한다.

날아간 미적이 고정된 팔을 기점으로 이상한 움직임과 골절

소리를 냈지만, 그에 대한 동정이나 가여움은 솟지 않았다.

나는 이 거점의 미적들을 모아서, 처음 거점을 제압했을 때 만든 감옥방에 「귀환전이」로 연행하고 새로운 흙벽 감옥에 던져 넣었다.

몇 개나 늘어선 흙벽의 감옥 속에서 미적들의 노성이 이어지고 있지만, 무시하고 붙잡혀 있던 사람들을 도우러 가기 위해 아까 그 거점으로 돌아갔다.

"여기도 열매는 텅텅 비었네……."

지금까지 미적들의 거점 절반에 파멸초나 자멸 줄기를 재배하는 밭이 있었다.

그러나 처음에 찾아갔던 루더만이 소유한 밭 말고는 모두 밭의 반 이상이 말라 죽었고, 말라 죽지 않고 남은 것도 태반이 여물지 않았다.

처음 거점과 다른 거점의 차이라면 그 수상한 마법진이다.

아마도 그 마법진이 마인약의 소재 재배에 중요한 요소를 점하고 있는 거겠지.

"노란 옷의 마법사라……."

분명히 루더만이 자기들한테 재배 방법을 전수한 녀석을 그렇게 불렀지.

루더만을 다시 한 번 만나서 그 이야기를 들어보는 게 좋겠다.

루더만이 수감되어 있는 지하 감옥은 봉쇄가 됐으니 숨어드는 건 최종 수단으로 삼고, 먼저 길드장에게 마법진 관련 정보를 흘려야겠군.

"……저, 저기."

주저하면서 말을 걸기에 돌아보니, 당장이라도 죽을 것 같을 정도로 피폐한 여성들 몇 명이 있었다.

아까 계속 웃어대던 여성은 시체처럼 조용했다.

"용서해라, 조금 생각에 잠겨 있었다. 지금부터 너희들을 안전한 장소로 데리고 가마."

내 말에 여성들이 간신히 희미한 미소를 지었다.

"다가와라. ―『전이』."

나는 여성들을 「인력의 손」으로 붙잡아, 「귀환전이」 마법으로 지상의 「담쟁이 저택」으로 돌아왔다.

"―쿠로 님!"

금발 귀족 아가씨가 나를 보자마자 기쁨의 소리를 지르면서 다가왔다.

몸가짐을 정돈하고 화장을 한 얼굴은 본래 나이보다 성숙해 보였다.

싸구려지만 귀족 출신자에게는 화장품 외에도 드레스와 구두도 주었다.

상당히 화려한 미녀지만, 여배우라기보다는 비즈니스 세계에서 꽃피는 타입의 이지적인 미녀의 풍모였다.

"몰라보겠군."

"감사합니다!"

빛나는 미소를 지으며 싹싹하게 대답했다.

내가 조금 더 젊었다면 그녀가 나한테 반했다고 착각했을 기세였다.

그녀 뒤에는 수수한 여성이 순서를 기다리고 있었다.

"쿠로 님, 저희들 평민들까지 이렇게 우대해 주서서 감사합니다."

"부족한 것은 없나?"

"아뇨, 충분하고 남을 정도입니다."

그녀는 폴리나라는 운반인 여성으로, 처음 미적 거점에서 약사들을 부르러 갔던 사람이다.

운반인이나 탐색자는 거친 사람이 많지만 그녀의 정중한 말투에는 차분함과 교양이 느껴진다.

"쿠로 님, 차입니다."

"그래, 고맙군."

폴리나가 내민 차를 마시며 목을 축였다.

차에서 오르는 김 너머에서, 큰언니가 아까 미적들에게서 구해낸 아가씨들을 배려하며 방을 안내해주는 게 보였다.

"꺄하하하하."

"진정해. 금방 편하게 해주마."

큰언니가 마음의 병을 앓는 아가씨에게 어수선한 발언을 했지만, 안락사 시키는 게 아니라 레리릴의 집 마법으로 치유를 하는 거였다.

그녀 이전에도 몇 명인가 비슷한 아가씨가 있었는데, 레리릴이 쓰는 집 마법 「상심 간호」와, 「정신휴양」으로 마음의 평안을 얻고 있었다.

—과연 집 요정.

생각보다 굉장한 마법에 레리릴을 칭찬하자 신이 난 어린애처럼 콧대를 세우며 가슴을 폈다.

레리릴에 따르면 마법의 효과는 일시적인 것이지만 지금은 그걸로도 괜찮을 거다.

지금 그녀들에게 필요한 것은 안식과 치유니까.

그런 식으로 레리릴이 케어 쪽을 맡다 보니, 구해낸 아가씨들을 보살피는 건 이 세 사람 — 금발 귀족 아가씨 에르테리나 양, 운반인 폴리나, 큰언니라고 불리는 근육질 탐색자 스미나 — 이 지휘하고 있었다.

금발 귀족 아가씨는 남에게 지시를 내리는 게 능숙하고, 운반인 폴리나는 인망이 있어서 절충이나 교섭이 특기이며, 큰언니는 다툼을 해결하는 걸 잘 했다.

그리고 화재에서 구출해낸 티파리자 일행 다섯 명은 레리릴의 보좌나 금발 귀족 아가씨와의 연락 담당으로 일하고 있었다.

이 애들이 길거리에 나앉게 된다면, 내가 출자해서 사업이라도 시작하면 재밌을 지도 모르겠군.

"뭔가 부족한 물자는 없나?"

"저, 저기…… 식량이, 그게……."

금발 귀족 아가씨가 사양하며 머뭇거리기에, 폴리나에게 시선을 보내 다음 말을 재촉했다.

"식량이 부족합니다."

"그러면, 식량고를 채워놓지."

그러고 보니 잊고 있었군.

본래 레리릴 혼자 살던 곳인데 구조한 아가씨들의 수가 200명 가까운 지금은 비축이 부족해도 신기할 것 없었다.

그리고 구조한 아가씨들의 내역은 탐색자나 운반인이 많고, 약사나 연금술사, 신관이나 병사, 창부 등의 직종인 자들도 소수 있었다.

신분은 평민이 압도적으로 많고 20퍼센트쯤이 노예, 귀족 계급도 생각보다 많았다.

"뭔가 먹고 싶은 것은 있나?"

내 물음에 폴리나가 자조적인 기색으로 웃으며 말했다.

"애당초, 잡초를 뜯어먹는 생활을 하고 있었으니 먹을 수만 있으면 다소 상한 거라도 괜찮습니다."

"그러면 영양가가 있는 식재료를 채워놓지. 나중에 확인해라."

이 「담쟁이 저택」에는 온도 관리 기능이 달린 식량고가 있으니 쌀이나 야채, 비타민 보충용 감미에 산수의 황등 과실 몇 개, 그리고 톤 사이즈의 고래 고기나 문어형 해마의 블록을 하나씩 채워놓자.

하지만, 그 전에 조금 확인하고 싶은 것이 있다.

"너희들은 미적이 너희들에게 뭘 만들도록 시켰는지 알고 있나?"

"네, 같은 거점에 있던 연금술사나 약사들이 말다툼하는 것을 들어서……."

"저는 왕립학원에 다닐 때, 약초 사전에서 본 적이 있어요."

폴리나와 금발 귀족 아가씨가 대답했다.

현명하게도 둘 다 재배하는 작물의 이름은 말하지 않았다.

"다른 자들도?"

"아뇨. 우연히 들은 사람이 또 있을지도 모르지만, 저 말고는 다른 연금술사와 약사들 정도라고 생각합니다."

"저는 남에게 말하지 않았으니, 아마도 아무도."

흠. 생각보다 적은 모양이군.

"쿠로 님……."

생각에 잠긴 나를 보고 자신들의 어두운 미래를 상상했는지 폴리나와 금발 귀족 아가씨의 안색이 안 좋다.

"그런 표정 짓지 마라. 너희들을 내칠 셈은 없다."

노력해봐도 어둠 속에 매장될 것 같으면, 엘프들의 보르에난 숲에 숨겨진 마을이라도 만들어서 그쪽으로 이주시키는 방법도 있다.

오지랖이 지나친 느낌도 들지만 어중간하게 내던지면 꿈자리가 사납단 말이지.

"너희들 두 사람에게 부탁이 있다. 잡담하는 중간에 너희들 말고 뭘 키우고 있었는지 아는 자를 캐봐라."

스파이 같은 짓이라 미안하지만 아는 자를 선별할 필요가 있다.

진위를 간단히 판명할 수 있다면 좋겠지만 내가 아는 방법은 심의관의 판정 정도였다.

구해낸 사람 중에 심의관이 있으면 좋겠지만 그렇게 내 사정

맞춰주는 현실이 있을 리 없었다.

두 사람에게 조사를 부탁한 직후에 광점 하나가 다가왔다.

"쿠로 님! 나한테 뭐 시킬 일 없어? 어라? 무슨 심각한 이야기?"

「큰언니」란 애칭으로 불리는 여성 탐색자 스미나 씨가 다가왔다.

"스미나, 너는 미적이 키우도록 한 것이 **가보 보리**와 **가보 메밀**이란 것을 알고 있었나?"

나는 사기 스킬의 도움을 빌어 자멸 줄기나 파멸초를 연상할 수 없는 적당한 이름을 지어내 큰언니를 떠봤다.

폴리나와 금발 귀족 아가씨가 한순간 놀란 표정을 지었지만 금세 평소의 표정으로 돌아왔다.

"헤~ 그 기분 나쁜 작물이 그런 이름이었구나. 혹시 빌어먹게 맛없는 가보 열매의 친척이야?"

"그래, 미적들이 고블린 군단을 만들기 위해 키우고 있었다는군."

"웃햐~ 민폐가 따로 없네."

내가 사기 스킬의 도움을 빌어 지어낸 이야기를 믿은 모양이다.

아무래도, 큰언니는 키우고 있던 게 마인약의 재료란 건 몰랐던 모양이다.

"그다지 사람들에게 알려져서 좋을 것 없는 이야기다. 다른 데선 이야기하지 마라."

"아, 으응. 알았어."

그녀가 어느 정도 입이 무거운지 모르지만, 「다른 데서 이야기하지 않는」 말은 어째선지 여러모로 퍼져나가는 법이다.

그리고 큰언니랑 대화하는 도중에 복도를 지나가던 입이 가벼워 보이는 아가씨가 훔쳐 듣고 있었으니, 내일이라도 전체에 확산될 게 틀림없다.

자신들이 뭘 만들고 있었는지 몰랐던 자들도 이 이야기를 들으면 호기심을 채울 수 있겠지.

거짓말 같은 정보도 알고 있으면 나름대로 납득하게 되는 법이니까.

"그래서, 쿠로 님, 뭐 시킬 거 없어?"

"흠, 시킬 일이라······."

나는 잡일을 바라는 큰언니에게 미적의 거점에서 회수한 도구나 장비의 재정비를 부탁하기로 했다.

장비를 잃은 그녀들에게 선물해도 좋고, 매각해서 새로운 장비 대금에 보태도 된다.

안뜰 한 구석에 아이템 박스를 경유한 물건들을 다 꺼냈을 무렵에 큰언니가 한가한 아가씨들을 모아서 돌아왔다.

"냄새."

"분명히 냄새가 심하군―『소취』."

나는 악취가 가득한 고철에 마법을 걸었다.

"굉장해! 쿠로 님 굉장해!"

냄새가 사라진 갑옷이나 도구류에 큰언니 일행이 거창하게 기뻐했다.

"미적 놈들, 생각보다 좋은 장비네."

"딱정벌레 갑각 갑옷에 미궁 두더지의 대형 방패, 그리고 사마귀 갑옷까지 있어."

"무기도 굉장하다. 사마귀 대검에 호위 개미의 칼날 팔로 만든 검에, 우와~『개미날개의 은검^{가디언 앤트}』까지 있잖아."

탐색자 아가씨들 중 한 사람이 들어 올린 은검이란 것은 이름과 달리 회색이지만 본 적이 있었다.

공도 어둠의 옥션에서 본 마물 소재로 만든 마검의 일종이다.

"한 번이라도 좋으니까, 이런 검을 장비하고 미궁에서 싸우고 싶네."

큰언니 일행이 동경이 담긴 눈동자로「개미날개의 은검」을 보았다.

"정말 그래. 금화 30닢이라니, 언제 모을 수 있는 건지."

"전에 어르신네에 금화 20닢으로 중고가 나온 적 있어."

"중고는 금세 부서지니까."

아무래도 그녀들에게는 동경하는 장비인 모양이다.

그 은검을 줘도 되겠지만 아쉽게도 한 자루뿐이다.

소재인「정예 개미의 날개^{엘리트 앤트}」라면 스토리지에 버릴 정도로 있고 레시피도 아니까, 오늘밤에라도 한 자루 시험 삼아 만들어 보고 간단해 보이면 양산해서 선물할까?

섣불리 무상으로 주는 건 좋지 않을 테니까 미적 연행 같은 걸 돕는 대가로 하자.

그 자리를 큰언니에게 맡기고, 바쁘게 지시를 내리는 금발 귀족 아가씨에게 갔다.

"나는 미적 퇴치를 하러 돌아간다. 내일 아침에 또 오지. 무슨 일 있으면 레리릴에게 상담해라."

"네, 네, 쿠로 님!"

나는 식량고를 아까 생각해둔 식자재로 채운 다음, 미궁으로 돌아가 포로가 없는 소규모 미적들의 아지트를 남김없이 제압하고 다녔다.

최종적으로 100명을 가볍게 넘는 수의 미적들을 흙벽의 감옥에 보냈다.

"후우, 지쳤다……."

일단은, 미적 포박과 포로 구조는 완료했으니까 오늘 용사 활동은 영업 종료다.

◆

"─들어와."

사토의 모습으로 돌아온 내가 미궁에서 저택으로 「귀환전이」로 돌아오자, 금세 집무실 문을 노크하는 사람이 있었다.

"어서 오~."

"어서 오세요인 거예요!"

"사토."

내가 말하자 아이들이 쏟아져 들어왔다.

아무래도 타마나 미아 둘 중 하나가 내가 돌아온 걸 감지한 모양이다.

"어서 와, 주인님. 미적 퇴치는 순조로워?"

문을 닫은 다음에 아리사가 물었다.

"아아, 그거라면 끝났어."

"―헤?"

아리사의 이런 맹한 표정은 의외로 귀엽다니까.

"버, 벌써 끝났어? 한 군데라도 너무 빠르지 않아? 아직 한나절도 안 지났는데."

"미궁 안의 미적을 남김없이 붙잡았으니까, 적어도 상층이나 중층에는 한 명도 안 다녀."

본래 중층에는 미적이 한 명도 없긴 했지만.

"어, 어마어마하네."

"그레이트~?"

"역시 주인님인 거예요."

"응, 훌륭해."

동료들의 찬사에 간지러움을 느끼며 집무실 소파에 앉아서 피로를 치유했다.

"미간."

아리사가 말하며 내 미간을 손가락으로 찔렀다.

나도 모르게 미간을 찌푸리고 있었나 보다.

나는 웃음을 만들어 얼버무리며 미간을 문질렀다.

그게 마음에 안 들었는지, 아리사가 울컥한 표정을 지었다.

"전원! 주인님 끌어안기 작전 실행이야!"

아리사의 갑작스런 행동에는 익숙하다고 생각했지만, 오늘은 특히 이상하군.

"니헤헤~?"

"찰싹~인 거예요."

타마가 무릎 위에서 몸을 말고, 포치가 오른쪽 옆에 찰싹 달라붙었다.

"독점 금지."

"반 나눠~?"

"그럼, 나는 이쪽이네."

무릎 위에 타마와 미아가 앉고, 왼쪽에 앉은 아리사가 내 팔을 끌어안았다.

"—아리사?"

"우리들의 매력으로 주인님의 살벌해진 마음의 피로를 치유해주고 있는 거야."

과연, 아무래도 걱정을 끼쳤나 보군.

나는 아이들의 조금 높은 체온에 치유를 받으면서 그대로 저녁 식사 시간까지 잠들어 버렸다.

◆

"문제를 정리해 보자—."

나는 메뉴의 교류란에 있는 메모장을 열어 문제점을 열거했다.

· 첫째, 길드장이나 시가 왕국 정부는 마인약의 재배 방법을 아는 것을 방치하지 않는다.

· 둘째, 마인약의 재배 방법은 아마도 독기가 핵심 포지션을 점하며, 마법진과 고문방이 중요하다고 생각된다.

· 셋째, 마법진을 전수한 「노란 옷의 마법사」는 루더만하고만 접촉했을 가능성이 높다.

· 넷째, 길드장은 두 번째 정보를 모른다.

· 다섯째, 고문방이나 포로들의 존재만으로도 수확량은 격감하지만 재배 자체는 가능하다.

· 여섯째, 아가씨들 중에서 어느 정도 수가 자기들이 재배하고 있던 것을 알고 있는지 불명.

"―음. 생각보다 어떻게 될 것 같네."

여섯째의 정도에 따라 다르지만, 다섯째 정보를 길드장 일행이 어떻게 판단하는가에 따라 아가씨들의 앞길이 어떻게 되는지 정해지겠다.

그것도 길드장에게 쿠로가 신뢰할 수 있는 인물임을 보여줄 수 있다면, 쿠로를 후견인으로 삼아서 아가씨들을 자유롭게 생활하게 해줄 수도 있겠다.

덤으로 루더만에게 「노란 옷의 마법사」가 마법진을 설치하고 마인약 소재 재배를 가르쳐준 목적을 캐내면 완벽한 느낌일까?

생각이 정리되는 걸 기다린 것처럼 노크 소리가 들렸다.

"들어와."

"지금 괜찮아?"

문 틈으로 아리사가 고개를 내밀었다.

"그래, 괜찮아."

"어머? 생각보다 표정이 괜찮아졌네. 혹시 걱정거리가 정리 됐어?"

"실행은 아직이지만, 어떻게 되겠다."

이게 다 미적 퇴치로 거칠어진 내 마음을 치유해준 아리사 일행 덕분이다.

그렇게 감사의 말을 하기 직전에—.

"뭐~야. 기껏 상담을 해주고 호감도를 벌어서 아리사 루트로 돌입하려고 했는데."

—아리사가 유감스런 발언을 했다.

얼마나 진심인지는 모르지만 아리사답다.

기왕 이렇게 된 거, 기분전환 삼아 아리사에게 쿠로의 의상에 대한 의견을 물어볼까.

길드장은 태수 성 지하의 「도시 핵의 방」에 틀어박혀 왕도의 높은 사람들과 이야기를 하는 모양이니까 잠깐 시간이 있다.

"그럼, 상담을 좀 받아볼까?"

"좋~아, 드루와!"

아리사가 야구 선수 같은 움직임으로 대답했다.

나는 쓴웃음 지으면서 아리사에게 의사를 권했다.

물론 상담을 받아도 아리사 루트에 들어갈 생각은 없지만.

"새로운 위장 스타일 말인데—."

나는 「빨리 갈아입기」 스킬의 도움을 빌어 쿠로의 모습이 되었다.

"우와~ 미남이네. 하지만 쇼타 성분이 없으니까 나는 별로야."

아리사가 갑자기 NG를 냈다.

"용사 나나시의 종자 쿠로란 느낌을 갈 셈이다."

나는 「복화술」 스킬의 도움을 빌어 목소리와 어조를 만들며 아리사에게 말했다.

아리사가 훌쩍 다가와서 내 목깃을 끌어당기고 들여다보았다.

"피부색은 목까지만 바꿨구나."

평소의 성희롱인가 했는데 이번에는 아니었군.

"온몸에 바르는 것도 귀찮으니까."

"후~응, 손도 발랐어?"

"아니, 손은 가죽 장갑으로 얼버무릴 셈이야."

"악수하자고 하면 곤란하지 않아?"

"그건 거절해야지."

"그럼 괜찮지만—."

그걸 위해서 오만한 느낌의 성격으로 갈 셈이었다.

아리사가 한 걸음 물러나서 이번에는 의상을 바라보았다.

"하지만, 의상이 흔해빠졌어. 기왕이면 머리에 맞춰서 하얀 학생복 같은 거 어때?"

"학생복? 외국인 탤런트 얼굴이랑 안 맞잖아?"

"그래? 장갑도 오망성 마크가 달린 하얀 걸로 한 다음에,『뭇하!』,『제도여, 나는 돌아왔다!』라고 말하면 어울릴 것 같은데."

—뭔가 소재가 너무 뒤섞여서 뭘 말하고 싶은지 잘 모르겠다.

"의상은 그대로 갈 거야."

"에~ 하다못해 군복풍으로 하자."

나는 거울을 보면서 「환영」 마법을 겹쳐봤다.

분명히 이 머리모양에는 어울리는군.

"그리고 옷자락 긴 외투를 걸치고— 색은 어쩔 거야?"

"그렇네, 나나시가 하얀 색 의상이니까 거기에 맞출까?"

"기다려, 그러면 검은색으로 하자! 훌륭한 사람도 말했어! 『너는 백광, 나는 흑영』이라고! 그러니까 주인이 하얀 색이면 부하는 검은색이야!"

아리사의 주장은 이해가 어렵지만, 프랑스를 무대로 한 초명작 순정 만화에 그런 게 있었던 것 같은데.

"그럼, 의상은 검은색으로 가자. 외투도 같은 색이면 되나?"

"머리카락도 한 줌만 보라색이 좋겠어."

아리사의 요청에 응해서 앞머리 일부를 보라색으로 했다.

염료도 있으니까 나가기 전에 가발을 염색해둬야겠지.

"다음은 무장이네. 1회용 바주카나 기관총 같은 거 어울릴 것 같아."

아리사도 이 얼굴의 본래 소재를 아는 건지, 그 영화 주인공이 쓰던 무기를 들었다.

"총은 관두자. 루루의 주무장이랑 겹치니까."

조금 더 메이저한 무기라면 괜찮지만, 시가 왕국에서 개인용 총기는 과거에 쇠퇴한 마이너한 물건이다.

"그럼, 대검일까? 분명히 그레이트 뭐라는 영화에도 나왔었 잖아."

"본래 소재는 신경 쓰지 않아도 돼."

나는 환영의 마법으로 대검을 만들어봤다.

"좀 더 큰 게 좋아. 『마치, 철괴』같은 표현이 어울리는 거."

"용을 벨 수 있을 법한 느낌?"

흑룡 헤일롱을 벨 수 있는 검은 인간이 들 수 없을 테니, 와이 번이나 히드라가 베일 정도의 대검을 이미지 해봤다.

"좋네. 덤으로 좀 더 오리지널리티가 필요해."

"오리지널리티, 라."

검의 색을 머리칼이나 옷에 맞춰봤지만, 아리사는 마음에 안 드는 모양이다.

"좀 더, 이렇게―."

아리사가 방을 둘러보며 힌트를 찾았다.

이윽고 거울에 비친 자기 모습을 보더니, 뭔가 깨달은 모양이다.

"그렇지! 보석이야! 검을 수정처럼 해봐."

실용성은 낮을 것 같지만, 어차피 장식이니까 문제없다.

그리고 마인을 위에 씌우면 설령 목검을 써도 중급 마족 정도 라면 여유롭게 쓰러뜨릴 수 있을 거야.

"이런 느낌이야?"

나는 검을 투명하게 만들고, 재질을 바꾸거나 장식에 정성을 들이는 등 여러모로 바리에이션을 보여줬다.

어쩐지 게임 만들던 시절에 영상팀과 대화하던 게 떠올라서 그립군.

이쪽에서는 이제 비디오 게임을 만드는 건 못할지도 모르지 만, 보드 게임 같은 아날로그 게임이라면 또 만들어 보고 싶네.

"스톱! 지금 그 장식으로 재질은 아메지스트, 검 끝의 장식을 사파이어로 하고 장식의 중앙에 루비를 끼우는 느낌으로 해봐!"

나는 아리사 말대로 환영을 조작했다.

"이런 느낌이야?"

"우~응."

뭔가 마음에 안 드는 느낌이라서 몇 갠가 더 만들어봤다.

"뭐랄까, 로망이 부족해."

—어허, 로망이라.

"사복검이나 사슬낫 같은, 이렇게 실용성보다 그림이 멋있는 그런 느낌."

검이 회전하면서 드릴이 되는 그런 거?

"사복검이나 사슬낫은 다음에 만들어 줄게. 그보다 이런 건 어때?"

나는 수정의 양날검을 중심선에서 좌우로 쪼개고, 뿌리 가까운 부분에 빔의 발진기 같은 것을 달아봤다.

덤으로 왼쪽을 적수정, 오른쪽을 청수정으로 하고 각각 불꽃과 냉기의 환영을 둘러봤다.

"좋아! 정말 중2감이 넘치는 느낌이야!"

드디어 마음에 든 모양이다.

"하지만, 재료는 있어?"

"루비나 사파이어는 연성에 필요한 보크사이트를 준비하는 게 귀찮으니까 색유리로 해볼게."

보크사이트 자체도 연성할 수 있지만 레시피가 좀 귀찮다.

한편으로 색유리는 의외로 간단히 만들 수 있다. 오유고크 공작령을 여행할 때 이것저것 원료와 염료를 입수했으니까.

"에엑, 검 사이즈의 루비나 사파이어도 만들 수 있어?"

아리사가 놀라서 소리를 질렀다.

오리하르콘 같은 전설의 금속과 비교하면 간단하다.

"평범하게 사는 게 더 싸지만 말이야."

"뭐~야."

내 대답에 아리사가 낙담했다.

루비나 사파이어 연성에는 그 보석들보다 훨씬 값비싼 성수석— 이른바 「현자의 돌」이 필요하다.

"어차피 더미니까, 외출하기 전에 만들어볼게."

"그렇게 빨리 만들 수 있어?"

"불꽃이나 냉기는 환영으로 할 거고, 가운데 빔은 환영이랑 빛 마법『광선』의 합체기로 쓸 거야."

실제로 싸울 예정도 없고 말이지.

◆

"—후우, 생각보다 간단히 만들었네."

나는 「담쟁이 저택」의 지하 연구실에서 방금 만든 색유리 대검을 빛을 향해 들어 올리고 혼잣말로 중얼거렸다.

내 옆에는 등신대 사이즈의 쿠로 인형에게 입힌 군복풍 의상도 있었다.

지금까지 동료들의 장비를 만들어온 경험 덕분인지 한 시간도 안 걸려서 만들 수 있었다.

"내가 한 거지만 참 치트야."

자조적으로 중얼거리고 크게 기지개를 켰다.

이렇게 느긋하게 공작을 즐기고 있는 건, 길드장이 아무리 기다려도 태수 성 지하 「도시 핵의 방」에서 나오질 않기 때문이었다.

높은 사람들 회의가 길어지는 건 지구든 이세계든 변함이 없나 보군.

문득 벽에서 삐리삐리 하는 기묘한 소리가 들렸다. 음원 옆에 램프가 빛나고 있었다.

아마도 호출 소리라고 판단해서 램프 옆에 있는 버튼을 눌렀다.

『쿠로 님, 연구를 방해해서 죄송합니다. 금발이랑 수수한 애가 쿠로 님께 용건이 있다고 합니다.』

아무래도, 금발 귀족 아가씨 에르테리나 양과 운반인 폴리나가 보고하러 왔나 보군.

"알았다. 금방 돌아가지."

나는 레리릴의 목소리에 대답하고 거주구로 돌아왔다.

"─저희들 두 사람과 연금술사, 약사들을 포함해서 13명이 알고 있었어요."

일처리가 빠르군. 저녁 때 부탁한 조사가 벌써 끝난 모양이다.

자기들이 재배하고 있던 품목을 알고 있는 사람은 의외로 적었다.

"그렇군, 생각보다 적어서 안심이다."

나는 그렇게 대답하고, 이 두 사람을 포함한 13명을 다른 방으로 불러 자신들이 얼마나 위험한 상황인지 이야기하고 보호할 준비가 된 것을 전했다.

연금술사와 약사들은 어쩐지 켕기는 느낌을 받는 모양이었지만, 나머지 다섯 명은 매달리는 기색으로 보호를 희망했다.

아마 금발 귀족 아가씨와 폴리나가 사전에 위험하다는 말을 해준 거겠지.

금발 귀족 아가씨와 폴리나를 제외한 11명은 다른 아이들하고 격리된 방에 이동하도록 하고, 연락은 레리릴과 두 사람에게 부탁했다.

연금술사와 약사들은 본래 있던 방이니까 문제없겠지.

아가씨들이 이동한 다음에 금발 귀족 아가씨와 폴리나에게 가짜 정보 확산에 대해 확인했다.

"그러면, 가보 보리와 가보 메밀이란 소문은 순조롭게 퍼지고 있는 건가?"

"네, 쿠로 님과 큰언니의 이야기를 엿듣던 애가 입이 가벼웠던 모양이에요."

폴리나가 소문의 확산두에 대해 보고했다.

"그렇군. 충분히 확산된 다음에 내가 입막음을 하지."

완전히 방치하는 것보다 입막음을 하는 편이 신빙성이 늘어나니까.

이거라면 가까운 시일 안에 아가씨들 대다수를 해방시켜줄 수 있겠다.

◆

"창문으로 실례."

그날 밤, 나는 쿠로의 모습으로 길드장 방의 첨탑 창으로 찾아갔다.

"―키이에에에에에에에에!"

"노인장이 무리하는 건 그만하지."

방으로 들어가자마자 전투광인 길드장의 지팡이 찌르기가 날아왔지만, 오늘은 사토가 아니니까 가볍게 비틀어 지팡이를 빼앗았다.

"나는 용사 나나시의 종자 쿠로다."

"―용사?"

내 말에 길드장이 의심스런 표정으로 한쪽 눈썹을 올렸다.

그녀 주위에 마력이 모이는 것을 느꼈다.

아무래도 안심시키고자 용사의 종자라고 한 탓에 오히려 경계를 하는 모양이다.

"이번 대의 사가 제국 용사는 하야토 마사키일 텐데. 나는 그런 이름의 용사 모른다."

"릴리안, 공부가 부족하네."

같은 방에 있던 세베르케아 양이 길드장을 타일렀다.

여기에는 우샤나 비서관도 있었다.

"넌, 알고 있어?"

"그래, 잘 알지. 용사 나나시 님은 우리들 엘프의 위기를 구해주신 위대한 분이야. 릴리안에게는 시가 왕국 구 왕도에서 『황금의 저왕』을 토벌한 분이라고 하는 편이 이해가 쉬울까?"

세베르케아 양이 담담하게 말했다.

"『황금의 저왕』을? 국왕이 말했던 헛소리가 정말이었나!"

듣자니, 시가 국왕이—.

"공도에 나타난 『황금의 저왕』, 『노란색 상급 마족』, 『대괴어의 무리』를, 왕조 야마토 님의 재래인 가면의 용사가 쓰러뜨렸다."

—라고 발표했다고 하는데, 쓰러뜨린 상대가 너무나 강대한 데다가 시가 왕국군의 출동도 없었다. 게다가 공도에도 대단한 피해가 없어서 시가 국왕이 샤로릭 제3왕자의 추태를 감추기 위해 만든 이야기로 판단한 자가 많았다고 한다.

"믿겠나?"

"아직이다. 네가 종자란 증거는?"

"이건 어떤가? 내가 주군께 하사 받은 것이다."

나는 스토리지에서 단검 사이즈 성검을 꺼냈다.

오리하르콘으로 검을 만드는 연습을 하는 김에 만든 것이다.

마력을 주입하자, 단검의 칼날에서 파란 빛이 흘러나왔다.

"파란 빛— 설마, 성검인가?"

"그래, 내 주군의 성검과 비교하면 빛이 바래지만, 상급 마족 정도라면 이 단검으로 멸해주지."

쿠로의 공개 레벨은 50정도로 설정했으니 조금 큰 소리가 지나칠지도 모르겠네.

"……그래서, 여기 온 용건은 뭐지?"

길드장은 아직 반신반의지만 내 이야기를 들어줄 생각은 든 모양이다.

"미궁 안에 만연한 미적 놈들의 아지트를 습격했을 때 기묘한 것을 발견했다."

"기묘한 것?"

나는 반응하는 길드장에게 뜸을 들이며 잠시 틈을 두었다.

"그쪽 두 사람은 신용할 수 있나?"

"항! 너보다는 훨씬!"

길드장이 즉답하자 세베르케아 양과 우샤나 비서관이 만족스런 웃음을 지었다.

"그러면, 말하지―. 미적의 아지트 가까운 장소에서 자멸 줄기와 파멸초의 군생지를 발견했다."

"―군생지."

길드장의 눈빛이 날카로워졌다.

"그렇다. 그것도, 마치 사람의 손으로 재배하는 것 같은 장소다."

내 말에 길드장이 떫은 표정을 지었다.

지하 감옥에서 들은 루더만의 말이 사실인 것을 알았기 때문이겠지.

"그래서?"

"아무래도, 알고 있었나 보군."

"그래. 루더만이라는 쩨쩨한 미적한테 들었지."

길드장이 침을 뱉는 듯한 표정으로 말했다.

"알고 있었다면 이야기가 빠르다. 시가 왕국은 그것을 어떻게 하고 싶지?"

"재도 남기지 않고 태워야지. 장소를 알려줘! 내가 다녀오지!"

길드장이 즉답했다.

참으로 스피디해서 좋군.

"그러면, 빠르게 가지. 데리고 가 주마―『전이』."

"―무슨."

나는 세 사람을 데리고 미궁에 있는 자멸 줄기와 파멸초 밭으로 전이했다.

"뭣, 여기는 어디냐!?"

"세리빌라의 미궁― 아까 말했던 군생지는 저거다."

나는 밭을 가리켰다.

곧장 태우려는 길드장을 세베르케아 양과 우샤나 비서관 두 사람이 말리고 밭의 작물이 자멸 줄기와 파멸초인 것을 확인하려고 갔다.

"……풀이 피투성이?"

"흙 아래 뼈가 있다. ―이건 인골이다."

길드장의 빙에 가기 진에 내가 「위작」 스킬을 사용해 위장한 것이다.

피는 가축이나 갈색 늑대, 뼈는 데미 고블린 것을 사용했다.

우샤나 비서관에게 감정 스킬이 있지만, 내 「위작」 스킬이 더 높은 데다가 여기는 어두우니까 진실이 들키진 않겠지.

"아마도, 이 밭에서 강제 노동을 하던 자들의 뼈겠지."

"미적 놈들······!"

내 말을 믿은 길드장이 으르렁댔다.

"너무 죽여댔는지, 내가 여기 왔을 때는 미적들이 직접 경작하고 있었다."

명백한 거짓말이지만, 「사기」스킬의 지원도 받아서 세 사람은 완전히 속아 넘어간 모양이다.

이걸로 재배에 연관된 것은 거의 다 미적이고, 아가씨들은 없거나 있어도 소수라고 오해해 주겠지.

"—틀림없네."

"네, 유감이지만 틀림없습니다."

"좋아, 그럼 됐지. 단숨에 태워버리자."

밭을 체크하던 두 사람의 보고를 받은 길드장이 불 마법 영창을 시작했다.

아무래도 이쪽까지 영향이 있을 법한 금주 클래스의 마법은 피하는 모양이지만, 아무리 트인 장소라고 해도 상급 불 마법은 지나치지 않을까요?

나는 불꽃이 이쪽으로 닿을 때를 대비해서 흙벽 마법과 내화성이 뛰어난 히드라 피막으로 만든 망토를 준비했다.

세베르케아 양도 흙 마법 영창을 시작했다.

아무래도, 그녀도 나랑 같은 걱정을 하는 모양이다.

"······■ ■ ■ 화염지옥!"
인페르노

길드장의 지팡이 끝에서 홍련의 불꽃이 뿜어져 나와 한순간에 밭을 태워버리고 광장을 유린했다.

예상대로 불꽃과 열파가 이쪽으로 퍼졌지만, 내가 손쓸 것도 없이 세베르케아 양의 두꺼운 「돌 벽」 마법이 막아주었다.

"여기 있던 미적은 도망쳤나?"

"조만간 길드에 넘겨주지."

"기대하지 않고 기다리겠어."

아무래도 길드장은 내가 미적들을 놓쳤다고 생각하나 보다.

그녀의 불꽃이 밭과 위장 흔적을 충분히 불사른 걸 지켜보고서 세 사람에게 말을 걸었다.

―여기서부터가 본 무대다.

"또 보여줄 것이 있다."

그렇게 말하고 고문방의 수상한 마법진으로 안내했다.

"이, 이것은……?"

"세베르케아, 너는 뭔지 알겠어?"

"모르겠어. 알 수 있는 건 사악한 것이라는 것뿐이야."

새로운 정보가 들어오는 걸 기대했지만 셋 다 모르는 모양이다.

―뭐, 좋아.

오히려 그게 나을지도 몰라.

"공부가 부족하군."

"너는 뭔지 아는 거냐?"

"물론이다."

나는 열 받는 오만한 표정을 만들며 길드장을 깔보았다.

본래 나에게 이런 연기는 무리지만 「무표정」 스킬 선생님의 지원으로 그것을 이룩했다.

"뜸들이지 말고 말해."

나는 길드장의 호소에 코웃음 치면서 입을 열었다.

"이 마법진은 독기를 모아서 증폭한다. 뭘 위해서인지 알겠나?"

"아까 그 밭을 위해서군."

—좋아, 먹혔다.

내가 바라던 대답에 내심 덩실덩실 춤추며 다음 말을 이었다.

"그래, 아까 그 밭 말인가. —그런 것은 부산물에 지나지 않는다."

"부산물?"

앵무새처럼 반복하며 반응하는 길드장에게 입가를 얄궂게 일그러뜨리며 잠시 침묵했다.

"모르겠나? 이 마법진은 마왕 신봉자 놈들이 마왕을 부활시키는 토양을 만들기 위해 사용하는 것이다."

나는 사기 스킬의 도움을 빌려 엉터리로 지어낸 이야기를 했다.

길드장에게 마인약의 소재 재배가 부차적인 것이라는 인상을 주고, 덤으로 루더만과 접촉할 이유를 만들기 위해서다.

"마왕, 이라고?"

"그럴 수가……."

내 대답이 예상 밖이었는지, 길드장뿐 아니라 우샤나 비서관도 놀라서 말했다.

"그렇게 단언하는 근거가 있어?"

세베르케아 양의 물음에 나는 마왕 신봉자 집단 「자유의 날개」녀석들이 가지고 있던 서적에 비슷한 마법진이 있었던 것과 그 마법진이 노란 피부 마족이 전수해준 것이란 정보를 전했다.

처음에는 믿지 않던 세베르케아 양도 실물 자료를 보여주니 납득했다.

"노란 상급 마족— 루더만이 말했던 노란 옷의 마법사란 건 그 녀석일지도 모르지."

"왕조님의 일화에서도 마족이 사람에게 빙의하거나 둔갑하는 사례가 몇 번 있었어요."

길드장이 내 예상과 비슷한 것을 중얼거리고 우샤나 비서관 도 동의했다.

유도가 괜찮은 느낌으로 성공했다.

"길드의 지하 감옥에 있는 미적은 루더만이라고 했나? 그 녀석을 내가 심문하고 싶다. 『노란 옷의 마법사』란 놈에 대한 정보가 필요하다."

"—흥, 좋아. 심문하도록 해주지. 다만, 나도 동석할 거다."

"마음대로 해라."

좋아! 성공했다!

이제 합법석으로 루더만에게 정보를 얻을 수 있나.

덤으로 문제점을 재배 그 자체에서, 재배 뒤에서 진행되던 대사건으로 그녀들의 의식을 유도하는데 성공했다.

시가 왕국 관계자가 마법진 관련으로 주목하는 동안 재배에 연관됐던 여성들을 어떻게든 해야겠군.

"설마 싶지만, 처음부터 루더만과 접촉하는 게 목적은 아니었겠지?"

"나는 그 정도로 한가하지 않다. 아마도 미적 놈들의 배후에 마왕 신봉자 놈들이 숨어 있는 것 같다."

길드장의 지당한 의문을 새로운 정보로 막았다.

확증은 전혀 없지만, 노란 피부 마족에서 유래된 마법진을 전수했다는 것은 마왕 신봉자일 가능성이 높으니 거짓말은 아니다.

"마왕 신봉자? 왕도의『자유의 바람』같은 태평한 집단 말인가?"

내 말에 길드장이 고개를 갸웃거렸다.

공도에서 만난 마왕 신봉자는「자유의 날개」였으니까 그녀가 말하는「자유의 바람」은 그것과 유사한 단체겠지.

태평한 집단이라는 엉뚱한 단어가 신경 쓰이지만 지금은 그것을 바로잡을 때가 아니다.

"모르겠군. 내가 만난 것은『황금의 저왕』을 부활시킨『자유의 날개』라는 사교도 놈들이다."

심각한 표정의 길드장의 눈을 보면서 말을 이었다.

"여기서도 마왕을 부활시키려는 꿍꿍이였겠지."

"그걸 위한 인질과 고문방이라……. 마인약은 마왕의 부하를 촉성(促成)하기 위해 필요한 거겠지."

분명히 정말로 있을 법한 이야기인걸. —어, 내가 넘어가면 어떡하냐.

이게 게임이라면 마왕 부활 루트로 돌입하겠지만, 이번「마왕의 계절」은 공도 지하에서 부활한「황금의 저왕」을 토벌해서 끝났을 테니까 다음은 66년 뒤일 테니 괜찮을 거야.

―마왕 부활의 예언이 있던 장소는 일곱.

문득, 그 기억이 뇌리에 떠올랐다.

그러고 보니 공도에서 테니온 신전의 무녀장에게 들은 예언 이야기에는 이 미궁도시 세리빌라도 있었지.

어쩐지 스스로 그쪽 루트에 돌입한 게 아닌가 하는 생각도 들었지만, 「정말로 부활하면 토벌하면 되지」라는 생각에 갈등을 중단했다.

전에 싸운 「황금의 저왕」은 역대에서도 최강 클래스였다고 하고, 지금은 그때보다 공격 마법이나 장비류도 강화했으니까 전처럼 아슬아슬한 사투는 안 해도 될 거야.

그야말로, 신(神) 클래스가 나오지 않는 한은.

"그럼, 정보를 공유했으니 뒤처리를 하지―."

"맡겨둬라. 마법진을 구성하는 마법까지 통째로 태워주지."

길드장의 마법으로 고문방을 태워버리고, 미적의 아지트는 세베르케아 양이 흙 마법을 써서 물리적으로 사용 불가능한 상태로 부숴 버렸다.

"마왕 부활을 꾸미는 마왕 신봉자라……. 성가신 놈들이군."

"그보다도 길드장, 이 분 이야기가 진실이라면 이 마법진이 없으면 재배는 성공하지 않는 게 아닐까요?"

내가 말한 「부산물」이란 단어를 우샤나 비서관이 떠올려줬군.

"마법진이 없어도 자라긴 하겠지만, 효율이 훨씬 떨어지겠지."

이건 진실이다.

"수많은 기체와 마찬가지로, 독기도 방치하면 확산된다."

"그럼 괜한 희생은 줄일 수 있겠구만."

나는 그렇게 말하는 길드장을 무관심한 눈으로 내려다보며 내심 승리 포즈를 취했다.

―목적 달성이다.

이걸로 사정을 모르는 애들은 먼저 해방할 수 있다.

"돌아가는 것도 바래다주는 거겠지?"

세베르케아 양이 일하는 걸 지켜보던 길드장이 그렇게 말했다.

"무슨 소리지?"

"너 설마 우리를 미궁 안에 두고 갈 셈이냐?"

내 말을 오해한 길드장이 노기를 뿜었다.

"그러니까, 뭘 끝난 것처럼 말하느냐는 거다."

"―뭐야?"

"이제부터, 세 군데 더 있는 밭을 모두 태워줘야겠다."

맥 빠진 소리를 내는 길드장에게 나는 철야작업 시작을 선고했다.

마법진이 없는 밭을 확인해서 아까 그 정보가 사실인 것을 확신해줘야 하거든.

"마력이 그만큼―."

"『양도』."

없다고 말하려는 길드장에게 「마력 양도」를 썼다.

"―마력이 회복됐어?"

"할 수 있나?"

"그래."

길드장이 씨익 웃었다.

"이거라면 되겠어. 마인약의 씨앗을 모조리 태워주지."

듬직하게 말하는 길드장을 데리고 그날 안으로 모든 밭을 잿더미로 바꿨다.

충만했던 독기는 길드장 일행을 바래다준 다음 내 정령광과 성비의 합체 기술로 정화해두면 괜찮겠지.

◆

"—일어나라."

미궁에서 돌아온 나는 지친 표정의 길드장을 재촉해서 지하 감옥에 있는 루더만을 면회하러 왔다.

졸음으로 다운된 세베르케아 양은 안 왔지만, 우샤나 비서관은 졸음기도 보이지 않고 동행했다.

루더만이 으르렁거리며 나를 노려보았다.

같은 방에 있는 간부 미적들도 짐승처럼 짖으며 험악한 표정에 분노를 드러냈다.

"목을 밍가뜨린 건가……. —『힐』."

나는 그렇게 말하며 마법란에서 회복 마법을 실행했다.

"어둠을 틈타 이 몸들을 제거하려는 거냐?"

착각한 루더만이 짐승 같은 송곳니를 드러내며 위협했다.

"오늘은 묻고 싶은 게 있어 왔다."

"내가 말할 것 같냐?"

나는 아이템 박스에서 작은 시가주 병을 꺼냈다.

뚜껑을 열자 시가주의 향이 지하 감옥에 퍼졌다.

그리고 지하 감옥의 냄새에 코가 비뚤어질 것 같아서, 이미 생활 마법 「소취」를 써서 클린한 공기로 만들었다.

"술이라……. 그런 걸로 매수할 수 있다고 생각하다니. 이 루더만 님을 싸구려로 보는군."

루더만이 분노를 드러내며 내뱉었다.

술을 못 하나?

"뭐야? 가는 길의 술은 필요 없나?"

내가 그리 말하며 술병을 아이템 박스로 돌려놓으려 하자 다른 미적들이 비명을 질렀다.

루더만이 부하들을 노려보며 혀를 찼다.

"칫. 받아주지."

나는 뚜껑을 닫은 술병을 쇠창살 너머에 있는 루더만에게 던져 건넸다.

"좋은 술이군……."

루더만이 한 모금 마신 술병을 부하들에게 던지고 이쪽을 향해 턱짓을 했다.

"뭐가 듣고 싶지? 우리에게 마인약을 만들게 한 흑막 이름인가?"

"흑막— 소켈이라면 아무래도 좋다."

루더만의 물음에 고개를 옆으로 저었다.

소켈이 흑막이 아닌 건 알고 있지만, 그 배후에 있는 상급 귀족의 이름을 그렇게까지 알고 싶지도 않거든.

"소켈? 그 도마뱀 꼬리가 아니라, 문벌 귀족의─."

"내가 알고 싶은 건 너희들에게 마인약 만드는 법을 알려줬다는 『노란 옷의 마법사』에 대해서다."

루더만이 흑막의 이름을 말하려고 했지만 나는 그것을 막으며 물었다.

정말로 문벌 귀족이 흑막이라면 쓰고 버리는 미적에게 자기 내력을 제대로 알려줬을 리 없으니까.

"그리 많이는 모른다."

"고문방의 마법진도 그 놈에게 배웠나?"

"아아, 그건 5년쯤 전에 노란 옷이 직접 만든 거다."

심문 스킬이나 교섭 스킬이 최대인 탓인지 루더만이 정보를 술술 말해주었다.

"놈이 뭘 위해서 만든 건지는 알고 있나?"

"앙? 그거야─."

대답하는 도중에, 동료들에게서 돌아온 술병을 들이켜려다 「칫, 비었군」 하고 중얼거렸다.

술병 입구를 손가락으로 집은 루더만이 내 쪽으로 내밀며 좌우로 흔들었다.

못난 재촉이지만 이 정도는 필요 경비겠지.

"우쭐대지 마라."

지금까지 묵묵히 지켜보던 길드장이 루더만을 잡아먹을 것 같기에, 말없이 막아 뒤로 물러서도록 했다.

"상관없다."

나는 다음 술병과 단단한 육포덩이를 던져주었다.

"—헷헷헷, 잘 아는구만."

육포를 깨물고 술병을 기울인 루더만이 만족스럽게 웃었다.

나는 다시 이야기로 돌아갔다.

"그래서?"

"그 녀석은 마인약의 소재를 키우기 위한 거라고 했지만, 이 몸은 다르다고 짚고 있지."

루더만이 눈동자를 번득였다.

"흐음. 그리 생각하는 이유는?"

"항아리다."

—항아리?

꽤나 수수께끼 워드가 나왔다.

"반년쯤 전에 노란 옷이 마법진의 보조기구라고 했던 기묘한 항아리를 가지고 갔는데, 그 직후부터 자멸 줄기나 파멸초가 범상치 않은 기세로 자라더군."

자멸 줄기와 파멸초— 둘 다 재배하고 있던 마인약의 재료다.

"그러니까, 노란 옷이 필요했던 것은 그 항아리의 힘이었다고 말하고 싶은 건가?"

"그래, 틀림없어. 처음에는 자멸 줄기나 파멸초를 어느 정도 회수해갔지만, 중간부터 흥미가 없어 보였다. 그리고 항아리를 가지고 간 이후로 한 번도 보러 오질 않은 게 대답이지."

문득, 뇌리에 항아리 하나가 떠올랐다.

"그 항아리는 이런 형태가 아니었나?"

내가 꺼낸 항아리를 보고 루더만이 놀라는 모습을 보였다.

"어째서, 네놈이 그걸……!"

그 항아리는 과거 무노 남작령에서 암약했던 마족이 마왕 부활을 위해서 독기를 모아둔 물건이었다.

공도 지하에서 마왕을 쓰러뜨린 다음 마왕 신봉자 집단의 아지트에서 회수한 것 중에 같은 타입의 항아리나 병이 있었다.

"─그, 그것은?"

"혼돈 항아리. 마왕 부활을 위해서 사용된 사악한 술법 도구다."

길드장의 물음에 대답했다.

그것을 들은 길드장뿐 아니라 미적들 사이에서도 동요가 일어났다.

"이 병은 본 기억이 있나?"

"그래, 알지. 그건 반년에 한 번 정도 노란 옷이 보낸 사역마가 교환해 갔다."

주원병을 본 루더만이 수긍했다.

이 주원병도 혼돈 항아리와 마찬가지로 마왕 부활을 위해 독기를 모으는 도구다.

"마지막으로 한 가지 더─ 노란 옷이 마지막으로 모습을 보인 건 언제지?"

"반년 넘게 전에 항아리를 회수한 게 마지막이야. 병도 전부 회수해갔고, 그 이후로는 사역마도 안 보이더군."

흠. 반년 넘게 전이라면 내가 공도에서 마왕이나 노란 피부 마족을 쓰러뜨리기보다도 전이다.

시간순으로 생각하면 여기서 회수된 주원병이나 혼돈 항아리가 공도의 마왕 부활에 쓰였을 가능성이 높군.

"이봐, 백발 나리. 당신은 거기 그 할망구보다 높은 사람이지? 이 몸을 무라사키에 넣어줄 수 없나? 그렇게 해주면 노란 옷의 정체를 알려줄 수도 있는데?"

술만 가지고 술술 말한다 싶더라니 이 요구를 하기 위한 포석이었나 보군.

노란 옷의 정체에는 흥미가 있지만, 내가 독단으로는 무리라서 뒤에 있는 길드장을 돌아보았다.

소태 씹은 표정의 길드장이 정말 싫은 기색으로 고개를 끄덕였다.

마인약이 만연할 가능성보다도, 마왕 부활을 꾸미는 마법사의 정체가 중요한 모양이군.

"말해봐라."

"노란 옷의 정체, 그건— 마족이다. 그것도 하급이 아니야. 중급이나 옛날이야기에 나오는 상급 마족이다."

내 예상대로 「노란 옷의 마법사」의 정체는 「노란 피부 마족」일 가능성이 높은가 보군.

"애매하군. 그렇게 생각하는 근거는?"

"놈은 마인약으로 강화된 이 몸의 주먹을 아무런 강화도 없이 맨손으로 받아냈다."

"그뿐인가?"

근거로서는 약한 것 같은데.

"아아, 그리고 눈이다."

"눈?"

"그래, 절대 강자의 눈이다. 마인약으로 강화된 몇 십 명의 난폭한 놈들에 둘러싸여서도 개미를 내려다보는 것처럼 무관심한 눈을 하더군."

떠올리기만 해도 식은땀이 나온다고 루더만이 말했다.

"그밖에 무슨 특징은 없었나?"

"얼굴은 어디에나 있는 느낌이었지. 황토색 피부나 노란 뿔은 보기 드물었지만—."

루더만이 의견을 구하듯 동료들을 둘러보았다.

"그리고 말투가 이상한 놈이었다."

"『했나아요』,『구운요』하는 게 기분 나빴지."

분명히 노란 피부 마족의 말 꼬리가 그런 느낌이었지.

"내가 감정해봐도 노란 옷의 정보가 전혀 안 보였다."

"마족을 사역마로 쓰지 않았나?"

—이봐.

미석들이 태글 길 곳 많은 대회를 나눈다.

"마족을 사역마로 삼았다라는 건 사실인가?"

"그래, 내가 감정했지. 레벨 30쯤 되는 하급 마족이었다."

감정 스킬을 가진 늙은 미적이 자신 있게 말했다.

이건 확정됐다고 생각해도 되겠군.

"상급 마족의 암약……. 이 세리빌라에서 마왕이 부활하려고 하는 건가?"

지하감옥에서 돌아오는 길에 얼굴이 파래진 길드장이 식은땀을 닦으면서 내심의 불안을 토로했다.

"걱정할 것 없다. 마왕이 부활하면 내 주군이 멸한다. 그리고 십중팔구 부활은 없다."

"꽤 자신만만하군."

"잊었나? 노란 피부 마족은 이미 내 주군이 공도에서 멸했다. 루더만이 말했었지? 노란 옷이 나타난 것은 반년 넘게 전이라고. 놈들이 모은 독기는 공도의 지하에서 마왕을 부활시키는데 이용된 다음이다."

이미 사건은 해결된 다음이다.

태산명동서일필(泰山鳴動鼠一匹)[#3]—은 좀 아닌가?

"미적들에 대해서는 맡기지. 무라사키에 넣어주라고는 안 하겠지만, 타진 정도는 해주겠나."

미적이 해온 일은 용서 못하지만, 정체불명의 「노란 옷의 마법사」란 것이 노란 피부 마족인 것 같다는 걸 알았으니 내 걱정거리가 하나 줄었다. 이 정도는 거들어줄 수 있지.

"알았다. 그러나, 공개처형 대신 본보기로 돌팔매질은 한다. 그리고서 살아남으면 무라사키에 타진해주지."

"그거면 충분하다."

#3 태산명동서일필(泰山鳴動鼠一匹) 태산(泰山)이 떠나갈 듯이 요동치게 하더니 뛰어나온 것은 쥐 한 마리 뿐이라는 의미. 굉장히 큰 소란이 일어났는데 그 결과는 보잘것없음을 비유하는 말.

길드장의 말에 수긍했다.

그녀가 말한 「돌팔매질」은 고대부터 있는 잔혹한 처형 방법이었다.

보통은 확실하게 죽지만, 마인약으로 강인해진 미적들이라면 살아남을지도 모르지.

나는 뒷일을 길드장에게 맡기고 서쪽 길드를 나섰다.

소켈의 배후에 있는 문벌 귀족의 정체에 대해서는 내가 추궁하지 않아도 마인약을 싫어하는 길드장이 추궁해 주겠지.

◆

"미적을 심문해서 황량해진 기분으로 돌아가기도 싫으니 기분전환이라도 하고 올까?"

나는 혼잣말을 중얼거리며 생각했다.

길드를 나선 것이 밤도 깊은 다음이라서 환락가에 놀러 가지도 못한다. 그대로 「담쟁이 저택」의 지하 연구소에 가서 큰언니 일행에게 줄 장비류를 만들기로 했다.

물론 동료늘에게 순 것처럼 규격을 벗어난 장비가 아니라 마물 소재를 사용한 저렴한 것들이다.

"일단은 만만한 미궁 개미의 장비부터 해볼까?"

나는 중얼거리면서 엘프의 현자라고도 불리는 토라자유야 씨가 남긴 레시피 모음을 보았다.

"일단은 간단한 것부터 가자."

가죽 밴드나 끈으로 조정하는 프리 사이즈의 개미 갑각 가슴 보호대나 어깨 보호대, 덤으로 장갑이나 신발도 만들자.

만능 공구도 편리하지만, 제일 편리한 건 손톱 끝에 만들어낸 마인이다.

비교적 레벨이 낮은 마물 소재라면 거의 다 저항 없이 구멍을 뚫거나 잘라낼 수 있는 게 좋다.

"역시, 취미인 공작은 즐겁구나."

어느샌가 콧노래를 흥얼거릴 정도였다.

바닥에 늘어놓으면 알기 어려우니, 우리 애들 장비를 만들 때 사용한 마네킹에 장비시켜서 형태를 조정했다.

참고로 이 마네킹은 골렘 제작 기술을 활용한 거라서 온몸의 관절이 움직이는 포즈 인형으로 쓸 수도 있다.

골렘이나 리빙 돌이 더 편리하지만 그것들은 스토리지에 수납이 안 되거든.

"좀 수수한가?"

갑옷의 형상으로 판타지한 여성다움을 표현하기는 한 것 같지만 영 수수한 느낌이었다.

이것도 나쁘지는 않다고 생각하지만, 미궁도시에서 본 탐색자들은 화려함이 기본 사양인 것 같으니까 좀 더 연구를 해보고 싶군.

"아하, 좋은 게 있었네."

공작하는 도중에 나온 자투리들이 보였다.

이걸 좀 가공해서 갑옷에 붙이자.

방어력에는 전혀 기여하지 못하지만, 「사람은 빵만 먹고 살아갈 수 없다」라고도 하니까 좀 놀아보는 마음이 필요하단 말이지.

"좀 너무 애니풍인가?"

판타지한 일요일 방송 같은 느낌이 됐지만, 방어력은 금속 갑옷과 비슷하니까 문제없겠지.

물론 이것만 가지고는 빈틈투성이에다 에로스가 지나친 장비가 되어 버리니까, 이너를 대신하는 가죽 갑옷과 가죽 스커트도 꿰맸다.

귀여움 속에서도 청초한 매력이 느껴지는 절묘한 커트라인을 추구해봤다.

가죽은 대량으로 남아 있는 시 서펜트 것을 사용했다. 동료들의 위장 장비에 사용한 갑옷 도롱뇽보다는 약하지만, 미궁방면군이나 일반적인 적철급 탐색자들의 방어력 수준이니까 문제없을 거야.

"부츠가 꽤 귀찮네."

동료들 부츠는 특히나 바닥이 미끄러지지 않고, 마모되지 않으며, 장시간 보행에도 부담이 없고, 가볍고, 정음성이 뛰어나며, 뭐 이런 수준 높은 물건이지만. 소재가 이레저레 평범하지 않으니까 큰언니 일행에게 주기에는 문제가 있었다.

이번에는 평범하게 튼튼하고 잘 안 미끄러지는 히드라 가죽을 바닥에 쓰고, 그것 말고는 시서펜트를 쓰기로 했다.

"좋아, 이걸로 양산하자."

견본이 생겼으니까 공정을 최적화 해가면서 양산했다.

미궁 개미의 시체에서 갑각을 뜯어내는 게 귀찮았지만, 「이력의 손」과 「병렬 사고」를 조합한 기술로 척척 작업을 소화했다.

한 번에 40세트 정도 동시에 만들 수 있으니 많이 만드는 것도 간편하다.

"후흠—."

늘어놓은 같은 종류의 갑옷 세트를 내려다보며 생각했다.

모두 같은 걸로 할까 생각했지만, 큰언니나 베테랑인 애들한테는 좀 더 좋은 걸 준비해 볼까?

단순히 같은 것을 만드는 게 질리기 시작하기도 했지만, 20대 후반 이후의 여성들에게 이 팬시한 장비는 좀 그럴 지도 모른다는 생각이 들었거든.

그녀들 것은 이너를 얌전한 걸로 하고, 병사 사마귀의 갑각을 사용해 볼까.

병사 사마귀의 갑각은 그대로 쓰기엔 조금 너무 크니까 적당히 커팅한 다음에 흙 마법 「연마」로 쓱싹쓱싹 깎아내서 크기를 조정했다.

디자인은 비슷하게 했으니 언뜻 보면 개미 장비와 큰 차이 없지만 방어력은 2배 이상 된다.

방패는 미궁 딱정벌레의 등껍질을 적당히 커팅해서 손잡이를 달아놓은 정도니까 그다지 연구한 건 없다.

좀 지쳐서, 달콤한 걸 보충해가며 그녀들에게 줄 무장을 생각해 봤다.

"흠. 마력이 잘 흐르는 건 청동검보다 조금 위, 청동검이나 철검보다 가볍고 공격력은 그만큼 낮은 느낌이군……."

가지고 있는 자료를 보면서 각종 마물의 칼날 앞다리나 거대 가시를 소재로 한 무기를 가볍게 만들어 봤다.

자료에 나온 대로 만들었지만 싸구려 타입은 역시 성능이 낮다. 게임으로 치면 새내기 기술자의 스킬 올리기에는 딱 좋은 느낌이었다.

"아차, 진짜배기 레시피는 다른 자료였군."

나는 혼잣말을 하면서 자료를 넘겼다.

이쪽은 의사적인 마검이나 마창 같은 것을 만들기 위한 무기였다.

낮에 큰언니 일행이 동경의 눈빛으로 보던 「개미날개의 은검」도 실려 있었다.

"—응? 은색이랑 회색 얼룩무늬?"

재빨리 「개미날개의 은검」을 만들어봤는데 내가 아는 은검과 달리 그냥 회색이 아니었다.

레시피를 다시 한 번 살폈다.

"온도 관리가 중요하다— 라."

아ₗ 그 레시피에 있는 온도에서 플러스마이너스 1℃ 오차 이내로 작업을 진행했지만 그래도 관리가 어설펐던 모양이다.

"후후후, 힘들수록 불타오르지."

나는 살짝 연구's 하이를 느끼면서, 소수점 이하 아홉 자리까지 0이 늘어서는 정확도를 추구하며 온도 관리를 했다.

평범하게 하면 절대 무리니까 「기체 조작」으로 방의 기온을

균일하게 맞추고, 약액의 수온도 「액체 조작」 마법으로 온도가 변동하는 걸 제어했다.

더욱이 「마력 조작」으로 연성 장치의 마력 전달지연을 보조하여 그것을 이룩했다.

그리고—.

"은색이다."

예쁜 은색 검을 손에 쥐고 그 완성도에 씨익 미소를 지었다.

분명히, 이거라면 「은검」이란 이름이 걸맞아.

나는 실패작인 얼룩무늬 은검을 스토리지로 회수하고, 완성품 은검용으로 우아한 칼집을 준비했다.

다음은 호위 개미나 병사 사마귀의 칼날 앞다리를 사용한 마물 소재의 검을 만들어 볼까?

그렇게 생각하며 큰언니 일행의 스킬에 맞춘 무기를 대량으로 생산했다.

마검이랄 정도로 고성능은 아니지만, 미궁방면군의 제식 장비와 동등하거나 그 이상이니 이 정도로 자중해두는 편이 좋겠다.

지나치게 고성능으로 만들면 괜한 호기심을 가지는 녀석이 늘어날 것 같으니까.

뭐든지 적당히 하는 게 제일이야.

◆

"우와아, 신품 장비다!"

"굉장해, 이것 봐! 호위 개미의 칼날 앞다리를 쓴 마검이야."

"이쪽은 사마귀 대검에 갑옷도 세트잖아!"

"굉장해~! 쿠로 님은 대체 뭐 하는 분이야?"

"이 갑옷 입어도 될까? 안 혼날까?"

"오옷, 장미가시 창도 있어!"

"이 방패는 딱정벌레 껍데기를 깎아낸 거야!"

"너무 엄청나. 대체 얼마나 내면 받을 수 있는 건지 모르겠어."

다음날 아침, 양산한 장비를 「담쟁이 저택」에 숨겨주고 있는 탐색자들에게 보여주자 이렇게 절찬했다.

이 정도로 기뻐해주면 만든 쪽도 크리에이터로서 기쁘기 짝이 없지.

살짝 기분이 좋아져서 주위를 둘러보았다.

"—예뻐."

큰언니가 그저 하염없이, 내가 만든 은색으로 빛나는 「개미날개의 은검」에서 눈을 떼지 못했다.

이제 와서 그건 견본이니까 돌려달라고 할 수가 없는 분위기다.

이 검을 만드는 게 꽤 힘들었으니 같은 걸 또 만들 생각은 없었지만, 이렇게까지 반해 버렸으면 선물해도 되겠지.

"저것이 진짜 『개미날개의 은검』이군요."

"그래. 온도관리에 실패하면 회색이 된다."

어느샌가 옆에 서 있던 금발 귀족 아가씨가 은검을 든 큰언니를 부러운 기색으로 보고 있었다.

"저쪽이 더 좋은가?"

"아, 아뇨! 쿠로 님께 받은 이 옷과 세검에 불만 따위 없어요!"

그녀와 그 동료인 귀족 아가씨들에게도 다른 탐색자와 마찬가지로 장비를 줄까 생각했지만, 앞으로 탐색자를 관둔다고 하기에 호신용 금속 갑옷풍 기사복과 강철제 세검을 주었다.

실용성보다도 화사함을 중시한 거지만, 아가씨 기사단이라고 불러도 될 법한 비현실적인 귀여움이 있었다.

"우선 스미나의 지휘로 미적을 연행시켜 서쪽 길드에서 포상금을 타고, 그 돈으로 미궁도시 안에 너희들이 자립해서 살 수 있는 숙소나 집을 확보하지."

"쿠로 님, 이대로 여기에 있으면 폐가— 되겠죠?"

"맞다. 나는 해야 할 일이 많다."

아래에서 올려다보는 귀족 아가씨에게 딱 잘라 말했다.

레리릴의 치유가 필요한 자들이나 「재배」에 대해 자세히 알고 있는 자들은 얼마 동안 머무르도록 하지만, 다른 사람들은 먼저 해방할 예정이었다.

"그렇겠죠……. 쿠로 님은 용사님의 종자님이니까요."

의기소침한 금발 귀족 아가씨를 커버하는 건 쿠로의 캐릭터에 맞지 않으니 가볍게 무시하고 옆에 대기하고 있던 운반인 폴리나에게 시선을 돌렸다.

"너희들과 상담할 것이 있다."

"상담 말인가요?"

내가 폴리나에게 상담한 것은 해방한 사람들에게 편견의 시선이 가지 않도록 하는 커버 스토리를 생각하는 것이었다.

"『파란 사람』의 숨겨진 마을에서 보호를 받았다고 하는 건 어떨까요?"

그 제안은 폴리나가 아니라 금발 귀족 아가씨가 내놓았다.

재기가 꽤 빠르군.

"파란 사람?"

"네, 모르시는 건가요?"

금발 귀족 아가씨 말에 따르면 그 호칭의 유래가 된 피부가 파란 사람들의 속칭으로, 미궁 안쪽에 있는 미궁 마을에 아주아주 드물게 출몰한다고 했다.

파란 사람은 그렇다 치고 미궁 마을은 흥미가 있으니 다음에 동료들이랑 같이 구경하러 가볼까.

"저도 들은 적이 있어요."

폴리나가 얌전하게 자기가 아는 정보를 가르쳐 주었다.

마물의 영역 안쪽 깊숙한 곳에서 길을 잃으면 만난다고 한다.

이쪽에서 적대하거나 폭언을 내뱉지 않는 한 그쪽에서는 아무 것도 안 하지만, 공격하면 가차 없이 살해당해 버린다고 했다.

여자는 갖가지 타입의 미녀들뿐이고, 남자도 미남이며 미역처럼 웨이비하고 특징적인 앞머리를 가졌다고 한다.

그밖에 안개 같은 것이 되어 사라진다는 일화도 있었다.

"이야기를 듣고서 생각했는데, 파란 사람의 정체는 흡혈귀^{뱀파이어}가 아닌가?"

"아뇨, 쿠로 님. 사가 제국의『흡혈 미궁』경험자에게 들은 적이 있습니다만, 흡혈귀는 말도 이해하지 못하는 검푸른 짐승 같은 존재라고 해요."

내 예상을 금발 귀족 아가씨가 부정했다.

이 아가씨는 박식하군. 어쩐지 세류 시에서 만난 「해결사」 나디 씨가 연상되었다.

"그렇군—."

그 아이디어에 대해 생각해봤다.

"—괜찮겠군. 그걸로 가지."

나는 그렇게 결단하고 금발 귀족 아가씨, 폴리나, 큰언니 세 사람과 커버 스토리를 짰다.

◆

『이건 무슨 소동이냐!』

『우리는 쿠로 님 친위대야. 이제부터 쿠로 님이 기적을 보여주실 거니까 입 다물고 지켜보라구.』

미궁 안쪽에서 공간 마법 「멀리 보기」와 「멀리 듣기」로 전이할 곳의 준비가 끝났는지 확인하고 있는데, 큰언니와 길드 직원이 어쩐지 말다툼을 하고 있었다.

먼저 미궁 상층 제1구역에서 밖으로 나가 전이할 곳의 공간을 확보하라고 시켰는데, 좀 더 교섭을 잘 하는 사람을 붙여두는 편이 좋았을지도 모르겠군.

나는 큰언니가 말했던 「쿠로 님 친위대」란 단어를 못 들은 걸로 하고 미적들을 붙잡고 있던 흙벽을 없앴다.

당연히 미적들이 도망칠 수 없도록 모든 감옥을 둘러싼 장대한 흙벽으로 봉쇄한 다음이었다.

"우오오오오오!"

"해치워!"

흙벽을 없애자마자, 굶주린 야수 같은 눈의 미적들이 덤벼들었다.

나는 대인 제압용 「유도 기절탄」과 마물 제압용 「짧은 기절탄」 마법을 때려 박았다.

전자는 견뎌내는 놈이 있기에 「마신 부여」라는 지원 효과를 가진 자나 레벨 30 이상의 간부 미적에게는 후자를 때려 박았다.

차례차례 기절하는 미적들 사이를 지나 독침으로 틈을 찌르려는 자도 있었지만 위기 감지와 납치 스킬의 합체기로 행동할 틈도 주지 않고 기절시켰다.

정말이지, 독침 같은 건 어디 숨기고 있었는지⋯⋯.

일단 귀찮은 마신 부여를 쓸 수 없도록 「마력 강탈」로 미적들의 마력을 고갈시키고, 스토리지에 있던 마력을 흡수하는 「가시넝쿨 발」의 넝쿨로 묶었다.

이 넝쿨을 사용한 마를 봉하는 넝쿨이란 마법사용 구속 아이템 레시피도 있으니 다음에 한가할 때 만들어봐야겠군.

이어서 미적들을 「이력의 손」으로 붙잡아 큰언니들이 기다리는 미궁 길드 앞으로 「귀환전이」했다.

"우왓, 어디서 나타났지—."

"쿠로 님! 수고하십니다!"

놀라는 길드 직원의 목소리를 가로막는 커다란 목소리로, 큰 언니가 맞이해 주었다.

"구속한 미적들을 길드로 데리고 가라. 거기 직원, 일손이 부족하다. 미적을 감옥으로 연행하는 걸 도와라."

내가 잘난 태도로 말하자 직원이 회의적인 표정을 지었지만, 미적들 중에 유명한 녀석이 있었는지 그 녀석을 보자마자 갑자기 협조적으로 변했다.

"무슨 소란인가 했더니 너였구만."

"길드장이군."

졸린 눈의 길드장이 인파 너머에서 나타났다.

세베르케아 양은 없지만 우샤나 비서관은 함께였다.

"어제 거점에 있던 미적들이다. 밭에서 작업하고 있던 자들도 찾아봤지만 주변에는 없었다. 아마도 미적들에게 살해당했거나 미적의 흑막이 처리했겠지."

나는 「사기」 스킬의 도움을 빌어 후반에 적당한 이야기를 지어냈다.

언젠가 길드장은 「파란 사람들의 촌락에서 보호를 받았다」라고 주장하는 예전 포로들의 존재를 깨닫겠지만, 그녀들은 파멸초나 자멸 줄기가 아니라 「가보 보리」나 「가보 메밀」을 만들었다고 생각하고 있다.

그리고 파멸초나 자멸 줄기를 효율 좋게 키우기 위해 필요한 마법진 만드는 법을 아는 것도 나 정도밖에 없으니 괜찮겠지.

길드장이나 시가 왕국의 높은 사람들이 괜히 건드려서 일을 키우지는 않을 테니까.

만약 안 되겠으면 그녀들을 어딘가 먼 나라로 도망 보낼까 한다.

나는 길드장에게 입막음 요금이 들어간 포상금을 받아서, 그 돈을 큰언니에게 건네 서민가 변두리에 있는 집 몇 채를 한꺼번에 계약하도록 시켰다.

200명 좀 안 되는 대규모 인원이라 한 구역을 통째로 전세 낸 느낌이었다.

"폴리나와 에르테리나가 나중에 합류하지만, 그때까지는 스미나에게 맡긴다."

"네, 네. 쿠로 님! 저희들에게 맡겨주세요."

큰언니와 16명의 탐색자들이 자랑스레 가슴을 내밀며 수락했다.

그렇지만 큰언니한테 다 떠넘기고 이후에는 모르는 척할 정도로 박정하진 않다.

그녀들이 자립할 때까지 몇 개월 정도 원조를 해줘야겠어.

"후에 에치고야라는 상인을 보내겠다. 곤란한 일이 있으면 상담해라."

나는 그렇게 말하고 당분간 쓸 생활비를 주었다.

그리고 에치고야라는 가명은 아직 없으니 나중에 티파리지에게 명명해 달라고 해야겠군.

"그리고, 이 미적들의 장비는 적당히 매각해서 생활비에 보태라."

방어구는 헐값이겠지만, 마물 소재의 무기 같은 건 나름대로 괜찮은 가격에 팔릴 거야.

저주 받은 무기나 마법 도구는 아무래도 위험하니까 내가 보관했다.

이 다음에 「담쟁이 저택」에 남아 있는 탐색자가 아닌 자들을 며칠에 걸쳐서 해방할 예정이었다.

이것은 나중 이야기지만— 주인이 없는 노예들은 해방시켜서 거주구역에 합류시키고, 주인이 생존한 노예들은 주인 곁으로 돌려보낼 예정이었는데 그 속셈이 크게 틀어졌다.

주인 곁으로 돌려보내려던 노예들은 주인이 구출의 답례 대금 지불을 꺼려서 소유권을 포기했기 때문에 내 소유물이 되어 버린 것이다.

노예들은 대부분 그대로 쿠로의 노예가 되기를 바랐지만 도구로 쓰는 노예는 나에게 별로 필요가 없다.

얼마 동안 보호를 겸해서 그녀들의 의사를 존중해 그대로 두겠지만, 언젠가 이 주거 구역을 해산할 때 한꺼번에 노예에서 해방할 생각이다.

나는 파란 하늘 아래서 활기가 넘치는 예전 포로 아가씨들을 보며, 지금은 행복해 보이는 모습을 즐기기로 했다.

신인 탐색자 교습

"사토입니다. 연수는 사회인 최초의 난관이 된다고 합니다. 배우는 쪽
이 공부가 되는 것과 마찬가지로, 가르치는 쪽도 막연했던 일을 복습하게
되니까 뜻밖에 얻는 것이 많습니다."

"붙잡아 버린다~?"

"우와아아."

"꺄하하하하."

"타마, 빨~라."

사토 모습으로 돌아와 저택으로 돌아오자 옆의 빈터에서 우
리 아이들과 양육시설 아이들이 즐겁게 놀고 있었다.

"아! 주인님인 거예요!"

나를 날카롭게 발견한 포치가 꼬리를 흔들면서 달려왔다.

아리사와 미아도 공터 반대쪽에 모인 아이들 가운데 있있다.

저쪽은 여자애들만 모였고, 공터의 풀로 뭔가 엮으면서 노는
모양이다.

"아우, 잡혀버렸어. 하아나, 두울, 세엣—."

핸디캡으로 일부러 느긋하게 쫓아다니던 타마가 도망치던 아
이를 가볍게 터치했다.

잡힌 애가 숫자를 세면서 주위를 둘러보고 있으니 「술래잡기」
로 놀고 있는 거겠지.

"어서 오~?"

터치한 타마가 팔을 붕붕 흔들기에 나도 흔들어줬다.

같은 또래의 아이들과 노는 게 즐거웠는지 미소가 평소보다
더 반짝반짝 빛난다.

머리를 들이미는 포치를 쓰다듬으며, 생각지 못한 표정을 이
끌어 내준 양육시설 아이들에게 진심으로 감사했다.

이 답례는 먹을 게 좋겠지.

"─아홉, 여얼, 기다려 기다려."

다 센 아이가 달리기 시작하자, 멀찍이서 쉬고 있던 아이들이
환성을 지르며 도망치기 시작했다.

역시 아이들은 건강한 게 제일이야.

"포치도 도망쳐야 되는 거예요!"

"그래, 재밌게 놀고. 안 다치게 조심해야 된다."

"네, 인 거예요."

고개를 끄덕인 포치가 아이들과 합류했다.

놀이에 너무 열중한 포치랑 타마가 다른 아이들을 다치게 하
지 않도록 뭔가 완력 억제 아이템을 준비하는 편이 좋겠다.

다친 거야 마법약으로 고칠 수 있지만 다치게 만든 포치랑 타
마의 트라우마가 되면 싫단 말이지.

"루루, 저녁식사 준비는 벌써 시작했니?"

"죄송해요. 아직이에요."

혼날 거라고 생각했는지 루루의 미모가 흐려졌다.

"사과 안 해도 돼. 오늘은 아이들에게 햄버그를 만들어줄 생각이거든."

"오랜만이네요. 분명히 타마랑 포치도 아주 좋아할 거예요."

내 물음의 의미를 이해한 루루가 안도하며 청초한 웃음을 지었다.

"오늘은 세리빌라 둔우 고기를 사용할 건가요?"

"그러면 부족할 테니까, 분사 늑대랑 히드라 고기를 써야겠다."

"네? 쇠고기도 20~30인분 정도는 있는데요?"

루루의 의문으로 그녀의 오해를 깨달았다.

"오늘은 동료들 것만이 아니라, 메이드 아이들이랑 양육시설 아이들한테도 햄버그를 대접해줄 생각이야."

루루가 살짝 난처한 표정을 지었다.

아마도 양육시설 아이들 식사는 사치스런 걸 내놓지 말자는 아리사와 양육시설 원장의 방침에 반하는 것을 지적할까 망설이는 거겠지.

오해는 곧장 풀 수 있지만 이런 표정의 루루도 상당히 귀엽군.

"걱정 안 해도 오늘만이야. 메이드 아이들은 양육시설 애들 모으기 때 열심히 한 상으로, 양육시설 아이들은 양육시설 스타트 기념이란 느낌으로?"

내 말에 루루의 난처한 표정이 해제되었다.

평소에는 검소한 식사도 괜찮겠지만, 역시 무슨 기념일 정도는 살짝 사치를 즐기고 싶으니까.

"—그렇지만, 여기서 100인분 이상 햄버그를 만들기는 좀 힘들겠네."

"네. 평소의 식사는 간단한 것이라 빈터에 부뚜막을 만들어 조리하고 있어요."

과연……. 요즘에 여기저기 돌아다닌 탓에 그런 고생이 있는 걸 몰랐군.

목수들에게 아이들 침실 다음으로 주방을 우선해 달라고 해야겠는걸.

"그러면, 오늘도 밖에서 하자."

"네, 주인님!"

나는 공간 마법 「원거리 통화」로 리자와 나나를 불러 식재료나 고기 다짐기를 공터의 부뚜막 옆으로 옮겨왔다.

"고기~?"

"고기가 잔뜩잔뜩 있는 거예요!"

타마랑 포치가 식자재 근처에서 기뻐하고 있었다.

어째선지, 다른 아이들은 그 모습을 문자 그대로 손가락 빨며 보고 있었다.

분명히 아직 연장자 팀이 익숙하질 않은 거겠지.

"타마 대원, 포치 대원."

"네잉!"

"네, 인 거예요!"

타마와 포치가 진지한 표정으로 자세를 바로잡았다.

"이제부터 햄버그 작전을 집행한다!"

나도 타마와 포치에 맞춰 진지한 어조로 말하자 두 사람의 눈빛이 듬직하게 빛났다. 마치 어려운 작전에 도전하는 역전의 강자 같았다.

"타마 대원과 포치 대원은 리자 하사가 잘라낸 블록 고기를 이 머쉰으로 다짐고기로 만드는 중요한 역할을 맡긴다."

내 말에 두 사람이 고개를 끄덕였다.

"햄버그의 **완성도**는 이 작업에 달렸다고 해도 과언이 아니다."

사실은 과언이지만 흐름을 중시해야겠지.

"두 사람의 분전을 기대한다."

"아이아이 서~."

"머쒸인은 포치한테 맡기는 거예요!"

고기 다짐기에 달라붙으려던 타마와 포치는 수동 핸들이 하나밖에 없다는 사실에 실망하더니, 어째선지 둘이 사이좋게 돌리기 시작했다.

아니아니, 교대로 하렴.

"오~! 오늘은 핸들링벅이네!"

"웅? 핸들링?"

아리사가 햄버그에 새로운 이름을 붙이며 다가왔다.

미아도 함께였다.

"애들이 틀리게 기억하잖아."

나는 아리사를 타이르고, 입을 모아서 「핸들링벅」이라고 속삭이는 아이들에게 사실은 햄버그란 요리라고 정정했다.

"저게, 햄버그……."

"고기를 저렇게 쓰는 구나."

"좋겠다, 저택 애들은……."

"우리도 한 번이라도 좋으니까 먹고 싶어……."

멀리서 보던 아이들이 부러운 기색으로 이쪽을 보았다.

"헹! 나는 내가 벌어서 먹어 주겠어."

"나도 어른이 되면 탐색자가 될 거야."

"나도!"

"커다래지면, 잔뜩잔뜩 일할 거야."

오오, 긍정적이군.

이 도시 아이들은 상당히 긍정적이다.

"무슨 말이야. 저 정도 양을 우리들이 다 먹을 리 없잖아. 당연히 너희들 것도 있는 거야— 그렇지? 주인님."

아리사가 양육시설 아이들에게 말한 뒤, 말 마지막에 나에게 확인하기에 긍정했다.

"그래. 사립 펜드래건 양육시설 창립기념이다."

"창~립?"

"맛있는 거야?"

"아마, 맛있어."

아이들이 배고픈 모양이니 조리를 서두르자.

"눈물이이이."

"넘쳐어어어."

양파를 다지고 있던 어린 메이드 소녀들이 눈물과 콧물을 흘리고 있었다.

이건「물리 방어 부여」로 가드할 수 있지만, 기왕 왕도적인 이벤트니까「양파로 눈물이 넘친다」를 체험시켰다.

"섬유를 짓이겨서 그래요. 이런 식으로 자르면 눈물이 안 나요."

루루가 상냥하게 양파 써는 법을 가르쳐 주었다.

이미 달인의 영역에 이른 루루의 식칼 놀림에 메이드 소녀들이 감탄의 한숨을 흘렸다.

"마스터, 치대는 작업은 순조롭다고 고합니다."

소매를 걷은 나나가 햄버그의 고기 반죽을 치대는 공정을 하고 있었다.

이게 가장 힘든 모양인지, 미테르나 씨와 새로운 메이드 로지와 애니 두 사람도 참전했다.

그녀들이 둥글게 뭉쳐놓은 햄버그를 내가 양손 사이로 왕복시켜서 공기를 빼고 철판 위에 늘어놓았다.

"젊은 나리, 놀고 있어?"

"먹을 걸로 놀면 안 되는데?"

"아니야. 저건 햄버그를 더 맛있게 만드는 마법의 기술이야."

아이들의 착각을 아리사가 정정해 주었다.

"마아법?"

"그래, 주인님은『기적의 요리사』라고 불린다니까!"

아리사의 말을 믿을 수가 없는지 아이들이 묻는 표정으로 미아를 보았다.

"응, 진실."

"우와, 정말이다!"

"젊은 나리, 굉장해!"

아이들의 반응에 아리사가 죽은 말로 분개했다.

"자, 잠깐만! 아리사 그 반응에는 살짝『뿔』나는데!"

"와~ 아리사가 화났다~?"

"도망쳐~. 화난 아리사는 무서워~."

아이들이 즐거운 비명을 지르며 도망치고, 아리사도 화난 시늉을 하면서 쫓아다녔다.

우리 아이들은 앞으로도 열심히 아이들의 윤활유 역할을 해주면 좋겠군.

"주인 나리, 철판이 뜨거워 졌어—요."

부뚜막에 올린 철판의 상황을 지켜보던 어린 메이드 소녀가 보고했다.

아직 존댓말을 잘 못 쓰는 모양이지만, 나날이 좋아지고 있었다.

"고마워, 딱 좋네."

철판 위에 손을 올리자 조리 스킬이 철판의 상태를 어쩐지 모르게 일러주는 기분이 들었다.

나는 딱 좋은 타이밍에 철판에 햄버그를 올렸다.

치이이. 맛있어 보이는 소리에 아인 소녀들의 시선이 날아왔다.

잠시 시간을 두고서 고기가 익는 냄새가 퍼지자, 아이들의 시선이 쏟아지며 배가 꼬르륵 울리는 합주가 들렸다.

"애들아! 더 맛있게 하자."

아리사가 아이들을 향해 외쳤다.

사전에 의논을 해뒀는지, 미아가 아리사의 말을 띄우는 BGM을 연주했다.

"어떻게 해?"

"응원하는 거야!"

대표로 질문한 아이에게 아리사가 연극조의 거창한 태도로 대답했다.

"응워언?"

"힘내라아?"

"아니야!"

아리사가 쯧쯧 입으로 말하면서 입술 앞에서 손가락을 옆으로 흔들었다.

"노래야!"

노래로 전쟁을 막는 은하의 가희#4처럼 커다란 동작으로 아이들에게 선언했다.

"모두가 응원하는 힘을 노래에 실어서 햄버그를 더더더욱 맛있는 슈퍼 햄버그로 바꾸는 거야!"

"굉장해애!"

"재밌겠다아."

아리사의 네이밍 센스가 나랑 같은 레벨인 것이 판명된 건 그렇다 치고, 아리사는 햄버그 만들기 견학을 하나의 이벤트로 승

#4 노래로 전쟁을 막는 은하의 가희 일본의 애니메이션 마크로스 시리즈에 자주 등장하는 연출.

화시키려는 모양이다.

"어떤 노래야?"

"영혼의 노래야! 내 노래를 따라아아아!"

아리사가 어디선가 들어본 애니송 같은 노래를 시작했다.

무슨 애니송의 가사를 바꾼 것 같은데 햄버그 조리 순서를 노래하는 가사 같았다.

아리사가 신이 나서 노래하자 하나둘씩 점차 노래하기 시작했다.

익숙한 목소리에 시선을 돌리자 민치 만들기를 끝낸 타마와 포치도 아리사 좌우에 진을 치고 있었다.

"주인님, 저도 굽기에 참가할게요."

"고마워, 루루."

아이들의 노랫소리에 루루도 입가가 풀어져 있었다.

이런 저녁밥 준비도 꽤 좋은걸.

◆

"맛나아."

"맛있어어."

"맛맛나~?"

"역시 햄버그 선생님은 무적이고 근사한 거예요."

"응, 무적이야."

"꿀꺽, 근사해."

아이들이 한 마음으로 햄버그 먹는 모습을 지켜보았다.

애들 수가 너무 많으니까, 사이드 메뉴가 프라이드 포테토와 각종 버섯의 버터 소테 정도밖에 없는 건 봐주라.

"분명히, 내 노래가 효과가 있는 거야."

"에에, 내 노래야."

아이들이 그런 대화를 나누는 게 엿듣기 스킬로 들렸다.

아무래도 순진한 아이들은 아리사의 농담을 진심으로 받아들인 모양이다.

"맛있다."

"포치랑 타마가 자랑할만해."

배급을 끝낸 어린 메이드 소녀들도 햄버그에 혀를 내둘렀다.

그런 메이드 소녀들을 저택에서 돌아온 메이드장 미테르나 씨가 타일렀다.

"포치 아가씨, 타마 아가씨라고 부르세요."

그녀는 저택의 경호를 위해 자리를 비운 사무라이 페어에게 저녁 식사로 햄버그를 전달하고 온 모양이다.

"역시, 주인님의 햄버그는 격이 다릅니다."

리자가 눈웃음을 지으며 진지하게 씹고 있었다.

꼬리 끝이 리드미컬하게 움직이고 있으니 분명히 만족스런 맛인 거겠지.

"우읏, 역시 아직 주인님은 따라잡을 수 없어요."

"루루의 향상심이 좋다고 찬사를 보냅니다."

"응, 힘내."

햄버그를 먹으며 분한 기색의 루루를 나나와 미아가 응원했다.

미아의 접시에는 햄버그 절반 정도와 산더미 같은 버섯 소테가 올라가 있었다.

뜻밖에도 미아의 햄버그 나머지 절반은 아인 소녀들 접시가 아니라 아리사의 접시 위였다.

"에이, 그런 눈으로 보지 마—."

내 시선을 느낀 아리사가 뭐라고 항의했다.

아무래도 먹보로 보이기 싫은가 보다.

"꼬맹이들 상대하는 건 칼로리를 소비한단 말야."

"그래그래, 적당히 먹어라."

대학 시절에 사귀던 여자 친구의 다이어트를 도와준 경험이 있는데, 꽤 스트레스가 쌓인다니까.

아리사의 말을 적당히 흘려 넘기고 있는데 레이더에 비치는 파란 광점— 아는 사람 중 누군가가 다가오고 있었다.

"어허, 바깥에서 식사를 하다니 야성이 넘치는 느낌이로다."

노로크 왕국의 미티아 왕녀가 짧은 드릴 트윈 테일을 흔들면서 나타났다.

그 옆에는 「바위」란 글자가 어울리는 노로크 왕국의 여기사 라브나 공이 호위로 붙어 있었다.

"오랜만입니다, 미티아 님."

"그래, 사토 공도 건강한 것 같아 다행이니라."

미티아 왕녀는 양육시설의 파란 하늘 식당을 둘러보며 어른스런 표정으로 고개를 끄덕였다.

겉보기에는 아리사와 비슷한 나이의 소녀로 보이기 때문에, 그런 표정을 지으니 좀 조숙한 아이가 어른 흉내를 내는 것 같아서 참 흐뭇하다.

본인에게 말하면 상처를 받을 것 같으니 절대로 말은 안 한다.

"뭔가 급한 사건이라도 있으신가요?"

해가 지기 전이지만 일국의 왕녀가 어슬렁거리며 산책할 시간은 아니었다.

"아니, 레이텔 공에게 사토 공이 난처한 모양이란 이야기를 들은 것이로다."

그녀가 말하는 레이텔은 아이들의 학대 사건을 상담했던 태수부인의 이름이었다.

"뭔가 도울 일이 없을까 하여 발길을 옮겨봤노라만—."

아이들의 화기애애한 식사 장면을 보고 이미 문제가 해결된 것을 깨달은 모양이다.

"일부러 와주셔서 정말 고맙습니다."

나는 헛걸음한 일에 대한 사과가 아니라, 우리를 배려해준 그녀의 마음에 감사의 말을 했다.

"아이들과 같은 것밖에 없습니다만, 괜찮다면 함께 어떠신가요?"

"오호, 괜찮겠느냐? 누군가의 식사를 빼앗는 것은 아닌고?"

참 배려심이 넘치는 애라니까.

"괜찮습니다. 다들 잔뜩 먹으라고 예비를 대량으로 만들었으니까요. 라브나 공도 함께 드시죠."

"그러면, 받는 것이니라."

"음. 대접받도록 하지."

두 사람을 위해서 테이블과 의자를 나르고 예쁜 식기를 준비했다.

아무리 그래도 식사배급용 조악한 식기를 왕녀에게 쓰도록 하는 건 망설여졌으니까.

"오옷, 이토록 부드러운 고기 요리가 있었더냐!"

햄버그를 한 입 먹은 미티아 왕녀가 눈을 흡뜨고 놀라서 말했다.

종자인 라브나 공은 감상도 없이 무심으로 먹고 있었다.

그녀의 접시가 순식간에 텅 비었다.

"더 드시죠."

"우, 우음. 고맙소."

내가 한 접시 더 내밀자, 바위의 기사가 서둘러 받았다.

햄버그는 아이들용 사이즈로 만들었기 때문에 체격이 좋은 그녀에게는 부족했을 거야.

그녀는 다음 접시도 순식간에 해치웠지만, 아이들의 한 접시 더 쟁탈전을 보고 그 다음은 사양했다.

타마와 포치가 불씨를 붙인 한 집시 디 전쟁은 배가 볼록 나온 아이들을 양산하고 종결을 맞이했다.

중간에 햄버그가 떨어졌지만, 거기서 끝내지 않고 히드라 고기 스테이크를 구운 건 좀 지나쳤을지도 모르겠다.

"실로 진미로다. 왕족인 본녀도 이 정도로 만족스런 식사는 손에 꼽을 정도밖에 없느니라."

미티아 왕녀가 단순한 립서비스가 아닌 목소리로 찬사를 보냈다.

"공주님도 엄청 좋았구나."

"굉장히 맛있었잖아."

"에헤헤~ 어쩐지 굉장해."

아이들이 미티아 왕녀의 이야기를 듣고서 놀라며 말했다.

"또 먹을 수 있을까?"

"무리 아닐까?"

"매번은 무리지만, 일 년에 몇 번 정도는 괜찮아."

아이들의 묻는 시선에 그렇게 대답했다.

양육시설 원장도 고개를 끄덕여줬으니 빈도는 문제가 없는 모양이다.

"와~아."

"야호오~!"

"다음엔 언제 먹을 수 있을까?"

"훨씬 나중이야."

"나중이면 언제?"

"나중은 나중이야."

아이들다운 대화가 들렸다.

날짜를 정해서 대답하면 약속을 깼을 때 아이들의 낙담이 무서우니까 확답은 피했다.

간단히 약속하고서는 휴일에 놀러 갈 약속을 깨버리는 아빠가 되기는 싫거든.

"그렇지, 라브나 공."

식사하는 김에 할 이야기는 아니지만 어제 만든 마물 소재의 대검을 격납 가방에서 꺼냈다.

전투 사마귀의 칼날 앞다리를 사용한 대검은 너무 커서 사용자를 가리니까 바위의 기사에게 주려고 생각한 것이다.

이 대검만 제작자를 바꿔놨으니 나중에 문제가 되지는 않을 거야.

"출입하는 상인이 놓고 간 겁니다만—."

"허어? 마물 소재의 대검인가? 잠시 휘둘러 봐도 되겠소?"

"네, 물론."

바위의 기사가 부탁하는 걸 흔쾌히 수락했다.

공도의 지인이나 여행하는 도중에 본 느낌으로는 시가 왕국의 귀족이나 귀족을 섬기는 사람들은 마물 소재의 무기를 싫어하는 모양인데, 바위의 기사나 그녀가 섬기는 미티아 왕녀는 기피감이 없어 보였다.

"굉장해애."

"우와아, 저 사람 갱장해."

아이들은 거대한 검을 자유롭게 휘두르는 바위의 기사를 선망의 눈길로 올려다보았다.

미궁도시라는 지역색 탓인지 그녀 같은 달인은 동경의 대상이 되는 거구나.

"겉보기에는 투박하지만, 밸런스가 좋은 멋진 대검이군."

검을 휘둘러본 바위의 기사가 화톳불을 반사하는 칼날에 사랑에 빠진 소녀 같은 눈동자를 향하고 있었다.

"무엇보다 마력의 흐름이 청동검 따위는 비교가 안 될 정도로 좋아."

어라? 마력 조작으로 마력이 흐르기 쉽도록 조정은 했지만 그런 식으로 절찬할 정도는 아닌 것 같은데?

주조 마검이랑 비교하면 80퍼센트 정도 효율밖에 없으니까.

"미궁도시의 무기상에서 시험한 마물 소재의 대검하고는 전혀 다른 물건이오. 유명한 분의 작품이겠지?"

"헤파이스토스라는 신진기예의 장인이 만든 작품이라고 합니다."

내 말을 들은 아리사가 식후의 차를 뿜어내서 루루에게 혼났다.

아마 「헤파이스토스」란 이름이 그리스 신화의 대장장이 신에서 따온 걸 아니까 그렇겠지.

물론 말할 것도 없지만 내 가명 중 하나다.

"—헤파이스토스라. 분명히 역사에 이름을 남기는 명장이 되겠지."

아리사가 웃음을 죽이며 떨고 있는 것이 시야에 들어왔지만, 가볍게 무시하고 바위의 기사의 찬사를 받아들였다.

"출입 상인이 다음에 들렀을 때 전하도록 하죠."

바위의 기사가 아쉬운 표정으로 대검을 나에게 건네려는 손을 살짝 밀어냈다.

"펜드래건 경?"

"그건 그대로 가져 주세요. 그 대검은 미궁도시의 실력 있는 무인이 쓰도록 해달라고 부탁을 받았습니다."

"무슨 뜻이오? 나는 이 정도 명검을 살 수 있는 자금이 없는데?"

"대금은 됐습니다. 선전을 위해서죠. 광고탑 같은 역할이라 죄송합니다만, 누가 검에 대해 물어봤을 때 헤파이스토스 씨의 이름을 널리 알려주시면 그걸로 충분하다고 합니다."

의문스런 바위의 기사에게 미리 생각해둔 변명을 말했다.

이쪽 세계에서 광고탑이라는 건 본 적이 없지만 단어는 제대로 있구나.

"이 정도 검을 말이오?"

"제작자는 실패작이라고 생각한다던데요? 너무 크고 무거워서 주변에 쓸 수 있는 자가 없었다고 합니다."

대검에 끌리면서도 사양하는 바위의 기사에게 사기 스킬의 도움을 빌어 핑계를 만들어줬다.

"그를 위해서라도 써주실 수 없을까요?"

"라브나, 더 이상 사양하면 헤파이스토스 공에게도, 사토 공에게도 실례인 것이로다."

"예, 미티아 님."

주인의 말을 듣고서야 결심이 선 모양이다.

"펜드래건 경, 이 대검은 소중히 쓰도록 하겠소."

"쓰면서 뭔가 느껴지는 점이 있으면 가르쳐 주세요. 출입 상인이 오면 말을 전해두죠."

"음, 알겠소."

늠름하게 대담한 바위의 기사가 거대한 검을 등에 찼다.

역시 그녀는 이 스타일이 제일 어울리네.

◆

"우왓, 우리들 완전히 붕 떠 있네."

햄버그 축제에서 며칠이 지났다. 오늘은 동료들과 함께 탐색자 길드의 신인 탐색자 교습을 수강하러 왔는데, 아리사 말처럼 명백하게 붕 떠 있었다.

주변에는 낡아빠진 옷에 수제 느낌이 넘치는 무기를 든 중학생쯤 되는 아이들뿐이었다.

인간족뿐 아니라, 호랑이 수인 같은 수인이나 도마뱀 수인도 있었다.

"저, 저기! 교, 교관 분이신가요?"

뒤에서 길드의 훈련소 문을 열고 들어온 소녀가 우리에게 물었다.

그녀는 체인 메일과 강철제 메이스를 장비했고, 더욱이 둥근 방패를 지고 있었다.

AR표시를 보니 근처 영주를 섬기는 사작 가문의 딸인가 보다.

"아뇨, 당신과 같은 수강생입니다."

그녀의 시선은 나나와 리자를 향하고 있었지만 내가 대표로 대답했다.

"죄, 죄송합니다. 저는 다릴 사작의 딸, 지나—."

"젊은 나리! 젊은 나리가 여긴 어쩐 일로?"

"오랜만, 젊은 나리. 혹시 젊은 나리도 교관이야?"

지나 양의 말을 막은 것은 전에 미궁 안에서 마물의 연쇄폭주에서 구해낸 「아리따운 날개」의 두 사람이었다.

아무래도 오늘 교관 역할은 그녀들인가 보다.

"어이, 다 모였나?"

손에 목검을 든 곰 같은 수염의 탐색자가 이쪽을 향해 걸어왔다.

"도존 님? 오늘은 교관이 많아?"

"아니, 이 몸이랑 너희들뿐일 텐데—."

교관 역할 세 사람은 아는 사이인가 보다.

님이라고 부르지만 도존 씨는 평민 탐색자다.

"그쪽 귀족님은 신인 탐색자 교습을 받으러 온 수강생인가?"

"네, 그래요."

"헤? 젊은 나리 같은 실력자가?"

"무슨 착오가 아니고?"

도존 씨 물음에 수긍하자 「아리따운 날개」 두 사람이 놀라서 말하기에 길드에서 받은 편지를 보여 납득시켰다.

처음에 그런 문답은 있었지만, 교습은 막힘없이 진행되었다.

"—그러니까, 그래서 처음에는 감자 사냥이나 콩 사냥을 하는 게 끼니는 때울 수 있다."

신인 탐색자들이 도존 씨의 강의를 진지한 표정으로 들었다.

"다만, 어째서인지는 모르지만 감자랑 콩만 사냥해서 강해질 수는 없어."

새내기에 레벨 한 자리의 탐색자라도 전혀 레벨이 안 오른다고 한다.

"그러니까, 세 명 이상이 한 조를 짜서 감자나 콩을 사냥하는 김에 미궁 쥐나, 미궁 나방을 발견하면 솔선해서 사냥해라."

_{메이즈 랫} _{메이즈 모스}

후자는 마핵 말고는 거의 돈이 안 되지만, 레벨을 올리기 위해 사냥하는 편이 좋다고 한다.

타마와 포치가 고개를 끄덕끄덕하는 게 보였다.

너희들 레벨이면 의미 없는데 말이지?

"같은 곳에 나오는『엉킴이 유채씨』는 사냥 안 해?"

_{엔탱글 레이프시드}

신인 탐색자 한 사람이 질문하자, 도존 씨가 막힘 없는 느낌으로 대답했다.

"아~. 그건 가끔 미궁 만쥬 상인이 사가지만, 기본적으로 사는 사람이 없다. 게다가 감자나 콩보다 끈질기니까 가능하면 전투는 피해라."

"유채씨라면 기름 만들 수 있지 않아?"

아리사의 의문을 들은 도존 씨가, 이 녀석은 무슨 말을 하는 거냐란 눈으로 보았다.

"아앙? 기름이라면 고블린 사냥해서 고기장수잖아?"

분명히 압착이나 용제가 필요한 식물성 기름과 비교하면 오일 슬라임으로 기름을 얻기가 더 쉬워서 그렇겠지.

간편하게 식물성 오일이 생길 것 같으니 나중에 자료에 레시피가 없는지 조사해 봐야지.

"계속한다—."

질문으로 샌 이야기를 도존 씨가 본래 이야기로 궤도 수정했다.

"그 쥐나 나방을 노려서, 고블린이나 미궁 개미가 나오는 경우도 있는데, 방어구를 갖출 때까지는 절대로 손대지 마라. 특히 미궁 개미는 단단해. 제대로 된 무기가 없으면 교관인 이 녀석들도 고생할 정도거든?"

도존 씨 말에 「아리따운 날개」 두 사람이 쓴웃음을 지었다.

"바보 취급하지마! 고블린 정도라면 우리도 사냥할 수 있어!"

위세 좋은 애가 도존 씨에게 대들었다.

"길 잃은 놈이라면 말이지? 감자나 콩이 있는 데는 몇 마리 단위로 행동하는 강한 놈이 나온다. 혹시 만나면 연기 구슬이나 섬광 구슬을 던지고 얼른 도망쳐라."

대든 애한테 꿀밤을 먹인 도존 씨가 다른 애들에게 충고했다.

도존 씨의 「섬광 구슬 없는 녀석은 손 들어라」라는 질문에 손을 든 건 우리뿐이었다.

도존 씨에게 탐색자로서의 마음가짐에 대한 설교를 한 차례 들은 뒤에 연기 구슬과 섬광 구슬 견본을 하나씩 받았다.

서쪽 길드의 매점에서 팔고 있다고 하니까 다음 번 미궁에 가기 전에 사재기를 해둬야겠군.

"너희들도 잘 들어라! 이 몸들 탐색자는 몸이 재산이다. 다치면 진 거라고 생각해라!"

도존 씨의 말에 타마랑 포치 두 사람이 뭐라고 말하고 싶은 듯 고개를 갸웃거렸다.

"마법약은~?"

"그런 비싼 걸 쓰면 이익이 안 맞는다."

타마의 질문에 도존 씨가 어깨를 으쓱거렸다.

"그런 거예요?"

"타마, 포치."

리자가 타마랑 포치를 향해서 입에 지퍼 포즈를 취하자 둘이 황급히 같은 포즈를 하며 입을 닫았다.

"마법약을 마음껏 쓸 수 있는 건 부자나 귀족님 파티나, 적철의 탐색자 정도야."

그런가?

그렇게까지 비싼 건 아니라고 생각하는데 말이야.

내가 내심 고개를 갸웃거리는 동안, 화제가 마법약에서 숙박 원정 이야기로 바뀌었다.

"너희들에게는 이를지도 모르지만, 숙박하며 원정할 때는 보존식을 예정일수의 2배쯤 준비해라. 운반인은 필수다. 물이 무거우니까."

과연, 누구든지 물 광석이나 「나락의 물 주머니」를 가진 게 아니니까.

"젊은 나리는 숙박 원정을 했었지? 어느 정도였지?"

"네, 대략 7일 정도였어요."

"7일!? 그런 아가씨들을 데리고 7일? 무모하기는……."

도존 씨가 질린 기색으로 말했다.

우리는 별장 같은 거점이 있으니까 괜찮지만, 분명히 축축한

지하에서 오래도록 노숙을 하는 건 힘들겠다.

"너희들은 흉내 내지 마라. 보통은 사흘이나 나흘 정도다. 사마귀 구역이나 딱정벌레 구역에서 감시하는 놈들은 보름 정도 틀어박히지만, 그건 따로 보급부대를 준비할 수 있으니까 가능한 거야. 흉내 내다간 죽는다."

샤워도 안 하고 보름이나 미궁에 틀어박히다니 듣기만 해도 머리가 가려워지네.

내가 몸서리치는 동안에 이론이 끝나고 이번에는 실기가 되었다.

도존 씨나 「아리따운 날개」 두 사람이 나눠서 신인 탐색자의 몸가짐을 가르쳐 준다.

"있잖아. 도존 님은 마인 못 써?"

"쓸 수 있겠냐! 그런 굉장한 기술 쓸 수 있으면 탐색자 따위 안 한다."

신인 탐색자의 흥미진진한 질문에 도존 씨가 어깨를 으쓱거렸다.

그 말에 포치와 타마가 얼굴을 마주보았다.

아까 입에 지퍼 효과가 남아있는지 두 사람이 섣부른 말을 하지는 않았다.

"마인을 쓸 수 있는데 탐색자 같은 걸 하는 별종은 제릴이나 자리곤 같은 일부뿐이야."

"**자코린**도 마인 쓸 수 있구나. 의외야~."

내 옆에서 아리사가 실례되는 말을 중얼거렸다.

동료들의 취득 상황을 보면 마인이 희귀 스킬인 것은 마력을 흘리기 쉬운 무기가 일반적이지 않기 때문인 것 같은데 말이야.

나무 마검 같은 연습용 무기가 퍼지면 마인 사용자도 늘어나지 않을까?

◆

"괜찮겠어? 아무리 귀족이라도 이렇게 많은데?"

"네, 상관없어요."

교습이 끝난 다음에 도존 씨를 비롯한 강사들과 그 자리에 있던 신인 탐색자들을 초청해서 길드 근처의 주점으로 왔다.

물론 초청한 내가 사는 거다.

술자리 커뮤니케이션이랄 것까진 없지만, 도존 씨나 신인 탐색자들에게서 이것저것 유용한 이야기나 보통 탐색자들의 상식을 알 수 있었으니 그 답례로 술이나 식사를 사려고 한 것이다.

"우와아, 우리 이런 가게에서 먹는 거 처음이야."

"야, 두리번거리지 마. 촌놈처럼 보이잖아."

"뭐 어때? 촌놈 맞는데."

신인 탐색자들은 차분하지 못했지만 딱히 고급 주점도 아니었다.

은화 1닢 있으면 마음껏 먹고 듬뿍 마실 수 있는 가게다.

"우리도 제 몫을 하게 되면 이런 가게에서 편하게 마실 수 있을까?"

"미안, 우리도 한 해에 몇 번밖에 못 와."

"엑, 그래?"

"아하하, 무기 정비료나 뼈 갑옷이나 탐색복 수선비가 꽤 들거든."

신인 탐색자와 「아리따운 날개」 두 사람의 대화가 들렸다.

제 몫을 하는 탐색자라도 자금 운영이 꽤 힘든가 보군.

"도존 씨, 뭘로 할까요?"

"일단은, 사람 수대로 에일이랑 금방 나오는 고기를 부탁하지."

도존 씨가 「일단 생맥주」 같은 느낌으로 급사 아가씨한테 에일을 부탁했다.

"이 애들에겐 과실수를 부탁할게요. 그리고 추천 요리를 잔뜩?"

"기왕이면 메뉴 끝에서 끝까지 전부 가자."

성인 연령인 리자는 마셔도 될 것 같지만, 그녀는 취하면 자버리니까 삼가도록 했다.

동료들에게 술은 아직 이르니까 과실수로 전환했다.

"저, 저기. 괜찮을까요?"

"네, 그걸로 부탁할게요."

아리사의 버블한 주문에 남사 아가씨가 좀 기겁했지만, 손에 금화를 몇 닢 선불로 쥐어주고 「부족하면 말하세요」라고 했다.

"씀씀이가 꽤 좋은걸. 아가씨들의 장비도 굉장하고, 제대로 못 먹는 녀석들한테 식사배급도 해준다고 하던데? 귀족인 것만 가지고 그렇게까지 돈벌이는 안 되지 않아?"

"네, 설탕 항로의 교역으로 제법 벌어서……."

도존 씨의 의문에 적당한 대답을 했다.

실제로 설탕 항로의 수입은 「용의 계곡」에서 얻은 초기 자산의 1퍼센트도 안 되지만, 많은 사람들을 납득시키는데 편리한 변명이었다.

"교역이라는 게 그렇게 많이 벌어?"

신인 탐색자의 의문에 아리사가 대답했다.

"주인님의 경우는 인맥이 굉장하거든. 라라기 국왕님이랑 친구가 아니면 그렇게 많이 못 벌어."

"국왕님이랑 친구!?"

"굉장해! 젊은 나리, 굉장해!"

그때, 익숙한 목소리가 들려왔다.

"뭘고, 사토 공이 아닌고?"

"안녕하세요? 미티아 님."

지나가는 마차에서 노로크 왕국의 미티아 왕녀가 내렸다.

"귀, 귀엽다."

"젊은 나리 아는 사람은 다들 귀엽다."

"좋은 집 앤가?"

"나도 적철의 탐색자가 되면 아내로 맞을 수 있을까?"

"안 돼, 전하는 이웃나라 왕녀님이니까."

이런 대화가 신인탐색자와 아리사 쪽에서 들렸다.

—응?

녹색 귀족이 서쪽 길드에 들어가는 게 보였다.

미적들 심문인가?

녹색 귀족의 움직임을 레이더로 보고 있는데 노란색 광점이 비쳤다.

이건 적대적이지 않은 마물의 표시다.

그쪽으로 시선을 돌리자, 검은 표범 같은 마물을 두 마리 거느린 여성이 걷고 있었다.

"아아, 저건 조련사의 종속마니까 걱정 없어."

"종속마를 거느린 탐색자는 처음 봤어요."

"그래? 종속마나 골렘을 사역하는 탐색자는 꽤 많은데? 그래도 사령술사나 소환사는 이 몸 정도 오래 탐색자를 해도 어지간해서 볼 수 없지만 말야."

내 시선을 깨달은 도존 씨가 그렇게 말했다.

"봐, 저쪽에 인형사 룬이 있어. 좀 지나면 골렘 병사단의 직고도 미궁에서 돌아올 테니까 볼 수 있을걸."

룬 씨의 인형이란 것은 벽돌로 만든 마리오넷 같은 것이었다.

움직임은 어색하지만 AR표시에 따르면 나름대로 전투력이 있는 모양이다.

"에일이랑 만들어둔 콩찜, 그리고 꼬치구이 두고 갈게. 고기수프 금세 가져올 테니까 일단 이서 먹고 마시고 있어."

"그래, 고맙다."

급사 아가씨가 가져다 준 에일과 과실수로 건배를 하고, 신인 탐색자들이 꼬치구이에 달려들었다.

아인 소녀들도 신인 탐색자에게 지지 않고 꼬치구이 쟁탈전에 참가했다.

"맛있다!"

"고기 먹는 거 오랜만이야."

"우리 마을에서는 수확제나 겨울 준비할 때뿐이야."

고기를 확보한 애들이 혀를 내두르면서 말했다.

테이블의 꼬치구이가 금세 떨어지고 마른안주로 에일을 마시고 있는데, 지나가는 탐색자들이 도존 씨에게 인사를 하며 지나가는 일이 몇 번이나 있었다.

그는 남을 잘 챙겨주는지 탐색자들 사이에서 얼굴이 통하는 모양이군.

그때, 보기 드물게 도존 씨가 먼저 지나가는 탐색자를 불러 세웠다.

"스미나! 스미나 아냐!"

그녀는 미적에게서 구출한 큰언니였다.

"도존 님! 오랜만."

"오래 안 보여서 죽은 줄 알았다."

큰언니와 도존 씨가 친목을 다졌다.

"그건 그렇고 씀씀이가 좋아 보이는 장비구만. 귀족한테 사관이라도 했냐?"

"설~마아. 내가 귀족님을 모실 수 있을 리 없잖아."

큰언니가 깔깔 웃었다.

"하지만, 더 굉장한 사람을 섬기고 있어."

"누군데?"

"비밀이야. 곧 유명해지면 가르쳐줄게. 이 장비랑 검도 그 분께서 주신 거야."

칼집에 든 은검을 탁 두드리며 큰언니가 씨익 웃었다.

그리고 도존 씨에게만 보이도록 은검을 살짝 칼집에서 뽑았다.

"어이, 스미나. 너 이거—."

"그래, 전설에 나오는 진짜 은검이야."

놀라는 도존 씨에게 큰언니가 핸섬한 느낌으로 윙크했다.

"스미나— 마검에 지지 않는 실력을 길러라."

"그래야지!"

도존 씨의 충고에 큰언니가 당연하다는 투로 끄덕였다.

방금 전에도 친하게 지내는 장인에게 은검의 정비 방법을 배우러 갔었다며 가슴을 폈다.

"—스미나 큰언니!"

"아차, 가봐야겠다. 도존 님. 다음에 술이라도 마시자."

큰언니는 동료의 부름을 듣고 말하더니 인파 너머로 달려갔다.

"꽤 떠들썩하군. 도존 님네 신인이야?"

큰언니랑 교대하는 타이밍으로 탐색자 한 명이 멈춰 서서 도존 씨 곁으로 왔다.

"여어, 제제. 신인 탐색자 교습의 젊은 녀석들이다."

도존 씨랑 아는 사이로 보이는 탐색자가 어쩐지 낯이 익었다.

"헤~ 그렇구나—. 아, 어라!? 젊은 나리!"

그쪽도 이쪽을 아는 모양이다.

"처음에 세리빌라 미궁으로 들어갔을 때 만난 피투성이 파티 사람들입니다."

리자가 알려주었다.

리자는 사람 얼굴을 잘 기억한다니까.

"그때는 덕분에 살았어! 오늘은 그때 답례로 뭐라도 살게."

"만년 돈이 부족한 『붉은 얼음』치고는 호쾌하구만."

"젊은 나리는 우리 동료의 목숨을 구해줬단 말야."

"괜찮으면 함께 식사라도 하죠? 여러분의 지식을 젊은 친구
들한테 말해주세요."

제제 씨가 계산을 하겠다고 했지만, 희석 마법약 2개 정도로
금화 몇 닢을 내라고 하는 건 미안하니까.

그 대신, 우리들이나 신인 탐색자들에게 미궁에서 있었던 실
패담이나 재미있는 에피소드를 들려달라고 했다.

그런 식으로 제제 씨 다음에도 종종 도존 씨가 아는 탐색자가
주점에 늘어나더니, 이번에는 내가 아는 사람까지 늘었다.

"―떠들썩하군."

"길드장, 오늘 일은 끝난 건가요?"

"아니, 백발 종자님이 일을 늘려준 덕분에 당분간 취해서 자
빠질 수도 없겠다."

"전부터 취해서 자빠질 정도로 마시는 건 그만두라고 말했잖
아."

"시끄러워. 세베르케아."

길드장과 세베르케아 양 두 사람이다.

에일을 부탁하려는 길드장의 주문을 세베르케아 양이 막고,

물과 저녁 식사다운 요리를 부탁했다.

신인 탐색자들은 길드장과 세베르케아 양의 얼굴을 모르는 모양이지만, 「붉은 얼음」의 제제 씨나 「아리따운 날개」의 두 사람은 길드의 높은 사람이 등장하자 긴장하고 있었다.

"어라라~? 펜드래건 사작이랑 길드장이 사이좋게 술 마시고 있네~."

골목에서 들린 가벼운 목소리에 눈길을 돌렸다. 미궁방면군의 여우 장교랑 대장 콤비, 그리고 몰래 나온 에르탈 장군이 보였다.

"대장, 저 술병에서 유착의 기운이 풍겨요."

"허음, 분명히 술술 풍겨오는군."

"대장, 아재 개그 썰렁해요~."

여우 장교의 괜한 한 마디에 대장의 꿀밤이 떨어졌다.

이 두 사람은 여전하구나.

"각하도 함께 어떠신가요? 여기 요리는 제법 괜찮습니다."

"식도락가인 펜드래건 경의 추천이라면 틀림없겠지."

에르탈 장군이 내 등 뒤의 빈자리에 앉았다.

그쪽 탁자에 있던 탐색자들이 에르탈 장군의 높은 사람 아우라를 쐬고서 다른 곳으로 이동했다.

"오늘은 전세를 냈으니 요리 마음껏 시키세요."

"그러면, 사작님이 계산하는 거예요?"

"네, 맞습니다."

신난 기색의 여우 장교에게 수긍했다.

야호. 외치며 만세를 한 여우 장교 머리에 대장의 주먹이 떨어지는 약속된 전개를 지켜보고서, 급사 아가씨에게 에르탈 장군 일행 탁자에 요리와 술을 내어 달라고 부탁했다.

"네~에, 금방 가져올게요. 이쪽은 아까 주문하신 겁니다."

우리들 탁자에 몇 가지 고기 요리와 스튜 냄비가 나왔다.

스튜 냄비 옆에 작은 그릇과 국자가 있으니, 각자 셀프 서비스로 담는 시스템인가 보다.

"이국의 공주님에, 길드장에, 장군님?"

"젊은 나리는 대체 정체가 뭐야?"

"역시, 적철의 탐색자 굉장하다."

"바보 자식! 저런 규격 이탈을 적철의 표준으로 보지 마라."

리자와 루루가 바쁘게 나눠주는 동안 다른 탁자의 탐색자들이 그렇게 말했다.

어쩌다 보니 알게 된 미티아 왕녀는 그렇다 치고, 후자 두 사람은 그저 술친구인데……

"주인님, 드세요."

"아아, 고마워."

루루가 건네준 개미꿀 술을 받았다.

"펜드래건 경과 신인 탐색자들의 미래에!"

"""건배!"""

에르탈 장군의 건배사에 오늘 몇 번째인지 모를 건배를 나누었다.

어른들은 즐겁게 잔을 거듭 비우고, 아이들이나 젊은이는 왕성한 식욕을 채웠다.

"맛있습니다."

"오독우둑 맛나~?"

"이 고기는 쫄깃쫄깃 맛있는 거예요."

이 가게는 고기 요리가 다채로운 덕분인지 아인 소녀들이 무척 즐거워 보였다.

앞으로도 가끔 외식을 해야겠는걸.

"주인님, 이 생강 고기조림도 맛있어요."

"버섯 스튜."

"고마워."

아리사와 미아가 내민 요리에 손을 댔다.

생강 고기조림은 입 안에서 사르르 무너지면서 입 안에 감칠맛이 퍼졌다.

버섯 스튜는 독버섯풍의 부유물에 저항감이 있었지만 맛은 괜찮았다. 매콤한 풍미가 버릇 들겠다 싶었는데, 고춧가루하고는 다른 독특한 향신료를 쓴 것 같다.

둘 다 에일보다 와인이나 개미꿀 술이랑 잘 맞는다.

맛있는 요리에 맛있는 술을 맛보면서, 친구나 지인들과 화기애애 잡담을 하는 게 더할 나위 없이 즐겁다.

하늘에 오른 보름달을 올려다보면서 개미꿀 술이 담긴 잔을 들었다.

역시 이세계에서도 평화가 제일이야.

〉칭호 「총무」를 얻었다.
〉칭호 「연회부장」을 얻었다.

마의 유혹

"이 몸의 이름은 루더만. 시시한 산적의 아들로 태어나서 한몫발 날리려고 미궁도시에 왔다. 순풍에 돛단배도 처음뿐이었지. 미적왕이라고 불려서 기가 살아 있었지만, 지금은—."

"—감옥 안이란 말이지."

냄새 나고 지저분한 바닥에 드러누워 중얼거리자, 천장 사이에 부하의 못생긴 얼굴이 보였다.

이놈이고 저놈이고 마인약을 너무 먹어서 얼굴이 무너져 있었다.

"두목, 어쩔 거야."

"무라사키에 들어가도 공개처형이나 탄광에 가는 것보다 나은 것뿐이잖아. 높은 사람들이나 기사 놈들한테 방패 대신으로 쓰이는 것뿐이잖아."

"예속의 목걸이로 묶이기 전에 도망치자!"

"내 힘이라면 이런 창살도 꺾을 수 있어!"

"아아, 그래. 우리는 맨손이라도 싸울 수 있어."

그건 이 몸도 생각했다.

그러나, 이 감옥은 마력을 빨아들이는 마법진이 깔려 있다.

이 몸의 「신체 강화」 스킬도, 「몸 던지기」 스킬도 전혀 쓸 수가 없다.

애당초. 만에 하나 스킬을 쓸 수 있어도 교차시키며 엮어놓은 이 창살은 빠져나갈 수가 없을 거다.

애당초 빠져나가 봤자 아지트까지 용사의 종자란 놈에게 제압된 뒤였다.

적당한 상회에 쳐들어가 무기랑 돈을 강탈해도, 도망칠 곳은 서쪽 사막이나 남쪽에 있는 마물의 영역밖에 없다.

둘 다 무라사키나 탄광과 비교해서 나은 처지는 아니었다.

"기회를 기다려라."

"루더만 나리, 기회라고 해도 말이지……."

평소에는 지겨울 정도로 「두목」이라고 하던 자칭 오른팔 카스가 깔보는 표정으로 불평을 흘렸다.

카스의 머리를 붙잡아서 바닥에 박아 버렸다.

바닥에 지저분한 무늬가 퍼지고 카스가 자비를 구하며 비명을 질렀다.

"기회는 기회다."

이 몸은 부하들을 노려보며 천천히 알아먹도록 말했다.

"이제 곧, 놈들이 접촉할 거다."

"놈들이라면 노란 옷 녀석?"

"마족이 오겠냐?"

바보 같은 부하의 말을 쳐냈다.

"소켈의 그림자에 숨어서 이 몸에게 사들인 재료로 마인약을 만들던 놈들이다."

미행을 시킨 놈들이 다 처리되어서 잘린 머리가 이 몸들의 아지트 앞에 놓여 있었다.

밀조한 마인약을 왕도나 분기도시 켈튼에서 팔아 치우려고 했을 때도 순식간에 판매상이 말살 당했다. 괜찮았던 건 왕가 직할령 남쪽 끝에 있는 무역도시 정도였다.

놈들이 지금도 이 몸들을 필요로 할지는 불명이지만, 그래도 한 번 정도는 접촉해올 가능성이 높았다.

그런 생각을 하는 이 몸의 귀에 지하 감옥을 봉쇄한 빗장이 풀리는 소리가 들렸다.

―왔다.

발소리가 들렸다.

그것도 한 사람뿐이다.

간수라면 적어도 2인 1조로 움직인다.

"기다리고 있었지."

"어허, 마치 내가 오는 걸 예상했던 것 같은 말임**이어요**."

녹색 옷을 입은 늙은 귀족이 나타났다.

아직 이 몸이 미적이 되기 전, 미궁도시에서 뒷세계 일을 할 무렵에 만난 적이 있었다.

분명히, 왕도의 문벌 귀족들 암부(暗部)를 담당하는 썩을 놈―.

"―포프테마 백작."

"가문은 아들에게 넘겼으니, 전(前) 백작이어요. 지금은 포프

311

테마 상담관이라는 차밍한 호칭으로 불리는 일이 많음이어요."

포프테마가 기분 나쁜 말투로 말했다.

이 몸이 아는 포프테마는 훨씬 면도날처럼 날카롭게 말하는 놈이었는데……

—넌 누구냐?

입에서 튀어나오려는 그 말을 직전에 멈췄다.

분명히, 그 말은 교섭이 끝날 때 해야 한다.

"그러서— 그보다도 본론으로 들어가지."

"잔챙이는 성급함이어요."

놈의 열 받는 태도에 바보 놈들이 날뛴다.

기가 약한 놈들이라면 위축되는 외침이나 창살을 두드리는 소리에도 놈은 시원스런 표정이었다.

"뜸들이지 마. 전에 펜드래건 애송이가 길드에 왔다고 전언을 준 것도 너잖아?"

포프테마 자식은 이 몸의 말에 대답하지 않고 초승달처럼 미소를 지었다.

"바라는 대로 무라사키에 들어가기로 정해졌다고 함이어요. 왕도 귀족들의 버림말이 되어서 만족임이어요?"

비웃는 말에 앞날을 읽지 못하는 바보 놈들이 소란을 떨었다.

여기서 열 받으면 이 자식이 판 함정에 걸리는 거다.

"닥쳐! 이야기가 끝날 때까지 입 다물고 있어라!"

창살을 걷어차면서 외치자 겁먹은 바보들이 조용해졌다.

간부 놈들은 처음부터 소란 떨지 않았다. 빈틈없이 포프테마와 거리를 재고 있는 모양이군. 손이 닿는 거리에 오면 붙잡아 인질 삼을 셈이겠지.

"조금 더 분노와 증오를 쏟아줬으면 좋았음이어요."

포프테마가 열 받는 표정으로 고개를 흔들었다.

"그래서? 여기까지 온 건 입막음인가? 아니면 거래냐?"

"그건 착각이어요."

포프테마가 넓은 소매를 뒤지면서 어깨를 으쓱거렸다.

"나하고 마인약 밀조자는 전혀 다른 쪽이어요."

그러면, 이 녀석은 뭣 때문에?

"요즘 들어, 미궁도시의 독기가 옅어져서 곤란한 참이어요."

"독기란 건 뭐야? 알 수 있는 말을 해라."

이 몸은 턱짓을 하면서 말을 재촉했다.

"배움이 없는 천민은 싫어짐이어요. —아아, 있었음이어요."

포프테마가 소매 안쪽에서 녹색 돌 같은 것을 꺼냈다.

—뭐지?

"소환 구슬이어요."

땅에 내던진 녹색 구슬이 깨지더니 안에서 흘러나온 검은 액체가 흉흉한 마법진을 그렸다.

"이어요이어요, 등장이어~요."

포프테마 자식과 같은 말꼬리의 기이한 녹색 형체가 나타났다.

거대한 눈알에 손과 날개와 꼬리가 달린 것 같은 묘한 생물이었다.

"—마, 마족."

감정 스킬을 가진 부하가 중얼거렸다.

마족치고는 위압감이 적다. 하급인가?

그러니까—.

"노란 옷의 동료냐?"

"동료라고 하면 동료임이어요. 오랜 옛날의 맹우 같은 질긴 인연이어요."

포프테마의 말에 눈알 마족이 크케케케 웃었다.

그 눈알 마족의 기행을 무시하고 포프테마가 그쪽으로 다가섰다.

"**분홍색**에게 빌려온 것이어요?"

"이어요이어요, 당연함이어~요."

눈알 마족의 옆에 나타난 검은 구멍에서 분홍색 만쥬 같은 덩어리를 꺼냈다.

그것을 본 순간에, 누가 심장을 움켜쥔 것처럼 오한과 공포가 솟아올랐다.

위험해.

저건 위험해.

눈알 마족 따위 비교도 안 될 정도로 위험한 거다.

"그건, 뭐냐?"

"참 좋은 감정이어요."

두려움을 억누르고 포프테마를 노려 보았다.

"슬라이이이이이이이임!"

건너편 감옥에서 슬라임 바보가 창살에 달라붙어 짖었다.

바보가…… 저런 게 슬라임일 리 없잖아.

"어허, 격자에서 손을 뻗을 정도로 탱글돌이를 갖고 싶은 것이어요?"

"줘어! 슬라임 내한테 줘어!"

포프테마가 눈알 마족에게 턱짓을 했다.

"얼르으은!"

"그만둬! 바보 자식!"

이 몸의 목소리가 안 들렸는지 슬라임 바보가 눈알 마족에게 분홍색 덩어리를 받았다.

"언제나, 내랑 같이."

놈이 매번 슬라임에게 하는 것처럼 입을 크게 벌리고 한입에 삼켜버렸다.

"우걱, 힘 넘쳐."

놈의 배가 불룩 부풀었다.

"쿠엑, 날뛰, 어고루부―."

슬라임 바보의 몸이 윤곽을 잃고 피부가 투명한 분홍색 점액질 안으로 퍼져 나갔다.

그리고 그대로 기세가 약해지지 않고 같은 감옥의 부하들을 집어삼켰다.

"우와아아아."

"사, 살려줘어어어어."

"두, 두모오오오옥."

부하들이 살려달라고 창살에서 손을 뻗었다.

"이어요이어요. 공포임이어~요."

눈알 마족이 즐거운 기색으로 날아다니며 손뼉을 쳐댔다.

분홍색 점액은 방 하나의 부하들을 삼키더니, 똘마니들의 감옥 쪽으로 촉수를 뻗었다.

"두목, 저 녀석들 살아 있어."

자칭 오른팔인 카스 말처럼 점액 안의 부하들은 산 채로 가죽이 녹으면서도 발버둥치는 손을 멈추지 않았다.

"당연함이어요. 탱글돌이는 생물에게서 공포와 고통과 증오를 짜내기 위한 것이어요. 죽이면 짜내지 못함이어요."

"이어요이어요. 착취임이어~요."

포프테마 옆에서 눈알 마족이 미친 듯이 춤을 추었다.

"어, 어째서 우리를 골랐지?"

이 몸의 옆에서 부하 한 사람이 외쳤다.

분명히 집어삼키는 것뿐이라면 일부러 길드의 감옥까지 안 와도 슬럼가로 충분하다.

"일반인은 너무 약해서 안 되는 것이어요."

포프테마 자식은 이미 시험한 모양이다.

"그래도, 마인약으로 반쯤 마물이 된 너희들은 튼튼함이어요. 동포를 계속 착취해 와서, 영혼도 적당히 썩어 있어서 딱 좋음이어요."

"이어요이어요. 최적임이어~요."

반쯤 마물이라……

내심 중얼거리며 내 괴상한 몸을 만졌다.

"탱글돌이 안에서 살아서 발버둥치며, 미궁도시를 독기로 오염시키는 것이어요."

"이어요이어요. 토대 다지기임이어~요."

포프테마의 말에 눈알 마족이 맞장구를 쳤다.

독기란 것이 뭔지는 모르겠지만, 이 녀석들을 보니 제대로 된 게 아니란 건 알겠다.

어떻게든 도망치지 않으면 최악의 죽음이 기다릴 것 같구만.

"독기란 건 뭘 위해서 모으는데? 뭣하면 모으는 걸 도와줄 수도 있는데?"

도망칠 단서를 찾으면서 이쪽을 공격하지 않도록 대화를 이어나갔다.

"당연히 폐하의 재림을 촉진하기 위함이어요. 굳이 도와주지 않아도—."

말하는 도중에 포프테마가 침묵했다.

잘은 모르겠지만, 폐하라는 건 국왕 아니었던가?

재림이 뭔지는 모르겠다. 아마 시가 국왕을 빠뜨리는 함정을 파는 느낌이겠지.

"—딱 좋게 영혼이 탁한 것이어요. 조금 증오가 너무 강함이어요만, 나쁘지 않은 느낌이어요."

무슨 말을 하는 건지 뜻을 모르겠지만, 이대로 점액에 먹히는 건 피할 수 있겠다.

"그것은 있음이어요?"

"이어요이어요. 선물임이어~요."

춤추던 눈알 마족이 움직임을 멈추고 포프테마에게 주머니 같은 걸 건넸다.

"짧은 뿔에 긴 뿔도 있음이어요. 마침 좋음이어요."

포프테마가 주머니에서 흉흉한 뿔 같은 것을 꺼냈다.

"선택지를 줌이어요."

놈은 그렇게 말하고 이 몸에게 긴 뿔을 던져서 건넸다.

이대로도 무기는 될 것 같지만, 받았을 때 감촉을 보니 무슨 마법 도구나 주술이 걸린 물건이겠지.

"그래서, 선택지라는 건?"

"간단함이어요. 그 뿔을 이마에 대고서 사소한 주문을 읊기만 하면 되는 것이어요."

"예속의 목걸이 같은 거냐?"

"참으로 실례됨이어요. 그것은 우리들의 신이 하사하신 신보 (神寶)임이어요."

—신보?

아티팩트란 것치고는 흉흉한데.

아까 그 탱글돌이란 것보다는 낫지만 오십보 백보다.

"적합하면, 마인약 따위하고는 비교도 안 될 정도로 강해짐이 어요."

"시가 8검보다도?"

"그 긴 뿔이라면, 될 수 있음이어요."

손에 쥔 긴 뿔을 보았다.

틀림없이 함정이다.

그러나, 시가 8검— 시가 왕국 최강의 검사보다도 강해질 수 있다.

그 말은 힘이야말로 모든 것인 세계에서 살아온 이 몸에게는 너무나도 매력적으로 들렸다.

"두, 두목?"

부하의 걱정스런 목소리를 무시하고 생각했다.

마인약조차, 인간의 형태를 무너뜨리는 부작용이 있었다.

그 이상의 힘을 얻을 수 있는 이 긴 뿔이라면 사람으로서 모든 것을 잃을 지도 모른다.

그러나, 그래도.

점액에 먹혀서 죽지도 못하는 고문 상태가 죽을 때까지 이어지는 것보다는 훨씬 낫다.

"싫으면, 탱글돌이에 먹혀 독기의 소체가 되어도 됨이어요?"

포프테마가 이 몸의 마음을 읽은 것처럼 도발했지만 코웃음을 쳤다.

"좋다, 써주지."

"두, 두목, 안 돼. 그것만은 안 돼."

부하의 목소리를 무시하고 포프테마에게 턱짓을 했다.

"주문을 말해라."

"근사한 각오와 악당의 얼굴이어요. 이 긴 뿔을 쓰는데 걸맞음이어요."

다른 사람에게 그런 말을 할 처지가 못 되는 사악한 표정의 포프테마 자식이 웃었다.

"이 긴 뿔에 적응해서 힘을 얻게 되면, 폐하를 만날 수 있음이어요."

"헹, 국왕 따위 알현하는 건 사양한다."

국왕에 대한 반역이라는 건 재밌겠지만.

시가 8검과 마음껏 사투를 벌인다는 것도 좋을지도 모르지.

"얼른 주문을 말해."

"『나의 증오를 양식 삼아 폭거의 힘을』— 의미를 모르면 곤란함이어요. 『증오를 먹이 삼아 힘을』이어요."

"열 받는 자식이야."

굳이 말을 고친 포프테마를 노려보며 뿔을 이마에 대고서 포프테마의 말을 반복했다.

물론 간단한 문언 쪽이다.

주문이 끝나는 것과 동시에 긴 뿔에서부터 온몸으로 격통이 퍼졌다.

격통과 함께 몸이 비틀어지는 것처럼 맥동했다. 냄새 나고 더러운 바닥의 차가움이 기분 좋다.

"그르RURUGA오우가아아."

귀에 거슬리는 비명이 감옥에 울려 퍼졌다.

"어디— 어떤 상대라도 멸할 수 있는 무적의 존재로 진화함이어요."

뼈가 우득으득 몸을 찢으며 튀어나오고, 이 몸의 몸이 인간이 아닌 무언가로 변했다.

"AAAAHHHHHW오오오오오오오."

시끄럽다고 소리친 비명이 내 목소리라는 걸 깨달은 것은 고통이 사라지기 시작한 다음이었다.

몸의 통증이 사라지기 시작하는 것과 동시에, 이번에는 세찬 강물 같은 감정이 쏟아져 들어왔다.

혐오, 분노, 원망, 질투, 증오, 어두운 사념이 이 몸의 마음을 다시 물들이려고 날뛰었다.

"얕BO지MAAAA라아."

자신을 덧칠하고 다른 무언가로 바꾸려는 힘에 저항했다.

"미적왕 루더만 님을 얕보지 마라!"

지저분한 천장을 향해서 전력으로 외쳤다.

이윽고, 이 몸을 집어삼키려던 어두운 사념이 맥동하면서 몸 안쪽으로 가라앉았다.

"놀랐음이어요. 설마 긴 뿔을 쓰고도 자아를 유지할 거라고 생각 못했음이어요. 이건 기쁜 오산이어요. 과연 희대의 대악당. 마음속까지 마족과 똑같은—."

포프테마 자식이 박수를 치면서 감옥으로 다가왔다.

—바보 자식.

이 몸은 칼날처럼 날카롭게 변한 발을 일심했다.

쇠창살과 함께 포프테마 자식이 상반신과 하반신으로 갈라져서 바닥에 넘어졌다.

그 꼴사나운 모습에 웃음이 치솟았다.

기분이 좋군.

그 기분에 빠지면서 하늘을 향해 웃어젖혔다.

"두, 두목?"

"몸이, 마물처럼."

"저, 저건, 마, 마족이다."

—마족?

그렇군. 이 몸은 마족으로 다시 태어났구나.

전능감이 이 몸을 감쌌다.

"사, 살려줘."

"루, 루더만 형님……."

부하들이 겁먹은 눈으로 이쪽을 보았다.

아아, 무척 기분 좋군.

이 녀석들이 울부짖는 목소리가 듣고 싶다—.

"정말이지, 난폭함이어요."

황급히 목소리가 나는 쪽으로 돌아보았다.

"어째서 살아 있냐?"

"이, 이래봬도 상급 마족 중 하나. 이 「의사체」가 죽어도, 성에서 눈을 뜨는 것뿐, 이어요."

포프테마가 피를 토하면서 큰소리를 쳤다.

"……이, 이상함이어요. 어째서 『의사체(擬似體)』를 버릴 수 없음, 이어요?"

"이어요이어요. 당연함이어~요."

당혹하는 포프테마를 내려다보면서, 눈알 마족이 깔보며 웃었다.

"—생각났다, 이어요."

하급 마족을 의심스럽게 올려다보던 포프테마가 피를 토하며 중얼거렸다.

"나는 마족에게 납치되어— 정신 지배를 당한, 것인가? 아니면 인격의 교체를—."

이해가 안 되는 혼잣말을 중얼거리던 포프테마의 눈동자가 빛을 잃었다.

"이어요이어요, 광대임이어~요."

눈알 마족이 팔을 휘두르자 분홍색 점액이 포프테마의 반송장을 삼켰다.

"어이, 눈알. 포프테마가 말한 폐하라는 건 누구냐?"

아무리 대국이라도 시가 왕국의 국왕이 사람을 마족으로 바꿀 수 있을 리가 없다.

"이어요이어요, 기본임이어~요."

"됐으니까 말해라."

눈으로만 웃는 눈알 마족을 걷어차면서 명령했다.

말할 것도 없지만, 일단 확인부터다.

"이어요이어요, 폐하임이어~요."

눈알 마족이 점액 위를 굴러다니며 웃었다.

점액이 촉수를 뻗어 눈알 마족을 휘감았다.

"이어요이어요, 마왕—."

눈알 마족이 말하는 도중에 점액으로 끌려들어가 순식간에 녹아 사라졌다.

역시, 폐하라는 건 마왕인가.

"……두목."

겁먹은 부하를 무시하고, 이 몸의 손톱으로 찢어낸 감옥의 창살을 벌리고 넓혀서 포프테마를 죽였을 때 떨어진 주머니를 집었다.

강철조차 찢어내는 손톱으로는 잘 들 수가 없어서, 찢어진 주머니 틈으로 몇 개의 뿔이 떨어져 땅에 데굴데굴 굴렀다.

아까 받은 긴 뿔과 훨씬 짧은, 짧은 뿔이라는 주구가 바닥에 떨어졌다.

이 몸은 몇 개를 주워 감옥 안에서 떨고 있는 부하들을 돌아보았다.

이거 즐거워지겠군.

각오가 있는 녀석은 함께 날뛰고, 각오가 없는 쓰레기는 점액의 먹이로 준다.

이 몸은 손바닥 위에 뿔을 내밀며 각오를 물었다.

"너희들은 어쩔 거냐?"

이 몸의 말에 부하들은──.

미궁도시 결전

"사토입니다. 거친 일은 식사가 끝난 다음에 했으면 좋겠어요. 기껏 맛
있는 걸 먹는 행복한 시간인데 소동을 일으키는 놈들에게는 철퇴를 내려
야 해요."

"우냐?"

"타마, 왜 그러는 거예요?"

포치의 의문스런 어조에 돌아보자 타마가 등을 쭉 펴고 귀를
세운 채 주위를 둘러보고 있었다.

—이 패턴은.

불길한 예감을 느끼며 레이더와 맵을 확대표시했다.

"어라라~? 어쩐지 길드 앞이 좀 이상한데?"

"직원이 뛰쳐나오고 있군, 화재라도 난 건가?"

여우 장교와 도존 씨의 목소리가 귀에 들어왔다.

나는 맵으로 발견한 정보에 눈이 뒤집혔다.

진짜냐—.

지하 감옥에 수감되어 있던 미적들의 빨간 광점 집단이, 어느
샌가 나타난 다른 거대한 빨간 광점—이라기보다 빨간 영역에
덮여서 지상으로 올라왔다.

맵의 상세 정보에 따르면 「탱글돌이」라는 이름의 슬라임 계통 마물 같았다.

"리자!"

나는 맵을 닫으며 일어섰다.

리자는 손에 든 꼬치고기를 입에 욱여넣고는 옆에 세워둔 마창을 잡았다.

"우뉴!"

"에허헤히이 커에어." ^{에머젠시인 거예요}

리자의 모습을 보고 긴급 사태를 짐작했는지, 타마와 포치가 맹렬한 기세로 눈앞에 있는 접시의 고기를 입에 욱여넣고 일어서더니 바닥에 둔 투구를 발끝으로 주워 올렸다.

두 사람 다 너무 많이 먹어서 볼이 빵빵하게 부풀어 올랐다.

"성가신 일인가?"

"위험한, 기색인데."

"어? 뭐야?"

탐색자들은 경험의 차이로 긴급 사태를 파악한 자와 못하는 자로 나뉘었다.

특히 신인 탐색자들은 느긋하게 식사를 계속 하는 사람도 많았다.

"우와아아아아아아아!"

"뭐, 뭐야 저거어어!"

지나가던 누군가가 외치는 것보다도 먼저 길드의 입구에서 분홍색 물이 솟아올랐다.

아니, 저건 아까 맵으로 발견한─.

"마스터, 거대 슬라임이라고 고합니다."

나나가 투구 벨트를 고정하며 무표정하게 말했다.

길드 앞의 광장에 흘러넘친 분홍색 물이 부르르부르르 파도 치더니 찰떡같은 모양으로 뭉쳐서 정지했다.

분홍색 거대 슬라임 옆에 상세 정보가 AR표시로 나타났다.

너무 거대해서 긴장했지만 레벨 40쯤 되는 슬라임 형태의 마물이었다.

스킬이나 종족 고유 능력으로 「재생 복원」, 「흡수」, 「증폭」, 「독기 생산」이란 것이 있었다.

마지막 「독기 생산」 말고는 그다지 신경 쓰지 않아도 되겠지. 마지막 것도 쓰러뜨린 다음에 내 정령광을 전개하면 별로 시간 안 걸리고 정화할 수 있을 테니까.

그보다도 이 분홍색 거대 슬라임을 길드에서 폭주시킨 게 누구인가가 중요하겠지.

그리고 그것은 내가 맵 검색을 하기도 전에 자주적으로 나타 났다.

"주인님, 뭔가 나왔습니다!"

"검은 그림자~?"

"이상한 갑옷 입은 사람인 거예요."

AR표시를 보니 아인 소녀들이 말하는 분홍색 거대 슬라임 뒤 에서 나타난 검은 그림자는 중급과 하급 마족이었다.

마족들이 도망치는 사람들을 내려다보며 홍소하고 있었다.

중급이 둘, 하급이 열 정도 된다.

맵을 보니 그 밖에도 서쪽 길드 안에서 어슬렁거리며 배회하는 하급 마족이 하나 있는 모양이지만, 그쪽은 아직 못 도망친 사람도 없는 것 같으니 보류해야겠다.

"서, 설마 마족?"

"마왕이 부활한 것도 아닌데, 저런 수의 마족이 나타나겠냐?"

아리사가 중얼거리자, 도존 씨가 질린 목소리로 부정했다.

"킹크리, 보이나?"

"잠~깐만 기다려요—."

그 도존 씨 옆에서, 대장이 망원경을 보며 여우 장교에게 물었다.

"—으엑, 정말로 마족이다. 게다가 정보가 안 보이는 게 둘 있어요. 가운데 커다란 거 둘— 아마 중급이겠는데요."

여우 장교의 말에 신인 탐색자들의 얼굴이 새파래지고 가게 안의 급사들과 함께 토끼처럼 도망쳤다.

"내가 죽을 자리는 여기인 모양이군."

에르탈 장군이 미스릴 검을 손에 들고 걸어갔다.

"길드장, 내가 시간을 벌지. 영창이 끝나면 나까지 한꺼번에 마족과 거대 슬라임을 태워 버리게."

뒤도 보지 않고 말하는 에르탈 장군의 모습이 이야기의 주인공 같아서 멋있다.

레벨 41의 장군, 레벨 37의 대장, 레벨 52의 마법사인 길드장, 레벨 43인 세베르케아 양이 있으면 그렇게 절망적인 상황

은 아닌 것 같긴 한데. 분위기가 깨지지 않도록 흐름을 타기로
했다.

감당하지 못할 것 같으면 내가 담당하면 되니까.

"정말이지 노인을 험하게 부려 먹는군."

길드장이 술기운 해소의 마법약을 마시며 불평했다.

"그래도, 당신이랑 같이 태우는 건 거절이야. 적당히 발을 묶
은 다음에 도망치라구."

"내가 신호할게."

길드장에 이어서 세베르케아 양이 말했다.

"따라와라, 바흐만."

"함께 가겠습니다."

대장이 에르탈 장군 뒤를 따랐다.

"나는 사양하고 싶은데~."

여우 장교가 머리를 감싸며 말했지만 평소처럼 꿀밤이 떨어
지지 않았다.

"킹크리, 미궁방면군에 전령으로 달려라."

"알았어요~. 각하랑 대장도 죽지 마요~."

경례한 여우 장교가 뛰쳐나갔다. 꽤 다리가 빠르네.

"……■ ■ ■ ■ 강철 수호."
<small>아이언 프로텍션</small>

세베르케아 양이 영창을 마쳤다.

강철이 들러붙는 것 같은 신기한 이펙트와 함께 기사복만 입
은 에르탈 장군의 방어력이 전신 갑옷 수준이 되었다.

물론 나도 그녀가 마법을 쓴 타이밍에 맞춰서 「물리 방어 부

여」를 걸었다.

세베르케아 양이 한순간 신기한 표정을 지었지만 나를 한 번 본 다음에 납득했다.

확인하면 괜히 그럴 것 같아서 패스했다.

"헤에, 이것이 예전 용사의 종자님이 쓰는 지원 마법이군─. 그러면, 길드장. 이 몸도 장군 각하를 도우러 갈게."

자기 가슴을 탕탕 두드린 도존 씨가 거대한 철 망치를 짊어지고 에르탈 장군의 뒤를 따랐다.

그의 말이 사실이라면, 세베르케아 양은 예전에 용사의 종자였나 보군.

다음 술자리에서 일화를 물어봐야지.

"라브나 공, 미티아 왕녀를 안전권으로 데리고 가는 김에 태수 각하께 이 사건을 전달해 주시겠어요?"

"알겠다!"

"기, 기다리거라, 라브나─."

내 부탁을 들은 바위의 기사가 미티아 왕녀의 작은 몸을 옆구리에 끼고서 주점에서 달려나갔다.

주점에 남은 「아리따운 날개」 두 사람에게는 근처 주민 피난을 부탁했다.

"그러면, 우리도 갈까?"

내가 말하자 동료들이 한순간 의표를 찔린 표정을 지었다.

준비 만전인 주제에 두고 갈 거라고 생각한 모양이군.

"그렇게 나와야지!"

"예, 주인님!"

"타마 힘 내~?"

"포치도 활약하는 거예요!"

"예스, 마스터."

"응, 맡겨둬."

"저도 열심히 저격할게요."

금세 평소의 모습을 되찾은 아리사가 외치자, 다른 애들도 입을 모아 기합이 들어간 말로 위세 좋게 외쳤다.

상대는 고작해야 레벨 30부터 40쯤.

중급 마족은 동료들보다도 레벨이 높지만, 건물 안의 하급 마족 하나 말고는 주의할 스킬이나 마법 계통 스킬을 가진 마족이 없으니까 내가 지원하면 문제없겠지.

그런데 어째선지 길드장이 막았다.

"기다려라, 사토."

"왜 그러시죠?"

얼른 지원하러 안 가면 에르탈 장군 일행이 크게 다칠 것 같은데.

"중급 마족은 하급하고는 한 차원 다르다. 상래 유망한 너희들을 이런 곳에서 잃을 수는 없어. 여기는 우리들 어른들에게 맡기고 태수와 합류해서 재기를 꾀해라."

길드장이 평소하고는 다른 사람처럼 어른스런 태도로 말했다.

그녀의 결사적인 표정을 보니 에르탈 장군과 마찬가지로 여기서 마족들이나 거대 슬라임에게 패배할 거라고 생각하나 보다.

"괜찮습니다."

나는 그녀들을 안심시키듯 웃었다.

중급이라지만 마핵을 노려서 베면 요정검으로도 일격이고, 하급하고 다른 건 레벨 정도니까.

"자만심은 신세를 망친—."

"조나. 됐으니까 보내줘."

세베르케아 양이 길드장의 말을 막으면서, 우리들에게 가라는 제스처를 보여주었다.

어쩐지 길드장이 세베르케아 양에게 화를 내고 있었지만, 다투는 걸 보고 있을 정도로 느긋한 상황이 아니니까 동료들을 데리고 주점 밖으로 나섰다.

어째선지, 길드 앞 광장의 땅이 점점이 타고 있었다.

◆

"주인님, 옵니다!"

리자가 올려다보는 방향에서 무수한 화염탄이 포물선을 그리며 날아왔다.

그것들은 우리들과 떨어진 장소에 착탄하여 영화에서 본 네이팜탄처럼 땅을 태우며 퍼지더니, 그대로 검은 연기를 올리며 타오르고 있었다.

검은 연기 탓에 시야가 나쁘지만, 주위를 둘러보니 길드 앞 광장 여기저기서 탐색자로 보이는 사람들이 하급 마족이나 하급 마족이 뿌린 시종들과 싸우는 모습이 보였다.

미궁도시라는 지역색 탓인지 용맹한 사람이 많은 모양이다.

피투성이가 되어가면서도 웃으며 싸우는 배틀 중독자가 여기 저기 있었다.

개중에는 빈사의 중상을 입고 쓰러진 자도 있어서 「이력의 손」이 닿는 범위에 있는 사람은 「이력의 손」을 경유해서 마법약을 뿌려 억지로 회복시켰다.

"주인님, 그렇게 화려한 짓을 해도 괜찮아?"

"그래, 괜찮아."

아리사는 눈에 띄는 것을 싫어하는 내가 신기한 기술을 듬뿍 쓰는 걸 걱정해준 모양이다.

신처럼 세계를 내려다보는 존재가 있다면 모를까, 보통 사람은 「누군가가 마법약을 뿌려주었다」 혹은 「어디선가 회복 마법을 써주었다」 정도로 인식하겠지.

"우오오오오오! 난 아직 싸울 수 있다!"

"괴물들을 쓰러뜨려라아아아아!"

개중에는 자기 실력도 생각지 않고 마족에게 다시 도전하는 자도 있었지만, 그런 자살 지망자는 무시하고 주위를 둘러보았다.

에르탈 장군 일행은 이미 선봉의 중급 마족과 싸움을 시작하고 있었다.

이렇게 보니 중급 마족은 상당히 크다.

에르탈 장군도 꽤 키가 큰데도 그 2배는 된다.

AR표시를 보니 검은 곤충 같은 외골격을 가진 중급 마족은 레벨이 44나 된다.

"주인님, 저기~?"

타마가 가리킨 곳에 거대 슬라임 후방에서 대기하고 있는 도마뱀 형태 하급 마족이 있었다. 뒤로 젖힌 목이 불길한 빨간색으로 빛나고 있었다.

아까 그 네이팜 같은 것의 사선을 역산해 보면 저 녀석이 범인이겠군.

또 한 마리. 여덟 팔의 은색 중급 마족이 호위로 붙어 있어서 길드 앞 광장에 있는 탐색자들도 손을 대지 못하는 모양이다.

그리고, 지금 그야말로 하급 마족이 다음 탄을 뿌리려는 참이었다.

"아와와, 위험이 핀치인 거예요!"

포치가 허둥지둥 당황했다.

—그렇겐 못하거든?

나는 스토리지에서 꺼낸 자갈을 하급 마족의 붉게 빛나는 목을 향해서 투척했다.

그 충격으로 뭔가 일어났는지 하급 마족의 목이 파열되더니, 틈새로 뿜어져 나온 네이팜 같은 것이 주위의 마족에게 인화되어 일이 참 재미있어졌다.

"주인님, 옵니다."

리자의 경고에 시선을 돌리자 대각선 전방에서 하급 마족이 접근하고 있었다.

—DERIDERIDELYEEN.

하반신이 거미, 상반신이 사마귀 같은 여성형 마족이 기괴한 소리를 외치며 덮쳤다.

4개 있는 사마귀의 팔은 모두 검이나 도끼 같은 무기로 되어 있었다.

"아킬레스 헌터~?"

"타앗, 인 거예요!"

타마와 포치가 축이 되는 다리를 공격하려고 마족의 발밑으로 뛰어들었다.

"마인이여, 내 창에 깃들라―."

리자가 마창에 마인을 두르고 마족의 정면에서 돌격했다.

그 옆에는 대형 방패를 든 나나가 조금 뒤쳐져서 따르고 있었다.

발을 멈춘 마족이 네 팔을 뻗어 네 사람에게 휘둘렀다.

"몰래 『격리벽^{데라시네이터}』."

마족의 팔이 아리사가 만든 장벽에 막히고, 그 틈으로 타마와 포치가 마족의 앞 다리를 베어냈다.

마족의 회색 가슴이 8개로 갈라지더니, 8개의 가시가 되어 리자와 나나를 노렸다.

"죠로구모^{#5} 같은 매력이 없다고 비평합니다!"

나나가 도발 스킬을 실은 수수께끼 발언을 외치자, 리자를 노리던 가시가 모두 나나로 표적을 바꾸었다.

#5 죠로구모 일본의 거미 요괴. 인간 여자로 변신해서 남자를 홀려 잡아먹는다. 거미의 몸 위에 아리따운 인간 여자의 상반신이 달린 모습으로 묘사되기도 한다.

이술의 자유 방패와 신체 강화로 힘이 늘어난 나나의 대형 방패가, 8개의 가시를 꺾어내면서 튕겨냈다.

대형 방패와 자유 방패의 바깥쪽으로 흘러간 가시가 두꺼운 돌바닥을 부수며 파고들었다.

"—나선창격!"

리자의 필살기가 마족에게 뿜어져 거미의 몸통을 깊숙이 찔러 꿰뚫었다.

—DERIDERIDELYEEN.

리자가 마족의 비명에 눈썹도 까딱 않고서 창을 더욱이 비틀자, 창 주위를 나선형으로 회전하고 있던 마력의 칼날이 파고들어가 마물의 몸을 더욱 깊숙하게 파헤쳤다.

"에잇!"

루루가 뿜어낸 휘염총의 탄환이 겹눈인 마족의 오른쪽 눈을 꿰뚫었다.

"…… ■ ■ <ruby>혈액 폭산<rt>블러드 블래스터</rt></ruby>."

미아의 물 마법이 마족의 피에 간섭해서는, 피의 칼날이 되어 상처를 벌리고 머리 부분을 폭발시켰다.

요전에 「파란 사람」 이야기에서 떠올라 만든 흡혈귀풍 체액 간섭 마법인데, 이건 미아한테 말해서 봉인해야겠군.

왜냐면 너무 스플래터라서 악몽을 꿀 것 같은 느낌이니까.

—DERIDERIDELYEEEEEN.

사람 모양의 상반신은 힘없이 늘어졌지만, 거미의 하반신은 둘로 갈라지며 커다란 송곳니를 드러냈다.

"……■■■■■. 뜨거운 거 간다!"

영창을 마친 아리사가 동료들을 향해 외쳤다.

"실드 배쉬로 넉 백이라고 선언합니다."

나나가 대형 방패를 거미의 몸에 때려 박아 마족을 후퇴시키고, 반동으로 나나도 마족과 거리를 취했다.

리자는 화려한 백스텝으로 거리를 벌리고, 포치는 땅을 구르며 사사삭 마족에게서 떨어졌다.

타마는 어느샌가 내 옆에 돌아와 있었다.

마치 닌자 같군.

블래스트 샷
"호화탄!"

갈라진 입에 아리사가 뿜어낸 단일 개체 공격용 중급 불 마법이 뛰어 들어가 마족을 안쪽에서부터 태워 버렸다.

이 정도 공격을 먹고서도 마족의 체력은 아직 40퍼센트 정도밖에 안 줄었다.

하급이라도 마족이라서 꽤나 터프하군.

"루루, 마핵을 노려."

"아, 네!"

아리사의 공격으로 드러나 있던 마족의 마핵을 루루가 저격했다.

"튕겨났네."

"아아, 무슨 장벽이 있나 보다."

아리사가 지적한 것처럼, 휘염총의 탄환이 마핵에 명중하기 직전에 붉은 빛이 감싸 가로막혔다.

나는 손 안에 꺼낸 돌멩이를 손목의 스냅으로 던져봤다.

자갈이 명중하기 직전에도 마찬가지로 막이 나타나 돌멩이를 부쉈지만, 돌멩이 파편에서 운동 에너지를 다 빼앗지 못했는지, 산탄이 된 돌멩이 파편에 마핵이 산산 조각 났다.

"까만 안개~?"

"안개가 돼서 사라져 버린 거예요."

마핵이 부서진 마족이 평소처럼 검은 안개가 되어 사라져 버렸다.

타마와 포치는 시체가 남지 않아 아쉬워 보였다.

요즘에는 마물 고기에 저항이 없어졌지만, 그래도 반 정도 사람 모양인 것은 먹기 싫다.

"젊은 나리! 옆이야!"

뒤에서 누군가 외쳤다.

우리 근처에서 싸우던 적철의 탐색자가 피를 뿜으며 쓰러지는 모습이 보였다.

싸우고 있던 상대는 보이지 않았다.

"상대는 모습을 감춘다!"

피투성이로 쓰러진 탐색자를 구출하던 중년 남성이 충고했다.

미궁에서 쓰러뜨린 카멜레온 미적 같은 녀석인가?

나는 요정검을 뽑아 들어 보이지 않는 마족을 일도양단했다.

—GUHEOOOOH.

마족이 마지막 비명을 남기고 검은 안개가 되더니 소프트볼 만한 마핵을 남기고 사라졌다.

"과연 주인님이십니다."

"그레이트~?"

"주인님은 굉장히 굉장한 거예요."

"마스터를 절찬한다고 고합니다."

아아, 그런 건 싸움이 끝난 다음에 하자.

레이더에 비치는 데다가 AR표시가 따라다니니까 어디 있는 지 알았거든.

뒤에서 「굉장하다. 어떻게 보이지 않는 적을……」이나 「일격으로 마족을……」 같은 목소리가 들렸다.

변명은 나중에 하고, 일단 아까 조언해준 것에 감사하는 제스처를 해뒀다.

"다음, 왔어~?"

"쓱싹쓱싹 간다~."

우리는 하급 마족을 해치우면서 에르탈 장군 곁으로 향했다.

동료들의 훈련에 집중하면 주변 피해가 늘어날 것 같기에, 동료들의 공격 사이로 몰래 일격을 넣어 전투 시간을 단축했다.

"저 녀석들, 정체가 뭐지?"

"여자랑 아이들뿐인데, 제릴이나 자리곤네 수준이야."

"모르냐? 저 녀석들은 길드장의 비장의 패야."

"술이랑 안주로 주정뱅이 길드장한테 아첨을 떤 건가 했는데, 이 정도 실력이라니!"

우리들 싸움을 본 탐색자들의 목소리가 들렸다.

다들 만신창이였다.

레벨로 봐서 마족보다 강해야 할 탐색자들도 큰 상처를 입은 사람이 많았다.

마족은 보통 마물보다 만만찮은 모양이군.

"이거 마법약이에요. 써주세요."

"메, 메이드가 어째서 이런 곳에?"

"감사……하지."

방치하면 죽을 것 같은 사람에겐 루루에게 말해서 마법약을 나눠줬다.

배포용 희석 마법약이지만 응급 처치 정도의 효과는 있겠지.

그리고, 아까랑 달리 거리가 가까우니까 「이력의 손」 경유로 마법약 살포는 자중했다.

"위험해! 뒤다!"

약을 마시던 탐색자 한 명이 외쳤다.

루루의 등 뒤에서 곰처럼 덩치가 큰 하급 마족이 덤벼들었다.

물론 곰 형태 마족의 접근은 알고 있었지만, 「이력의 손」만 준비하고 그대로 지켜보고 있었다.

루루는 옆에 놓아둔 휘염총을 잡을 시간이 없다고 보더니, 금세 다른 행동으로 이행했다.

"—에잇!"

루루의 귀여운 기합과 함께 곰 형태 마족이 하늘을 날았다. 엘프의 마을에서 배운 호신술이다.

곰 마족도 가녀린 루루에게 날려갈 줄은 생각 못했는지 반격도 잊은 표정으로 땅을 굴러갔다.

"굉장해……."

"메이드는, 굉장하구만."

"그냥 메이드가 아닐지도 몰라."

"그럼 뭔데?"

"메이드중의 메이드, 전설의 메이드 왕이 틀림없다."

비현실적인 광경에 탐색자들이 현실도피를 시작해 버렸다.

도피는 그렇다 치고, 루루는 여자애니까 「왕」이 아니라 「여왕」
이잖아.

—GUROROROWN.

곰 형태 마족이 분노의 포효를 질렀다.

"다음 사냥감은 저 녀석이야!"

"알겠다!"

아리사의 포커싱에 아인 소녀들이 곰 형태 마족에게 쇄도했다.

루루도 손을 탁탁 털고 휘염총을 쥐었다.

자신을 바라보는 탐색자들의 시선에 루루가 겁을 먹은 듯 한
걸음 물러섰다.

"—저, 저기?"

루루는 당황하면서 메이드풍으로 인사를 하고 동료들한테 도
망치듯 달려갔다.

"우리도 질 수는 없지."

"고참 탐색자의 오기를 보여주마!"

""""그래!""""

그들의 현실도피가 끝난 모양이다.

기합을 넣는 건 좋지만, 목숨은 소중히 다루며 싸우면 좋겠네.

◆

『그게 다냐! 아저씨!』

"—각하!"

쨍쨍 울리는 목소리와 대장의 굵직한 목소리가 앞쪽에서 들렸다.

나는 눈앞의 시야를 가로막는 마족을 옆으로 차서 날려버리고, 뒷일은 동료들에게 맡긴 뒤 앞으로 나섰다.

아무래도 이 마족과 싸우는 동안 에르탈 장군이 위기에 빠진 모양이다.

나와 세베르케아 양의 방어 마법 부여만 가지고는 중급 마족과 싸우기에는 부족했던 거겠지.

"못 한다!"

『잔챙이는 찌그러져 있어!』

대형 방패를 든 대장이 에르탈 장군을 커버하러 들어갔지만 딱정벌레 같은 외골격의 마족이 걷어차 날아가 버렸다.

도존 씨는 제일 먼저 장외로 날아가 버렸는지, 조금 떨어진 곳에서 미인 신관에게 치유 마법을 받고 있었다.

『찾았다, 펜드래건.』

내 쪽으로 고개를 돌린 마족이 그렇게 말했다.

마족치고는 말꼬리도 평범하고 유창하다.

"미안하지만 마족 중에 아는 사람 없는데."

그렇게 농담처럼 말하며 에르탈 장군이 마법약을 마실 시간을 벌었다.

덤으로 맵을 조작해서 마족의 상세 정보를 열었다.

아까는 마족들의 레벨과 특수 능력만 확인했단 말이지.

『이 얼굴을 잊었냐?』

따각 소리가 나면서, 외골격의 투구 면갑이 열리고 안에서 인간족 같은 얼굴이 나타났다.

조형은 사람이지만, 검은색에 가까운 암적색 피부라서 갑옷을 입은 인간족으로 보이진 않는다.

그러나, 그 얼굴은 낯이 익었다.

"ㅡ루더만."

내 말에 미적왕 루더만이 씨익 입가를 올렸다.

AR표시에 나온 정보에 시선을 주었다.

종족은 「마족」, 「마인」으로 2중 표시가 됐지만 이름은 루더만이었다.

아마도 전에 루더만이 말했던 노란 옷ㅡ 노란 피부 마족 일당이 사람을 마족으로 바꾸는 「짧은 뿔」이나 「긴 뿔」을 준 거겠지.

루더만 말고 다른 마족은 평범하게 종족 「마족」이며 이름은 없었다.

눈 깜빡 하는 시간도 안 되는 동안에 생각을 마치고, 싸움을 병행하면서 맵 검색으로 해당 인물을 찾았다.

그럴 듯한 존재는 없었다. 근처에 녹색 귀족이 있었지만 아무래도 거대 슬라임 뱃속인 것 같다.

그밖에는 짐작이 안 가니까 이 녀석한테 물어봐야지.

"언제부터 인간을 관두고 마족이 됐지?"

『방금 전이야.』

루더만이 오른팔을 도끼 형태로 바꾸었다.

꽤 재주가 좋네.

"누구에게 **뿔**을 받았지?"

내 질문에 루더만이 징그러운 웃음을 지었다.

『지금의 이 몸에게 이기면 가르쳐주지.』

아무래도 내 질문에 대답할 생각은 없나 보다.

『너에겐 빚이 있지. 편히 죽을 생각은 말아라.』

루더만이 혀로 입술을 핥으면서 선언했다.

『사지를 뭉개서 움직이지 못하게 한 다음, 네 눈앞에서 꼬맹이들을 순서대로 죽이고 여자를 유린해주마.』

─좋아, 죽이자.

루더만의 도발에 무심코 어수선한 생각이 뇌리를 스쳤다.

"충고 하나 해도 될까?"

『뭐냐? 부끄럼도 모르고 목숨을 구걸한다면 들어줄 수도 있는데?』

"─면갑은 닫는 편이 좋아."

내 충고 직전에, 미아의 물 마법 「자극 안개」가 루더만의 얼굴에 작렬했다.

『크오오오오오오!』

마족이 되어도 통각은 있나 보군.

『죽여주마! 죽여주겠어, 펜드래건!』

"할 수 있을까?"

에르탈 장군과 대장은 회복이 끝난 모양이다.

도존 씨는— 시선을 돌렸지만 아까까지 있던 그와 신관의 모습이 안 보였다.

『—주인님.』

아리사에게서 공간 마법 「원거리 통화」가 닿았다.

『슬라임이 움직이기 시작했어. 이동은 안 했지만 촉수를 뻗어서 죽어가는 사람들을 삼키고 있어.』

아리사의 말에 병렬 사고로 루더만과 대화하며 슬라임의 반투명한 몸을 보았다.

슬라임 바닥 쪽에 수십 명의 사람이 보였다.

맵으로 상세 정보를 확인하자 대부분이 생존한 것을 알 수 있었다.

신기하게도 빈사 상태까지 체력 게이지(HP)가 줄어들면 일정 치까지 회복한다.

아마도 슬라임이 가진 「재생 복원」 스킬 때문이겠지.

그리고 그 이유는 슬라임 옆에 AR표시되는 「독기 생산」이란 종족 고유 능력과 삼켜진 사람들의 고통스런 표정이 모두 이야기해주고 있었다.

아마도, 저 사람들은 독기를 생산하기 위한 재료겠군.

『한눈팔지 마라아아아아!』

호쾌하게 휘두르는 검은 광택의 도끼를 요정검으로 받아 흘렸다.

시험 삼아서 도끼와 접촉하는 부분을 핀포인트로 지키는 마인을 쳐봤다.

마력 조작이 어렵지만 소비 마력은 보통 마인보다 적었다. 오차 정도지만.

『으라아아아!』

참격에 이어서 날아온 루더만의 차기를 수직으로 뛰어 회피했다.

그때 뒤에서 대기하던 동료들도 참전했다.

"아킬레스 헌터~?"

"슬래쉬, 인 거예요!"

타마와 포치가 정석에 따라 다리를 공격하려고 루더만의 발치로 뛰어들었다.

동시에 리자가 견제로, 차는 다리의 허벅지를 마창으로 노렸다.

"위험해!"

루더만의 엉덩이에 돋아난 마족의 짧은 꼬리가 갈라져서 타마와 포치를 머리 위에서 관통하고자 쏟아졌다.

나는 황급히 막으려고 「이력의 손」을 뻗었지만 그건 너무 과보호였나 보다.

"긴급 회피~?"

타마가 포치를 걷어차서 그 기세로 둘 다 꼬리의 비를 피해냈다.

가시 돋친 꼬리가 돌바닥을 꿰뚫고 잔해와 흙먼지를 주위에 뿌렸다.

그래도 공격을 멈추지 않았던 리자의 찌르기가 루더만에게 쇄도했다.

루더만은 축이 되는 다리로만 도약해 리자의 찌르기를 피하면서 오버헤드 킥처럼 공중에 있는 나를 걷어차려고 했다.

—마침 잘 됐군.

나는 루더만의 차기를 제대로 맞아서 거대 슬라임 쪽으로 날아갔다.

"""주인님!"""

동료들의 비통한 목소리에 가슴이 아프지만 이건 일부러다.

『—괜찮아?』

『그래, 물론이지.』

아리사가 원거리 통화로 물었다.

『무사~?』

『다행인 거예요.』

원거리 통화에 타마랑 포치의 목소리까지 들렸다.

걱정 끼쳐서 미안하다고 말하기 직전에 거대 슬라임에 격돌했다.

옷이 녹으면 싫으니까 격돌 직전에 마력 갑옷을 쳐서 침식을 막았다.

『상급 공간 마법 「전술 대화」로 바꿨어. 전투중에는 이쪽이 편리하잖아.』

『좋은 판단이야.』

아리사의 기지를 칭찬하면서 레이더를 확인했다.

이쪽으로 전력 질주하던 리자의 마커가 멈추고 동료들 쪽으로 돌아가는 게 보였다.

아무래도 걱정 끼친 모양이군.

『마스터, 전투 지시를 희망합니다.』

나나의 말에 레이더의 광점을 확인했다.

에르탈 장군 일행이 나랑 교대해서 전투에 복귀한 모양이다.

『정면은 대장이랑 장군에게 맡기고, 리자가 지휘해서 철저하게 견제에만 집중해.』

『알겠습니다.』

마족화한 루더만은 동료들보다 레벨이 높으니까, 내가 없는 장소에서 직접 정면에 세우는 건 피했다.

『이 슬라임이 삼킨 사람들을 구출하면 돌아갈게.』

『도울래.』

『미아는 다른 애들 지원을 부탁해.』

슬라임의 중심 부근에서 멈춘 나는 구출해야 할 사람들을 맵으로 마킹했다.

생각보다 많군.

원형을 유지한 사람은 모두 생존한 모양이다.

그렇지만 이대로 느긋하게 슬라임을 헤치면서 구하다가는 머지않아 희생자가 나와 버릴 거야.

나는 맵의 3D 표시로 마커의 위치를 확인하면서, 열 손가락 끝에 길고 가는 마인을 뻗었다.

—참(斬).

붉고 가는 선이 안쪽에서 슬라임을 비추더니, 다음 순간 절명한 슬라임이 분홍색 액체가 되어 땅에 퍼졌다.

"슬라임의 핵을 없앴다! 어서 부상자를 옮겨!"

뒤에서 살피고 있던 길드 직원과 탐색자를 향해 외쳤다.

이 슬라임은 어째선지 핵이 없었지만, 그런 건 상관없을 정도로 잘게 다져서 쓰러뜨렸으니까 외부에서 본 사실은 같겠지.

—저건.

시선 끝에 상반신만 남은 녹색 귀족이 쓰러져 있었다.

주위를 둘러봤지만 그의 하반신은 보이지 않았다. 아마 슬라임이 녹여버린 거겠지.

싫은 사람이고, 상황을 보면 루더만 일당을 마족으로 바꾼 장본인인 것 같지만, 죽어가는 자를 버리는 건 좀 켕긴다.

나는 그의 상반신 근처로 가서 상처에 중급 마법약을 뿌리며 마법란에서 선택한 중급 회복 마법을 거듭해서 걸었다.

아무리 그래도 잃어버린 하반신이 돋아나는 기적은 일어나지 않았다.

"펜드래—."

미약하게 눈을 뜬 녹색 귀족이 말하는 도중에 내 팔 안에서 힘이 빠졌다.

정신을 잃은 모양이다. 「욕 먹으면 오래 산다」란 말이 있는데 빈사 상태에서 살아남은 모양이다.

심문은 나중에 하고, 지금은 달려온 길드 직원에게 녹색 귀족의 신병을 떠넘겼다.

『주인님, 헬프!』

아리사의 구원 요청에 동료들 쪽으로 달려갔다.

네이팜 도마뱀 마족을 호위하던 은색 중급 마족이 동료들을 궁지에 몰고 있었다.

아인 소녀들을 가볍게 후려서 땅에 넘어뜨렸다.

추가 공격을 하려는 은색 중급 마족을 막고자 나나가 아인 소녀들 앞을 막아섰다.

은색 중급 마족의 팔 8개의 참격이 나나의 자세를 무너뜨리고, 이어서 찌르기가 나나의 얼굴에 다가갔다.

—위험해!

나는 중급 마족의 얼굴에 섬광 구슬을 던졌다.

신인 탐색자 교습에서 도존 씨에게 받은 것이다.

섬광이 주위를 하얗게 물들인 한순간에 축지를 사용해서, 섬광이 사라지기 전에 중급 마족의 팔을 걷어차고 본래 위지로 돌아왔다.

중급 마족의 팔이 찢어지면서 날아가 길드의 첨탑 하나를 쓰러뜨렸지만, 필요경비라고 생각해야지.

첨탑 하나보다도 나나가 크게 다치지 않은 게 중요하다.

"마족!"

─KILLKWYEEELKILLLLLL.

내 도발 스킬을 실은 외침에 은색 중급 마족이 돌격했다.

온몸이 검으로 만들어진 모습이었다.

7개의 팔이 펼치는 연속 찌르기를 요정검으로 흘려내며, 동료들이 마법약을 마시고 태세를 바로잡는 것을 지켜보았다.

그건 그렇고, 레벨 40이라는 걸 믿기 어려울 정도로 날카로운 찌르기다.

우리 애들이 고전하는 것도 이해가 되네.

"사토 공, 마족과 거리를 벌려라!"

감탄하면서 공격을 흘려내고 있는데 후방에서 세베르케아 양의 외침이 들렸다.

나는 은색 중급 마족의 랜스 같은 손을 붙잡고 원심력의 도움을 빌어 길드장 쪽으로 날아갔다.

"⋯⋯■■ 호염구!"

길드장의 목소리와 함께 작열의 포탄이 홍련의 소용돌이를 일으키며 날아갔다.

나는 「이력의 손」을 뻗어서 착지와 동시에 도망치려고 하는 은색 중급 마족을 공중에서 붙잡았다.

꼴사납게 공중을 차는 포즈 그대로, 호염구가 명중하여 불꽃과 폭풍이 주위에 흩어졌다.

어마어마한 열기가 흘러왔다.

여파의 불꽃과 열로 화상을 입을 정도였다.

"─해치웠나!?"

길드장의 괜한 한 마디가 플래그를 세웠다.

불꽃 속에서 발버둥치는 은색 중급 마족은 아직 체력 게이지가 반 이상 남아 있었다.

나는 불꽃을 눈가리개 삼아서 축지로 접근하여, 마인을 두른 돌 창으로 은색 중급 마족의 마핵을 꿰뚫어 쓰러뜨렸다.

"고맙습니다, 길드장!"

나는 불꽃과 함께 검은 안개가 되어가는 마족을 확인하며 멀리 진지에서 긴 지팡이를 겨눈 길드장에게 인사를 했다.

그녀 덕분에 「단독으로 중급 마족을 쓰러뜨린다」라는 문제 행동은 넘어갈 수 있었다.

"기다리셨습니다, 주인님."

"상처는 괜찮니?"

치료를 마친 우리 애들이 달려왔다.

"구원이 늦어서 미안."

"아뇨, 저희들이 모자란 탓에─."

"그런 건 나중에! 장군의 중급 마족 토벌을 돕지 않으면 이제 슬슬 위험해."

내 사과에 사죄로 응하는 리자를 아리사가 딱 잘라 말해 가로막았다.

"그쪽은 됐어. 그보다도 저쪽을 부탁한다."

나는 아리사에게 하급 마족 상대로 고전하는 탐색자들을 가리켰다.

이제 곧 지원군이 오겠지만, 방치하면 그 전에 힘이 다할 것 같으니까.

"오케이! 장군 쪽은 괜찮아?"

"그쪽은 내가 지원하고 올게."

쥐를 괴롭히는 고양이 같은 루더만을 보면서 말했다.

◆

"교대하죠. 마법약으로 회복해 주세요."

루더만의 도끼가 돋은 팔을 요정검으로 받아 흘리며, 가쁘게 숨쉬는 에르탈 장군에게 말했다.

"미, 미안하군. 펜드래건 경!"

『놓칠 것 같냐!』

루더만이 후퇴하는 에르탈 장군에게 마무리를 지으려고 내 머리 위를 뛰어넘으려 했다.

그것을 땅에서 돋아난 돌기둥이 방해했다.

아마 뒤에 있던 세베르케아 양의 마법이겠지.

짜증을 내며 돌기둥을 파괴한 루더만에게, 이번에는 굉음을 울리며 거대한 불덩이가 날아갔다.

『칫, 아까부터 번거로운 할망구들이군!』

루더만이 몸의 전방에 검은 장벽을 펼쳐서 「호염구」로 보이는 불덩어리에 버텼다.

레벨 52의 전업 마법사가 쓴 거라 그런지 루더만의 장벽을 일격으로 부수고 놈의 딱정벌레 같은 외골격을 변색시켜 온몸의 관절에서 김이 피어올랐다.

"—한눈 팔아도 되나?"

그대로 보고 있으면 길드장이 진치고 있는 장소에 쳐들어갈 것 같기에 루더만의 측면에서 베어 들어갔다.

놈은 도끼가 돋은 팔로 요격했지만, 그것을 받아 흘리고 팔을 중간부터 절단해 버렸다.

꽤 단단하지만 접촉하는 순간에 마인을 두른 요정검이라면 여유롭다.

『네놈, 정체가 뭐냐?』

루더만이 거칠게 소리쳤다.

마족이 되어서 쨍쨍 울리는 음질로 변한 탓에 박력이 없단 말이지.

"귀족이고, 적철의 탐색자, 인데?"

『저 에르탈의 미스릴 검으로도 상처 하나 안 나던 이 몸의 팔을 일격으로 베어 내는 네놈의 정체를 묻는 거다!』

그렇게 단단한 녀석이었나?

주먹이랑 차기로 거리를 취하려는 루더만의 품에서 떨어지지 않고 시간 벌기에 전념했다.

"길드장의 불 마법으로 물러진 거 아냐?"

『헛소리!』

나는 적당히 대답하면서 에르탈 장군이 전선으로 돌아오는 걸 레이더로 확인했다.

루더만이 계속 단단하면 앞으로 귀찮아 지니까 견제처럼 보

이는 참격으로 루더만의 몸 표면에 무수한 상처를 내서 약화시켜 두었다.

"기다리게 했군, 펜드래건 경."

"길드장의 마법으로 마족의 장갑이 약해진 것 같습니다."

"그거 잘 됐군."

피로가 짙은 얼굴의 에르탈 장군이 대답했다.

지친 것 같으니 얼른 결판을 내야지.

나는 에르탈 장군을 공격하려는 루더만을 방해하고, 루더만이 공격을 회피하려고 하는 걸 방해했다.

『치이이이잇, 너희들 도와라!』

루더만이 살아남은 마족을 향해 외쳤다.

그러나 거기에 대답할 마족은 이미 남지 않았다.

"외도에 떨어진 몸을 후회해라!"

에르탈 장군의 검이 루더만의 한쪽 다리를 깊게 베었다.

견디지 못하고 무릎을 짚은 루더만에게 세베르케아 양의 「강천창금(鋼天槍衾)」 마법이 작렬하여, 땅에서 돋아난 은색으로 빛나는 무수한 창이 찔러 들어갔다.

『크오오오오오OOOOWH!』

루더만이 머리를 젖히며 포효했다.

그때 마법의 포탄 여러 개가 덮쳤다.

"이제야 왔구나─."

광장 너머에서 미궁방면군의 대형 골렘이 다가왔다.

지금 그건 대형 골렘이 옮기는 마법사들의 마력포였다.

그리고 태수의 성이 있는 동쪽에서는—.

"—참암검!"

붉은 빛을 끌면서 나타난 바위의 기사가 루더만의 허리에 필살기를 때려 박았다.

바위의 기사 뒤에는 태수의 호위기사 한 명이 뒤따르고 있었다.

다른 세 사람의 호위기사들은 태수를 지키기 위해 남은 모양이다.

"시가 왕국 제식 검술— 오의 『앵화일섬(桜花一閃)』."

더욱이 바위의 기사 반대편에서, 마인을 만든 태수의 호위기사가 옆으로 휘두르는 필살기를 펼쳤다.

검에서 흩어지는 희미한 붉은 빛의 파편이 벚꽃 잎처럼 흩어졌다.

꽤 예쁜 기술이네. 다음에 흉내 내볼까.

두 사람의 후방에서 마력포를 실은 짐마차를 미는 위병들이 포열을 갖추는 모습이 보였다.

제법 우세해졌군.

애니라면 주제가의 BGM이 흘러나올 법한 느낌인가?

『자아안채AAANG이들이이IIIIIWH.』

외치는 루더만의 얼굴에 크고 작은 불덩이가 명중했다.

이번에는 길드장과 아리사다.

미아는 회복이나 지원에 전념하고 있어서 공격은 안 하나 보다.

비틀거리며 땅을 짚은 루더만의 오른손을 돌 창으로 꿰어두고, 몸을 빙글 회전시켜서 놈의 왼팔을 요정검으로 절단했다.

"각하!"

"사라져라, 루더만!"

『으으UUUUAG!』

마인을 두른 에르탈 장군의 미스릴 검이 루더만의 목을 베어
—낸 모양이다.

탐색자와 병사들의 환성이 광장에 울려 퍼졌다.

나는 머리가 바운드하는 소리와 **검은 안개가 되어 사라지는**
루더만의 몸으로 판단해서 눈으로 보진 못했다.

에르탈 장군이 처형하는 무대를 꾸미긴 했지만, 마족화된 인
간이 죽는 모습을 보고 싶지 않았다.

나는 **머리**에서 등을 돌리고 동료들 쪽으로 걸었다.

"뉴!"

리자가 끌어안은 채 시체 포즈를 즐기고 있던 타마가 귀를 부
르르 떨더니 고개를 번쩍 들었다.

—레이더에 비치는 빨간 광점.

나는 재빨리 광점 쪽을 돌아보았다.

◆

"이어요이어요, 운반임이어~요."

녹색에다 기묘한 어조의 하급 마족이 분홍색 거대 슬라임의
잔해로 젖은 돌바닥에서 스며 나오듯 나타나는 참이었다.

거대한 눈알이 대부분을 차지하고, 눈알에서 직접 팔과 날개

359

가 돌아 있었다. 세류 시에서 처음 본 하급 마족이랑 색만 다른 타입 같았다.

눈알 마족은 주위를 둘러보더니 동료가 아무도 없는 걸 깨닫고는 가지고 있던 꾸러미를 떨어뜨렸다.

AR표시를 보니 떨어뜨린 꾸러미 알맹이는 미적을 포박했을 때 압수한 마인약의 환약인가 보다.

아마 루더만의 지시로 회수하러 갔던 거겠지.

"이어요이어요. 꼴사나움이어~요."

눈알 마족이 아래쪽에 떨어져 있는 루더만의 머리를 줍더니, 리드미컬하게 저글링을 시작했다.

"아직, 마족이 있었네."

"그런가 보다."

나는 아리사에게 대답하면서 땅에 꽂힌 돌 창을 뽑았다.

범죄자긴 해도 시체를 욕보이는 건 불쾌하다.

그리고 눈알 마족은 레벨 30밖에 안 되지만, 「정신 마법」, 「그림자 마법」 같은 성가신 스킬을 가지고 있으니 얼른 쓰러뜨리고 싶다.

"이어요이어요, 재생임이어—."

눈알 마족 아래 수상한 마법진이 생기기에, 막으려고 돌 창을 투척해서 눈알 중앙을 꿰뚫었다.

마법진은 금세 사라지고, 눈알 마족은 경련하면서 분홍색 물웅덩이에 떨어졌다.

그 다음 순간—.

간헐천처럼 분홍색 물이 솟아오르더니 몸길이 15미터쯤 되는 사람 형태의 무언가를 만들었다.

AR표시에 따르면 레벨 50이나 되는 중급 마족이었다.

이름이— 루더만이었다.

지고 나서 재생 거대화하다니 특촬물 괴인 같은 녀석일세.

루더만에게 재생 같은 능력은 없었으니까 분홍색 슬라임이 부활해서 루더만을 삼키고 재생한 느낌이군.

"재생 괴인 주제에 원래보다 강하다니, 약속된 전개를 모르는 녀석이네."

아리사도 「능력 감정」 스킬로 재생 루더만의 정보를 읽어낸 모양이다.

"—저 죽다 만 놈이."

에르탈 장군이 사람 모양의 얼굴을 올려다보며 내뱉었다.

미궁방면군이 공격을 하고 있지만, 마력탄도 실체탄도 몸 표면에 빨려 들어가기만 하고 전혀 효과가 없어 보였다.

나나시나 쿠로로 변신해서 쓰러뜨려 버리고 싶지만, 사방에 이렇게 사람이 많은 상황이라면 어렵네.

이번엔 길드장의 상급 공격 마법으로 쓰러뜨리도록 하는 게 좋겠어.

—PWEEEEEENN.

붕괴와 형성을 반복하는 부정형의 재생 루더만이 포효를 지르면서 이쪽을 내려다보았다.

—DUUUURAWA.

증오로 일그러진 눈동자는 나를 보고 있었다.

아무래도 미움 받은 모양이네.

"길드장! 루더만을 미궁문 앞으로 유인할게요! 영창이 끝나면 신호해 주세요."

나는 그렇게 외치고 순동이 되지 않는 속도로 사람이 없는 미궁문 앞으로 달렸다.

재생 루더만이 한 걸음 디딜 때마다 굉음이 울려 퍼지고, 돌바닥이 함몰되며 진동으로 다리가 떠올랐다.

『모두 대기— 아니, 떨어진 위치에서 엄호 사격 부탁한다!』

나는 계속 이어둔 「전술 대화」로 모두에게 지시했다.

길드장의 상급 공격 마법은 범위가 넓거든.

—GWOOOONWN.

괴수영화 등장인물 같은 기분이 들면서 미궁문 앞에 도착했다.

재생 루더만은 움직임이 느릿느릿하지만, 키가 10배나 다르다 보니 실제 접근속도는 상당히 빠르다. 순식간에 따라 잡히고 거대한 주먹이 바닥으로 쏟아져 내렸다.

주먹이 땅을 함몰시키고 분홍색 물보라가 튀었다.

튀어 오른 물보라를 맞은 돌이 하얀 연기를 냈다. —아무래도 저거 산(酸)인가 본데.

나는 폴짝폴짝 뛰어다니면서 주먹과 산의 물보라를 피했다.

도망치면서 재생 루더만에게 말을 걸어봤지만 이미 말을 이해할 정도의 지성이나 이성도 안 남은 모양이다.

"펜드래건 경을 엄호해라!"

대장이 호령하자 미궁방면군의 골렘들이 미궁문 앞 광장으로 다가왔다.

6미터급 골렘들이 거대한 재생 루더만 앞에서는 미취학 아동처럼 미덥지 못했다.

미궁방면군의 다른 부대도 길드 앞 광장에 전개를 마치고 언제든지 발포할 수 있는 상태 같았다.

잠시 도망쳐 다닌 다음, 에르탈 장군의 외침이 광장에 울렸다.

"돌아와라! 준비가 끝났다!"

드디어 길드장의 영창이 끝난 모양이다.

골렘들이 재생 루더만의 다리를 끌어안고 내 탈출을 지원해 주었다.

재생 루더만은 내가 어지간히도 미운지 다리를 붙잡은 골렘들을 끌면서 쫓아왔다.

그것을 거대한 손이 막았다.

부서진 돌바닥의 땅에서 돋아난 손이 순식간에 초거대 골렘의 상반신으로 성장해서 재생 루더만의 허리를 끌어안아 이동을 막았다.

"서둘러라! 펜드래건 경! 그 골렘은 오래 못 버텨!"

세베르케아 양의 외침과 동료들의 응원이 들렸다.

내가 사발 같은 모양의 미궁문 앞 광장에서 탈출하는 것과, 길드장의 지팡이에서 홍련의 격류가 생기는 것이 거의 동시였다.

상급 불 마법인 「화염지옥」이 미궁문 앞 광장을 불꽃으로 채우고 재생 루더만의 몸을 증발시키며 타올랐다.

―UOOOOOOOOHHHHWN.

재생 루더만이 비명과 비슷한 포효를 지르며 불꽃 속에서 무너져갔다.

"수고했어. 이걸로 한 건 해결이려나?"

밤의 어둠을 태우는 거대한 화염 기둥을 바라보며 아리사가 젖은 타월을 건네줬다.

나는 얼굴에 묻은 흙먼지를 닦으면서 불꽃에 시선을 돌렸다.

이미 사람 모양을 유지하지 못하고 점액의 집합체 같은 것으로 변해 버렸다.

그러나 아직도 재생 루더만의 체력 게이지는 제로가 아니었다.

나머지 10퍼센트쯤 되는 상황에서 체력 게이지 감소 속도가 둔화되더니 파도치듯 플러스로 변하는 순간마저 있었다.

"위험한데……."

"―어?"

내 속삭임을 들은 동료들이 걱정스런 표정을 지었다.

만약을 위해서 길드장과 세베르케아 양의 상태를 확인했지만 마무리를 맡기긴 어려워 보였다.

둘 다 마력이 고갈되었고, 더욱이 마력 회복약을 너무 써서 과잉섭취 상태였다. 마법약을 너무 사용하면 게임처럼 쿨 타임이 필요해진다.

술리 마법 「마력 양도」는 마법약하고는 다르지만, 이 자리에서는 쓸 수 없었다.

"괜찮아."

이런 경우도 생각해뒀다.

나는 스토리지를 조작하여 마지막 마무리를 준비했다.

아리사가 전보다 거대한 사람 모양으로 돌아오고 있는 루더 만을 가리켰다.

"—그래도."

안심시키듯 아이들의 머리를 쓰다듬으며 웃어주었다.

"괜찮아."

나는 재생 루더만 개조판의 상공을 가리켰다.

"검은 그림자~?"

"누가 있는 거예요!"

타마와 포치의 목소리에, 길드장 일행의 시선도 그쪽을 향했다.

"어, 저건—."

아리사에게 「비밀」 포즈를 취하며 윙크했다.

"누구냐."

"저건 용사 나나시의 종자인 쿠로다."

"용사의 종자?"

뒤에서 길드장과 에르탈 장군의 목소리가 들렸다.

그렇다. 공중에 있는 건 쿠로의 의상을 입힌 관절 가동 마네킹이었다.

자력으로 하늘에 떠오르는 기능이 없어서 내가 「이력의 손」으로 띄워놓았다.

물론 그 자리에 내놓은 것도 「이력의 손」을 경유한 거다.

감정되지 않도록 최고 레벨의 인식 저해 아이템을 장비시켰다.

『마족에게 영혼을 판 어리석은 미적이여.』

나는 복화술 스킬로 쿠로 인형에서 목소리를 냈다.

『용사님께서 내려주신 정의의 힘으로 그대를 멸해주마.』

재생 루더만 개조판이 하늘을 향해 팔 같은 것을 뻗었다.

—체크메이트다, 루더만.

나는 스토리지에서 「이력의 손」 경유로 어떤 것을 꺼냈다.

전에 허공이라고 불리는 장소에서 얻은 것이었다.

—섬광.

눈을 태우는 눈부신 빛이 시야를 하얗게 물들였다.

—굉음.

빛보다 한순간 늦게 고막을 찢는 맹렬한 소리가 생겼다.

세계수의 해파리 퇴치를 할 때 세계수가 뿜어낸 번개의 일부다.

흑룡 헤일롱조차 격퇴하는 세계수의 번개를 맞고 재생 루더만 개조판이 검은 잿더미가 되어 무너졌다.

말단이 평소 마족이 사망할 때처럼 검은 안개가 되어 사라졌다.

맵 위의 마커도 사라졌으니 이걸로 한 건 해결이겠지.

루더만을 마족으로 바꾼 녀석은 못 알아냈지만, 그건 분홍색 거대 슬라임에게 먹혀 있던 녹색 귀족에게 알아내면 되겠지.

"끝났나?"

길드장이 「붉은 얼음」의 제제에게 부축을 받아 다가왔다.

"네, 그런 모양입니다."

"그러냐. 그 녀석한테 빚을 졌군."

쿠로 인형은 이미 회수했으니 길드장이 올려다보는 하늘에는 없었다.

"복구가 힘들겠어요."

"나는 지쳤다. 그건 우샤나와 세베르케아에게 맡겨야겠어."

미궁문 앞은 전격으로 녹아서 상태가 심했다.

길드 앞 광장도 돌바닥이 벗겨져서 땅바닥이 울퉁불퉁하다.

"너희들도 수고했다. 뒤처리는 다른 녀석들한테 맡기고 너희들도 가서 쉬어라."

길드장이 말하고는 길드 쪽으로 돌아갔다.

어디, 우리도 오늘은 푹 자야겠다.

에필로그

　"사토입니다. 혼자서 느긋하게 취미 프로그램을 짜는 것도 즐겁지만, 수 많은 크리에이터들과 함께 의견 충돌을 하면서 제품을 만들어내는 것도 즐겁습니다."

　그 마족 루더만이 날뛴 날에서 며칠 뒤 아침.

　"시가 8검에 추천, 인가요?"

　"그래. 지금 당장이란 건 아니지만, 시가 8검 필두인 쥬레바 그 공에게 소개를 해주지."

　호출을 받아 방문한 미궁방면군의 에르탈 장군 사실에서 이 야기를 듣고 있었다.

　"귀공은 아직 레벨이 부족하지만 중급 마족을 상대로 싸울 수 있었어. 돌 미리 쥬레바그 공이라도 함부로 대하진 않을 거야. 갑자기 시가 8검은 무리겠지만, 성기사단 입단은 인정하겠지."

　선의 100퍼센트라는 건 알겠지만 솔직히 말해서 곤란하다.

　"싸웠다고는 해도, 중급 마족에게서 도망쳐 다닌 것뿐이고 유 효타는 거의 주지 못했습니다."

　"그것은 자네 레벨이 낮기 때문이야. 단련하면 해결 되네."

　에르탈 장군이 근육뇌 같은 발언을 했다.

"실제로 중급 마족을 상대로 세 번이나 살아남지 않았나?"

"도망치는 건 잘 하니까요."

슬라임과 합체한 루더만에게서 도망쳐 다닌 탓인지 「도피왕」이란 신기한 칭호도 획득했단 말이지.

"펜드래건 경, 회피를 잘 한다는 건 자랑해도 될 일이야. 살아남으면 경험을 쌓아서 재도전을 할 수 있으니까."

에르탈 장군의 말에는 동의한다.

레벨 제도의 세계에서는 RPG처럼 경험을 쌓으면 강해지니까.

어디, 평범한 변명을 하면 포기해줄 것 같지가 않네.

에르탈 장군에게는 미안하지만 딱 잘라 거절해야지.

"장군 각하, 죄송합니다만 추천 건은 거절하고 싶습니다. 제가 섬기는 주군은 무노 남작 한 명뿐입니다. 미궁도시에 온 것도 동료들을 단련시켜서 남작령의 부흥에 도움이 되기 위해서니까요."

그런 사실은 없지만, 거절하는 이유로 괜찮을 것 같아서 써봤다.

"그렇군……. 자네가 그렇게까지 충의를 보이다니, 참으로 덕이 높은 근사한 영주인 거겠지."

"네, 그렇습니다."

에르탈 장군의 말에 웃으며 수긍했다.

무노 남작은 아인과 인간족을 차별하지 않고 대해주는 좋은 사람이니까.

"알겠네. 더 이상 권유하지는 않지. 그러나 마음이 바뀌면 찾아오게나. 언제든지 자네를 추천해주지."

"정말 감사합니다. 그 때는 반드시."

에르탈 장군도 드디어 납득한 모양이다.

"각하~. 펜드래건 사작의 선물로 멜론술을 만들어 왔어요~."

자리가 이완되는 타이밍을 노린 것처럼 여우 장교가 직접 왜건을 밀면서 들어왔다.

그가 말하는 멜론술이란 건 자그마한 멜론을 반으로 잘라 만든 그릇에 위스키를 따른 건가 보다.

"낮부터 술이냐—."

에르탈 장군이 중얼거렸다.

평소에는 그에게 꿀밤을 떨구는 대장도 오늘은 복구공사 지휘를 하느라 여기 없었다.

"이 정도로는 안 취하잖아요?"

"그것도 그렇군."

여우 장교의 말에 에르탈 장군이 고개를 끄덕였다.

그래도 되는 겁니까?

"좋은 멜론이군. 에르엣 후작령의 최상급품인가?"

"최상급품인지는 모르겠지만, 산지는 짐작하신 곳이 맞습니다."

다과회에서 알게 된 귀족이 부인의 친정에서 보내줬다면서 대량의 멜론을 나눠줬거든.

그 귀족에게는 답례로 멜론 셔벗이라도 선물할까 생각 중이다.

"자, 펜드래건 사작도 먹어요~. 안쪽에서부터 멜론을 무너뜨려서 과즙이랑 술을 섞으면서 먹으면 맛있어요~."

여우 장교가 멜론술이 올라간 접시와 스푼을 건네주었다.

기왕이니 먹어 봐야겠네.

"괜찮네요."

"그렇죠~."

무심코 감탄의 소리가 흘렀다.

멜론 과즙과 위스키가 의외다 싶을 정도로 잘 맞는군.

먹어 나가는 동안 멜론 과즙과 위스키의 비율이 변해서 맛이 변화하는 것도 즐겁네.

"브랜디도 잘 맞겠는데요."

"시가 주도 잘 맞아요~."

어쩐지 버릇 들 것 같은 맛이다.

높은 위치에 있는 에르탈 장군의 방 창문으로 건조한 바람이 흘러들었다.

바람과 시원한 멜론으로 몸을 식히며 술친구와 별 것 아닌 이야기를 나눈다.

어쩐지 연휴 때 돌아갔던 시골에서 할아버지들이랑 매실주를 마신 날이 떠올랐다.

그리고, 풍경도.

◆

미궁방면군의 주둔지에서 술자리를 마치고 저택의 신입 메이드 애니가 모는 마차로 서쪽 길드를 찾아왔다.

물론 이미 술기운은 날아갔고, 술 냄새도 생활 마법으로 지웠다.

아침부터 술 냄새를 풍기는 고용주는 애니도 싫을 테니까.

"주인 나리. 여기서부터는 마차가 들어갈 수 없는 것 같아요. 주차장으로 돌릴까요?"

"아니, 여기서 내릴게. 좀 시찰을 해야겠다."

"알겠습니다. 그럼 저는 길드 주차장에 마차를 세우고 기다리겠습니다."

애니와 헤어진 나는 부흥 작업을 하고 있는 길드 앞 광장을 바라보며 길드로 이어지는 가설 보도를 나아갔다.

오늘은 에르탈 장군뿐 아니라 길드장과 태수부인도 불렀다.

""아, 젊은 나리!""

길드 쪽에서 여성 2인조 「아리따운 날개」가 크게 손을 흔들며 다가왔다.

"두 분은 이제부터 미궁에 가시나요?"

"응, 그래~."

"여기 공사로 운반인이 부족하다고 해서, 우리도 적절의 원정대에 낄 수 있게 됐어."

"이 원정으로 빚을 상당히 갚을 수 있어."

처음 만났을 때 「연쇄폭주」로 만든 빚이 아직 남은 모양이다.

나는 선물로 희석 마법약 몇 개를 내밀었다.

"어, 젊은 나리. 받아도 돼?"

"고마워, 젊은 나리!"

기뻐하는 두 사람을 눈으로 배웅하고 공사하는 사람들을 보았다.

대장의 굵직한 목소리 너머에서 미궁방면군의 골렘들이 중장비 대신 자재를 옮기는 모습이 보였다.

공사 현장 가운데 어린 아이들의 모습도 보였지만, 중노동이 아니라 체격에 맞는 일을 시키는 모양이다.

아침 식사배급 때 들은 이야기로는 복구공사 현장에서는 아침과 낮에 식사를 지급한다고 했다.

그 탓인지 도시 안뿐 아니라 근처 촌락이나 도시에서도 돈 벌러 오는 노동자가 모이기 시작했다.

이 노동자 증가의 파도에 맞춰 「담쟁이 저택」에 보호하고 있던 사람들도 서서히 해방시켜서 선발 탐색자반이 사는 숙소에 합류시키고 있었다.

"거기 젊은 나리, 멍하니 있으면 위험해."

"뒤에 지나갈게요."

낯익은 아가씨들이 상자를 들고서 달려갔다.

행선지는 길드 근처의 노점이 늘어선 곳이었다.

이윽고 튀김의 좋은 향이 풍겨왔다.

"크로켓 줄 마지막은 여기예요—."

"꼬치 커틀릿 마지막은 여기야."

"감자튀김 가게는 여기~. 기다리지 않고 바삭바삭해요!"

세 행렬의 마지막에는 각자 요리 그림을 그린 간판을 든 아이들이 서 있었다.

이 간판 그림들「춤추는 크로켓」, 「승리하는 꼬치 커틀릿」, 「날갯짓하는 프라이드 포테토」를 그린 건 타마 화백이다.

타마가 이것들과 함께 그린 혼신의 명작「나무 그늘 사이의 햄버그」는 액자에 넣어서 양육시설 식당에 걸어놨다.

요즘에는 그냥 보기만 하는 게 아니고, 그 앞에서 기도하고 절하는 애까지 있는 모양이다.

"아, 사작님!"

간판을 든 애 옆에 있던 어린 소녀가 나를 가리키며 외쳤다.

"열심히 하는구나."

소녀의 머리를 쓰다듬고, 간판 들기 아르바이트를 하는 양육시설 아이들에게「다른 애들한테는 비밀」이라고 하며 사탕을 하나씩 선물했다.

행렬의 선두에서는 양육시설의 연장자 애들하고, 「담쟁이 저택」에서 보호한 여성들이 함께 노점을 하고 있었다.

"아, 젊은 나리임다! 루루네 주인님이 왔슴다."

메이드복으로 판매를 맡고 있던 빨간 머리 넬이 뒤쪽에서 크로켓을 튀기고 있는 루루를 불렀다.

넬과 루루가 사이좋게 일하고 있는 데는 조금 사정이 있었다.

미궁에 트라우마를 가진 애가 나름대로 많아서 생활비를 벌 수단으로 몸을 파는 것 말고 길이 없는 사람이 꽤 많았다. 그래서「쿠로가 궁지에서 구해준 답례」로 그녀들에게 매대와 크로켓 등의 레시피를 제공한 것이다.

루루가 함께 일하는 것은 실천 지도를 위해서였다.

"주인님, 어서 오세요!"

루루가 꽃피듯 웃음을 지으며 얼굴이 밝아졌다.

여기가 순정만화 세계였다면 옆 칸까지 꽃이 튀어나갈 정도로 귀엽다.

유감이지만 노점 뒤쪽에서 계산기 대신 거스름돈 계산을 하고 있는 티파리자와 담소하는 장면은 볼 수 없었다.

큰언니나 금발 귀족 아가씨는 노점 담당이 아닌가 보다.

"방해해서 미안해. 지나가는 참에 어떤지 보러 온 것뿐이야."

"젊은 나리, 선물임다."

"고마워, 넬 씨."

"그냥 넬이라고 부르면 됨다."

나는 크로켓이나 꼬치 커틀릿이 든 꾸러미를 들고 길드로 갔다.

◆

"좋은 냄새군. 꼬치 커틀릿인가?"

"네, 선물입니다."

나는 넬과 루루에게 받은 튀김 꾸러미를 길드장의 집무실 책상 구석에 놓았다.

"감자튀김도 있어."

꾸러미를 들여다본 세베르케아 양이 고개를 끄덕끄덕했다.

그녀는 미아와 달리 고기 요리도 평범하게 먹지만, 프라이드 포테토가 마음에 들었나 보다.

신인 탐색자 교습 때 도존 씨가 말했던 「엉킴이 유채씨」에서 채취한 식물유를 사용했기 때문에 생각보다 헬시하다.

"우샤나, 일단 에일이다. 꼬치 커틀릿에는 에일이 잘 맞아."

"일을 끝낼 때까지 술은 안 돼요."

길드장의 요청을 우샤나 비서관이 웃는 얼굴로 기각했다.

"그래서 용건은 뭔가요?"

"하는 수 없지. 튀김은 식으면 맛이 떨어진다. 먹으면서 이야기하지."

길드장이 꼬치 커틀릿를 먹으면서 이야기를 시작했다.

"일단, 그 재배에 대해서인데. 그쪽은 재배하는데 『특수한 마법진』이 필요하다는 걸 알았다."

"그러면 함구령은 풀렸다고 생각하면 되는 건가요?"

"아니, 효율은 안 좋지만 일단 자라긴 하는 모양이니 함구령은 그대로다."

때문에 요전 사건에서 살아남은 미적들 중에서 간부 클래스의 살아남은 몇 명은 예정대로 공개처형이 되지만, 나머지는 범죄노예로 만들고 말을 봉한 뒤 「벽령(碧領)」이라고 불리는 마물의 영역을 개척하는, 노예 소모율이 대단히 높은 장소로 끌려간다고 했다.

꽤나 심한 취급이지만 그들의 소행을 생각하면 인과응보라는 생각밖에 안 드니까 딱히 동정할 생각은 없었다.

"그래서 본론인데―."

그때 길드장이 진지한 표정으로 조금 말을 머뭇거렸다.

"요전의 마족 일이다. 사토는 이것을 본 적이 있나?"

길드장이 품에서 천으로 둘러싼 짧은 뿔과 긴 뿔을 꺼내 테이블 위에 늘어놓았다.

"이쪽은 짧은 뿔이군요. 이쪽은— 혹시 짧은 뿔과 같은 종류인가요?"

나는 긴 뿔을 보면서 한 박자 늦게, 사기 스킬과 무표정 스킬의 도움을 빌어 처음 본 것처럼 꾸몄다.

"그쪽은 못 본 걸로 해둬라."

내가 고개를 끄덕이자 길드장이 두 종류의 뿔을 품에 수납했다.

"그 뿔의 출처는 알아낸 건가요?"

"그래, 포프테마다."

내 물음에 길드장이 즉답했다.

"—포프테마 공이 자백한 건가요?"

"아아, 모두 순순히 불었어. 본인에게 듣고 싶은 게 있으면 태수한테 가봐라."

맵 정보에 따르면 태수 공관 지하의 감옥이나 귀인용 감옥으로 쓰이는 첨탑에 있는 게 아니라, 태수의 성 별관에 감금된 모양이다.

"그런데, 쿠로 녀석에게 무슨 접촉 있었나?"

"아뇨, 전혀 없습니다."

"그러면, 그 이후에 나타난 건 여기뿐이로군…….."

그 사건의 밤에 쿠로의 모습으로 길드장의 사실을 방문하여 큰언니 일행의 비호를 부탁했다.

다음날, 사토로서 아무것도 모른단 표정으로 길드를 방문했을 때 쿠로의 방문과 큰언니의 이야기를 들었기 때문에 마침 잘 되었다고 생각하여 튀김 레시피 등을 제공했다.

적당한 거리감으로 원조할 수 있으니 꽤 중시하고 있었다.

"만약, 쿠로가 접촉해오면 알려라."

"네, 반드시."

물론 쿠로로서 길드장에게 용건이 있다면 직접 올 테니까 말을 전할 필요는 없을 테지만.

그 다음 우샤나 비서관이 길드 복구공사 관련 기부를 부탁하기에, 다른 귀족들에게 질투나 반감을 사지 않는 범위에서 자금 제공을 했다.

◆

"─포프테마 공?"

태수 부처와 함께 찾아간 방에서, 하얀 빛의 관 안에 누워 있는 상반신만 남은 포프테마의 모습을 보았다.

녹색으로 물들어 있던 머리칼을 깎아내고, 화장이나 매니큐어를 하지 않은 것도 있어서 내가 아는 녹색 귀족과 인상이 다른 노인이었다.

다만 낯빛은 흙색이고 꼼짝도 안 해서 마치 죽은 것처럼 보였다.

"살아있는 건가요?"

AR표시로 살아 있는 건 알고 있지만, 상황을 확인하기 위해 태수부인에게 물어봤다.

"그래요. 지금은 태수의 힘으로 억지로 살아 있어요."

"심문을 위해서인가요?"

내 물음에 태수 부인이 조용히 고개를 옆으로 저었다.

"아뇨. 여섯 신전 신관들의 신성 마법으로 마족의 세뇌가 풀린 포프테마는 이미 모든 사실을 자백했어요."

마족 같은 인상을 가진 녀석이라고 생각했지만, 설마 마족에게 세뇌됐다고 생각지는 못했다.

무노 남작령에서 마족 집정관의 정신 마법을 이용한 세뇌는 감정 스킬이나 AR표시로도 판정 불능이었지.

정신 마법이 기피되는 것도 납득이 되는군.

또한, 세뇌를 간파한 것은 신성 마법이나 스킬이 아니고 헤랄르온 신전 늙은 신관장의 감이었다고 한다.

숙련된 장인은 미약한 오차를 간파한다는 거랑 비슷한 거겠지.

신전의 수가 하나 부족한 것이 조금 신경 쓰이지만, 그쪽은 무슨 사정이 있는 걸 테니 무시했다.

"여보, 시작해 줄래요?"

"그래."

태수부인의 말에 태수가 묵직하게 고개를 끄덕였다.

"세리빌라의 영혼이여, 태수가 바란다. 힘의 왕관을 이 몸에―

이큅먼트
■ 장착."

태수의 이마에 고리 모양의 빛이 생기고, 그 빛이 사라지자 파란 결정으로 만들어진 서클릿이 나타났다.

아마 도시 핵의 힘을 사용하기 위한 아이템을 소환한 거겠지.

"그러면, 가사(假死)의 봉인을 풀지. 펜드래건 경, 짧게 부탁하네."

설명은 없었지만 어쩐지 알 수 있었다.

아마도 포프테마를 도시 핵의 힘으로 가사 상태로 만들어 연명시키고 있는 거겠지.

"가사화,『해제』."

태수가 도시 핵에 주문을 읊었다.

그러자 포프테마를 감싼 하얀 빛이 사라지고, 그의 입술과 손가락 끝에 경련 같은 움직임이 생겼다.

"으크오오오오오오오오오오옷."

포프테마의 입에서 쥐어짜낸 비명이 나왔다.

"여보, 마취를."

"그, 그래. 리무브 페인
■ 무통."

태수가 도시 핵을 쓰자 포프테마의 비명이 멈추고 거친 숨을 쉬면서도 대화할 수 있는 상태가 되었다.

"펜드래건 경, 인가—."

나를 본 포프테마가 갈라진 목소리로 내 이름을 불렀다.

태수부인이 등을 밀어주기에 그의 입가에 귀를 대었다.

"자네에겐, 여러모로, 폐를, 끼친, 모양이다."

끊어지는 목소리로 포프테마가 속삭였다.

태수의 마취로 고통은 없을 테지만 상당히 괴로워 보였다.

"자, 자네에게 사죄와 감사를……."

머릿속에서 보정하면서 이어지는 그의 말에 귀를 기울였다.

세뇌가 풀려서 이어요 말투가 아니게 된 탓인지 어쩐지 위화감이 느껴졌다.

"자네의 선의가 마족의 속셈을 지연시켰다. 그 공적이 크다."

사토로서 행동한 거라면 부랑아들을 양육시설에 보호한 건가?

마족의 꿍꿍이가 도통 뭔지 잘 모르겠다.

"자네의 선의가 없었다면 세리빌라 시는 누구도 깨닫지 못하는 동안 좀 먹혀, 마왕 부활의 온상이 되었을 거야."

응. 나도 몰랐어요.

그러니까, 마족들은 정말로 세리빌라 시에서 마왕 부활을 꾸미고 있었나 보네.

"자네가 지연시키고, 용사의 종자란 자가 화려하게 움직인 탓에 마족들이 조바심을 내어, 그러한 단락적인 수단으로 단기간에 미궁도시를 마왕 부활의 온상으로 만들고자 한 것이야."

혹시 마족이 아직 남아 있나?

그렇게 생각하여 검색을 해봤는데 미궁도시를 포함한 국왕 직할지에 마족은 존재하지 않았다.

미궁도시를 내려다보는 산들에서 조금 신경 쓰이는 존재를 발견했지만, 그쪽 대처는 나중에 해도 되겠지.

"걱정 없네. 그러한 막무가내 수단이 실패한 이상, 당분간은 세리빌라 시에서 마왕 부활은 없어."

포프테마가 내 마음을 읽은 것처럼 말했다.

"그렇게 눈에 띄는 짓을 하면, 왕국 상층부나 사가 제국의 용사에게 주목을 받는다. 교활한 마족은 그것을 미끼삼아 다른 장소에서 마왕 부활을 획책하겠지."

그것은 과거의 역사를 봐도 명백하다고 포프테마가 말했다.

그러니까, 이 미궁도시는 괜찮겠지만 다른 곳에서 마왕 부활이 있을지도 모른단 거구나.

그리고 보니 공도에서 테니온 신전 무녀장에게 들은 이야기로는, 마왕 부활의 예언은 공도 말고도 있었지.

나는 다른 여섯 곳이 다 꽝인 줄 알았는데…….

"따라서—."

포프테마가 콜록콜록 기침을 했다.

입가에 피가 흘렀다.

"그 정도로 해두세요."

태수부인이 손수건으로 그의 피를 닦았다.

기침을 하는 포프테마 대신 태수가 말했다.

"자네의 행동은 이 세리빌라 시를 구했다. 포프테마는 그렇게 말하려는 거야. 얼마 뒤에 내가 『세리빌라 성수(聖守) 훈상』을 수여하지."

훈장의 가치는 모르겠지만, 내 행동이 긍정을 받는 건 순순히 기쁘군.

"마지막으로 한 가지만……."

포프테마가 떨리는 목소리로 말했다.

마치 유언을 고하는 것 같았다.

"내가 해친 무고한 백성에게, 포프테마가 사죄했다고 전해 주게. 미궁도시에 있는 개인 자산을 모두 자네에게 예탁하겠네. 내 어리석은 행동으로 상처를 입은 자들에게 분배를 해주게—."

포프테마는 그렇게 말하고 조용히 눈을 감았다.

"여보!"

"그, 그래. ■ 프리즈 라이프 가사화."

죽음에 이르려는 포프테마를 태수가 사용한 도시 핵의 힘이 막아냈다.

"늦지 않은 모양이군."

"수고했어요, 여보. 포프테마는 아직 할 일이 남았으니까요."

빈사의 포프테마가 할 일이라면 혈연과 마지막 인사나 사건의 흑막으로 국왕에게 내놓는 것 둘 중 하나일 것 같은데, 태수 부처의 태도를 보아 전자라고 생각된다.

그 뒤, 훈장 수여식의 일정을 듣고서 태수의 성을 나섰다.

◆

"전생 마족 놈들과 탱글돌이 덕분에, 미궁도시에 독기가 가득할 터임이어요."

미궁 도시가 내려다보이는 고개 하나에서 수상쩍은 녹색 옷의 남자가 혼잣말을 했다.

어조는 녹색 귀족이었던 포프테마와 똑같았지만 용모는 전혀 안 닮은 마초남이었다. 옆에는 날개를 접은 와이번이 대기하고 있었다.

척후 계통 스킬을 모두 켜고서 축지 연속 사용으로 접근했으니 아직 남자도 와이번도 나를 눈치 못 챘다.

"이제는 방해만 없다면 독기에 좀 먹힌 자들의 원망이 미궁에 침투하여, 그리 머지않아 폐하의 재림이 이루어짐**이어요.**"

남자는 암녹색 외투 자락을 펄럭이며 무대 배우처럼 거창하게 양손을 펼쳤다.

녹색 옷의 남자가 말한 것처럼 독기시를 유효로 한 시야에는 미궁도시에서 아지랑이처럼 독기가 오르는 게 보였다.

아무래도 마족의 꿍꿍이는 아직 완전히 망하지 않았던 모양이다.

독기는 나중에 없애야겠군.

"짧은 봄을 열심히 구가하는 것임이어요. 호웃호호홋."

험악한 생김새에 어울리지 않는 호호 웃음소리가 고개에 메아리 쳤다.

아니. 녹색의 아이 새도우나 입술 연지하고는 맞을지도 모르겠다.

맵이나 AR표시를 봤더니 남자의 종족이 「인간족」과 「의사체」라고 2중 표시되기에 단순히 수상한 녀석이라고 인식하여 확인하러 왔는데, 아무래도 포프테마를 조종하던 녹색 상급 마족 관련자가 틀림없는 모양이다.

"다음은 **분홍색을** 돕는 것임**이어요.** 탱글돌이의 빛이 있다지

385

만 귀찮음이어요."

악의 조직 간부 같은 표정으로 돌아본 남자가 바위 위에 앉은 나를 보고 굳어 버렸다.

기왕 발견된 거 친근하게 손을 살짝 흔들어봤다.

"저, 정체가 무엇이어요!"

"──용사 나나시."

정체를 묻는 녹색 옷 남자에게 대답했다.

그 목소리를 듣고서야 나를 깨달은 와이번이 날개를 펼쳐 위협의 포즈를 취했다.

"미궁도시에서 뭔가 꾸미고 있나봐?"

"홋홋호옷."

녹색 옷 남자가 웃기만 하고 대답을 않는다.

"신출귀몰한 나를 붙잡으면 가르쳐줌이어요."

놈은 품에서 하얀 구슬 2개를 꺼냈다. 그 구슬이 만든 마법진에서 녹색 하급 마족 둘이 나타났다.

놈 자신은 발치의 그림자로 가라앉았다.

하급 마족을 미끼로 도주하려는 거겠지.

──그렇게는 못하거든?

나는 하급 마족을 무시하고 축지로 거리를 좁혀 반쯤 그림자에 가라앉은 녹색 옷 남자를 걷어차 날려버렸다.

"크오오오오오, 네, 네놈은 무엇을 한 것이어요!"

녹색 옷 남자가 괴로운 기색으로 신음했다.

"어, 어째서 의사체를 공격했는데 본체에 닿는 것임이어요!"

걸어찼을 때 성인(聖刃)과 마력 갑옷 중간 같은 것을 써봤는데 효과가 있는 모양이다.

〉「성광(聖光) 갑옷」 스킬을 얻었다.

새로운 스킬이 파생되기에 스킬 포인트를 분배해서 유효화했다.

"그, 그만둬요. 그, 그마, 그만두우움이어어어어어어어요!!"

새로운 스킬이 어떤지 확인할 겸 파란 빛에 휩싸인 다리로 집요하게 걸어찼더니 녹색 옷 남자가 폭발하여 외쳤다.

등뒤에서 덤벼든 하급 마족들이나 녹색 옷 남자를 구출하려는 와이번은 손가락 끝에 뻗은 성인으로 이미 섬멸했다.

"『의사체』너머로 나 자신에게 대미지를 주다니……. 과연 적 청황의 고참 마족을 멸한 것임이어요. 정말이지 규격을 벗어난 괴물 자식이어요."

비틀거리는 녹색 옷 남자가 실례되는 말을 했다.

나는 방금 얻은 「성광 갑옷」을 다시 발동해서 주먹에 파란 빛을 띠었다.

"그럼, 너도 여기서 파멸해라!"

파란 잔광을 띤 주먹이 녹색옷 남자의 안면을 때렸다.

남자는 그 자리에서 빙글 반회전하여, 머리로 땅을 파헤치며 미끄러졌다.

"이, 이어어어어어어어어요."

특촬물의 괴인처럼 외친 녹색옷의 남자가 녹색의 안개가 되어 펑 터지더니 사라졌다.

화려하게 폭발해주기를 바라기도 했지만, 그렇게까지 약속된 전개를 바라도 어쩔 수 없겠지.

나는 땅에 떨어진 하급 마족의 마핵을 줍고, 와이번의 시체도 스토리지에 수납했다. 녹색 안개가 되어 사라진 「의사체」는 마핵을 떨어뜨리지 않았다.

의사체에 마커를 달아서 놓아주는 것도 생각했지만, 같은 종류의 「의사체」가 왕가 직할령의 북쪽 끝 도시에도 있기에 마커는 그쪽에 달아놓고 이쪽 의사체는 분풀이로 파괴했다.

◆

신경 쓰이는 일이 있어서 천구로 하늘에 날아올랐다.

"—저건 마법진인가?"

독기시를 유효화하자 상공에서 내려다보는 미궁도시에 독기로 검게 그려진 마법진 같은 것이 보였다.

내 기억이 올바르다면, 그 경로는 녹색 귀족이었던 포프테마의 산책 코스랑 같았다.

묘한 코스를 골랐던 건 나한테 심술부린 게 아니라 마법진을 따라 다니기 위해서였구나.

물론 내 저택이 있는 부근이나 서민가 일부가 하얗게 옅어져 있으니 이미 마법진은 파탄 나서 기능하지 않는다.

나는 저택으로 「귀환전이」 해서 돌아가, 마법진을 지우기 위해 정령광을 전개하며 산책을 했다.

지금 미궁 도시에는 미아 말고 정령시 스킬을 가진 사람이 없으니까 딱히 괜찮겠지.

"포치 잡았다!"

"아우우, 또 잡혀버린 거예요."

타마와 포치에게 준 파워 억제 마법 도구는 제대로 효과를 발휘하는 모양이다.

빈터에서 노는 아이들에게 손을 흔들고 산책을 계속했다.

"미아의 곡은 언제 들어도 좋구나아."

"그래. 힘이 솟는구만."

"우음, 거창해."

저수지 근처에서 노인들에게 둘러싸인 미아를 보았다.

노인들은 모두 웃으면서 생생한 모습이었다.

"또 봐~?"

"고맙습니다 고맙습니다."

농가를 따라서 걷고 있는데 담장 위를 뿅뿅 뛰어 가는 타마와 그 뒷모습에 기도를 올리는 노파가 보였다.

"할머니?"

"자아, 마시렴. 고양이 귀 아가가 약초를 줬단다."

노파가 병상의 손주에게 달인 약을 주었다.

그러고 보니 타마는 약초를 배우거나 채취하는 걸 잘했지.

농가가 늘어선 구역을 지나서 민가가 늘어선 북문 근처까지 왔다.

"후하하, 대수확이다!"

"해냈구나, 아리사!"

"이걸로 저녁밥은 듬뿍이야!"

"유생체여, 저도 칭찬해 달라고 고합니다."

"아하하, 나나도 참 재미있어~."

앞에서 아이들을 이끌고 다니는 아리사와 나나가 커다란 짐을 들고서 걷고 있었다.

베리아가 난 부근에 함정을 설치해서 베리아 쥐나 모래 두더지를 잔뜩 잡은 모양이다.

"어쩐지 여름 방학 때 투구벌레 잡던 게 기억나네."

아리사가 그렇게 말하며 해바라기처럼 웃었다.

아리사의 어린 시절은 상당히 와일드했던 모양이다.

그대로 「담쟁이 저택」이 있는 자연공원이나 귀족 거리를 느긋하게 걸었다.

"주인님, 함께 가겠습니다."

미궁도시를 일주하여 서문까지 돌아왔을 때 리자와 합류했다.

그녀는 트레이닝을 위해 미궁도시 바깥쪽을 런닝하고 있었나 보다. 리자에게 런닝을 권한 건 역시 아리사였다.

은색 중급 마족과 싸움에서 뒤쳐진 것을 신경 쓰고 있는 모양이니까 기분 전환에 괜찮을 거라고 생각한 거겠지.

"런닝은 재미있니?"

"—네."

별로 취향에 맞지는 않았나 보다.

"이제 슬슬 미궁 탐색을 재개해야겠어."

"네, 주인님."

내 가벼운 말 한 마디에 리자가 늠름한 웃음을 지으며 즉답했다.

요즘 얼마 동안은 「뜀뛰기 감자」와 「걷는 콩」을 수확하러 가는 것 말고 미궁에 들어가질 않았으니까.

"그럼, 내일부터 당장 가자."

"네, 모두에게 전해두겠습니다!"

리자가 나를 놔두고 달려갔다.

아이들의 웃음소리나 노동자들의 기세 좋은 기합 소리를 BGM 삼아서 리자의 뒷모습을 배웅했다.

그 꼬리가 리드미컬하게 흔들리고 있었다.

"미궁이 그렇게 기대 되나?"

나는 한 마디 중얼거리고, 구름 한 점 없는 미궁 도시의 파란 하늘을 올려다보았다.

정령광을 해방하고 미궁 도시 전체를 돌아다닌 보람이 있어서, 미궁도시를 뒤덮은 독기도 깔끔하고 산뜻해졌다.

이걸로 마족들이 미궁도시에서 꾸미던 마왕 부활은 끝장났다고 생각해도 되겠지.

노점 길까지 오자 나를 부르는 기세 좋은 목소리가 들렸다.

"젊은 나리! 고기 요리에 맞는 향신료가 들어왔어. 사가지 그래!"

"여기 에르엣산 암염도 보고 가요."

"비스탈 공작령 명물인 깨소금 양념도 입하했어요!"

미궁에 들어가려면 고기나 야채에 맞는 조미료 보충이 필수지.

"맛을 좀 보고 나서 사도 될까?"

나는 그렇게 말하며 노점을 들여다보러 갔다.

내일은 미궁 가기 좋은 날이 되겠어.

■작가 후기

안녕하세요? 아이나나 히로입니다.

이번에 「데스마치에서 시작되는 이세계 광상곡」의 제11권을 집어주셔서 정말로 고맙습니다!

그럼, 본편의 볼거리를 논하기 전에 애니화 이야기부터 하죠!

본권의 띠지에 발표됐을 거라고 생각합니다만 데스마치 애니메이션을 제작해주시는 회사 「SILVER LINK.」 님에 실례를 해서, 오오누마 신 감독을 비롯한 제작 스탭 분들이나 제작 위원회 여러분을 만났습니다.

주로 감독이나 시나리오 담당자 분과 이야기를 했고, 본작의 세계관이나 중시하는 포인트 등을 뜨겁게 논했습니다.

작품의 방향성이나 배경이나 작화를 그리는 방향성 등, 당초 예상했던 것보다 여러 가지 일들을 의논하는 일이 많아서 놀라움과 동시에 굉장히 공부가 되었습니다.

또한 이 후기를 쓰기 조금 전에 사토와 아리사의 테이프 오디션에도 참가했습니다.

여기서 놀란 것이 두 가지.

첫 번째가 합계 140명이나 되는 성우님이 응모해준 겁니다.

수많은 성우님들이 진지하게 연기해주는 것을 들어서 정말로 힘이 되었습니다.

그리고 두 번째.

「성우님들은, 굉장히 층이 두텁다!」라는 점입니다.

프로에게 이렇게 말하는 것은 실례가 되지만, 모든 분들이 어마어마하게 능숙했어요!

애니에서 자주 듣는 유명 성우님들뿐 아니라, 프레쉬한 신인 성우님들도 다들 어엿하게 사토나 아리사를 연기해 주셨어요.

지금까지 자작의 낭독을 들어본 경험이 없어서 너무나 기뻐 나잇값도 못하고 몸부림쳤습니다.

무심코「전원 채용!」이라고 말하고 싶을 정도입니다.

그렇지만, 아무리 우열을 가리기 힘들어도 테이프 오디션인 이상 선발할 필요가 있습니다.

받아들이기 전에「힘들 겁니다」라는 말을 들었습니다만, 예상 이상으로 헤비했습니다.

원작자의 선별은 어디까지나 스튜디오 오디션 이전에 수를 줄이는데 참고하는 수준이라는 건 알고 있지만, 진지하게 연기 해주는 성우님들에게 실례가 되지 않도록 반복하고 반복해서 몇 번이나 귀 기울여 들었습니다.

캐릭터에 맞는지 아닌지, 머릿속 이미지대로 연기해주시는 지, 내면을 드러내는 장면에서 안 좋은 느낌이 들지 않도록 연기해주시는지, 그런 것을 메모하면서 마지막에는 멘탈이 붕괴 되면서도, 특히 잘 맞는 몇 명씩을 골랐습니다.

이 후기를 쓴 다음에는 스튜디오 오디션에도 실례할 예정입니다만, 그쪽은 다음 권이나 활동 보고 SNS 등에서 리포트 하려고 합니다. 기대해 주세요.

애니 관련 이야기가 좀 길어졌으니 이제 그만 본권의 볼거리를 논하도록 하죠.

이번에는 미궁도시 편 파트 Ⅱ입니다.

전권까지와 마찬가지로 에피소드의 축은 WEB판과 닮았지만 서적판 온리의 등장인물이나 발생 이벤트의 차이로 전개나 결말이 WEB판과는 크게 달라졌으니 WEB판을 이미 읽으신 분도 재미있을 거라고 자부하고 있습니다.

그 이어요인 사람을 중심으로, 어떤 사람의 패자 부활도 끼워 넣으면서 갖가지 이벤트를 거쳐 이야기가 마지막 결말로 모여들게 되는 겁니다.

본권을 다 읽은 분은 부디 다시 한 번, 그것을 모두 파악하고 10권부터 한 번 더 읽어 보세요.

수수께끼가 많았던 그 사람의 행동의 의미나 이유를 알 수 있을 겁니다.

물론 데스마치의 세일즈 포인트인 본편 스토리가 아닌 서브 이벤트도 충실합니다!

사토의 마물 소재 공작이나 식사배급 & 양육시설 아이들과의 교류, 새로운 등장인물의 추가 등이 잔뜩 있습니다.

그리고 배틀도!

평소에는 뒤쪽으로 물러서는 사토도, 본권에서는 요정검을 들고 미궁도시 존망의 위기에 맞섭니다.

그가 누구와 나란히 서서 싸우는가—.

여기서 이야기하면 스포일러가 되니까, 부디 본편에서 읽어주세요.

인사를 하기 전에 한 가지 공지합니다.

아야 메구무 씨의 코미컬라이즈판「데스마치에서 시작되는 이세계 광상곡」5권이 동시 발매될 겁니다.(※일본의 발매일정 기준)

길거리나 사람들의 세세한 묘사와 동료들의 사랑스런 표현이 참으로 근사하니, 아직 안 읽은 분은 부디 한 번 읽어주시면 행복할 겁니다.

원작 소설의 삽화에서는 묘사되지 않는 캐릭터도 볼 수 있어 2중으로 이득입니다~.

그러면 늘 하던 인사로 돌입하겠습니다.

담당 편집자 A 씨와 K 씨 두 분의 지적과 개고 조언으로 갖가지 장면의 가독성이나 현장감이 올라갔습니다. 작자가 간과한 것을 적절하게 지적해주셔서 정말로 도움이 됩니다.

앞으로도 지도편달을 잘 부탁드립니다.

또한 매번 근사한 일러스트로 데스마치 세계를 선명하게 채색하여 띄워주시는 Shri 씨에게 아무리 감사를 해도 모자랍니다.

이번에 볼거리는 은발의 티파리자입니다!

—라고 말하고 싶지만, 작가가 제일 좋아하는 건 더듬이와 송

곳니가 귀여운 넬입니다.

　본권에서도 넬의 등장은 중반에서 끝이었습니다만, 일러스트에 끌려서 급거 다른 캐릭터의 등장을 빼앗아 종반에 재등장했고, 등장이 없었던 다음 권에도 등장시켜 버렸습니다.

　그리고 카도카와 BOOKS 편집부 여러분을 비롯하여, 이 책의 출판이나 유통, 판매, 선전에 연관된 모든 분께 인사를 올립니다.

　마지막으로, 독자 여러분에게 최대한의 감사를!!

　본작품을 마지막까지 읽어주셔서 정말 감사합니다!

　그러면 다음 권! 미궁도시 편 Ⅲ에서 만나요!

아이나나 히로

■역자 후기

안녕하세요? 불초 역자입니다.

번밀레를 이겨내고 데스마치 11권으로 돌아왔습니다! 아자!

그런데 여러분, 눈치를 채셨는지 모르겠습니다. 네. 그렇습니다. 작가 후기가 길어요! 작가 후기에 맞춘 분량의 역자 후기를 써야 한다는 의문의 신조를 지닌 역자의 부담이 크다는 것을 알아주시는 분이 있기를 바랍니다. 크억.

그래도 뭐, 이번에는 다행히 후기 거리가 있습니다. 데스마치 애니메이션 방영이 시작됐으니까요! 다만 작가님과 다르게 역자는 뭐 제작에 참여할 기회가 있는 것도 아니고 말이죠. 여러모로 좀 제약이 있기는 합니다.

번역하는 작품의 애니화, 역자로서 참 기쁜 소소소소, 소식입니다. 그그그그, 그러나 말이죠. 역자는 뭐 긴장하거나 당황하거나 그러지 아아아아, 않습니다. 따따따따, 딱히 번역하는 작품의 애니화가 처음도 아니고 말이죠! 주주주주, 중간부터 이어받은 작품이 이미 애니화됐던 것도 2개가 있고 처음부터 맡은 작품이 애니화 된 것이 이번으로 두 번째죠! 이, 이래봬도 Fate/Complete Material 시리즈와 Fate/stay night [Heaven's Feel] 만화도 맡고 있으니 살짝 억지를 부려 보면

Fate 시리즈 TV 애니메이션 몇 개도 연관작이라고 할 수 있으며 헤븐즈 필 극장판은 확실하게 번역작의 애니화라고 할 수 있습니다. 그리고 마침 고블린 슬레이어 애니화 소식도 들렸으니 또 하나 늘어났군요. 이이이이, 이만하면 애니화 소식에도 의연하게 대처하면서 여유를 보일 줄 알아야 하는 법이죠. HAHAHAHA.

그런데 말입니다(엄격근엄진지). 여러분께서는 직업병이란 것을 아실 겁니다. 사실 역자는 여러 가지 직업병을 가지고 있죠. 예를 들어 일이 많을 때는 일하기 싫어 병이나 놀고 싶어 병이나 게임 하고 싶어 병 같은 것이 도지고, 일이 없으면 불안 증세와 함께 일거리를 구걸하는 병이 도지곤 합니다. 이게 과연 직업병인가라는 의문은 가지지 마시길 바랍니다. 제가 직업병이라고 했으면 직업병인 겁니다! 반론은 인정하지 않겠어! 부탁입니다! 태클 걸지 말아주세요! 이렇게 빌게요!

아무튼! 이게 어떻게 데스마치 애니메이션과 이어지냐 하면 말이죠. 병명을 들으면 이해를 하실 겁니다.

자막이 마음에 안 들어 병.

그렇습니다! 기본적으로 외국어 가능한 사람들이 걸리기 쉬운 병인데요. 특히 번역을 직업으로 가진 사람들이 아주 높은 확률로 걸리는 병이죠. 하하하! 그리고 역자는 꽤 중증입니다.

도저히 번역한 소설의 애니판 자막을 볼 수가 없어요…….

데스마치뿐 아니라 다른 일어 컨텐츠가 다 그렇긴 합니다. 음성 히어링도 되니까 눈에 들어오는 자막하고 괴리감이 들면 위화감이 들어서 몸부림을 치죠! 특히 정식 자막 같은 것들은 여러모로 얽매인 게 많다 보니까 말이죠. 분명히 반말과 온갖 욕지거리를 해대고 있는데 상대의 나이가 더 많다는 이유로 존댓말로 번역을 한다거나, 호칭을 통일해야 한다는 명목으로 분명히 들리는 이름과 다른 이름으로 자막이 표시된다거나 하잖아요. 그런 것만해도 위화감이 들어서 힘든데 그러다 오역이라도 발견하는 날에는 복장이 뒤집어집니다.

근데 그게 직접 번역한 작품이면 그냥 아주 뭐! 어허허허.

그게 말이죠. 번역을 할 때 중요한 점은 이것저것 많습니다만, 특히 소설 같은 이야기를 번역할 때 가장 중요한 건 작품 이해도입니다. 작품에 대한 이해도가 높은 사람을 꼽아보시오 했을 때 역자가 다섯 손가락 안에 꼽혀야 하죠. 사실 번역하면서 최소한 3번 이상 정독을 하니까 자연스럽게 그렇게 되긴 합니다.

그런 입장에서 다른 사람이 번역한 자막을 보자니 화당 한 번쯤은 용납할 수 없는 뉘앙스의 차이를 느끼며 차츰차츰 기혈이 뒤틀리는 대미지를 입어서 주화입마에 이를 지도 모르는 겁니다! 어허, 이것이 바로 불편러의 자질이죠!

그래서 뭐 자연스레 국내 정식 방영은 피하게 된달까요…….
하지만 그래도 애니 방영을 놓칠 수는 없는 법이라 일본의 웹

스트리밍 서비스를 이용하고 있습니다. 애당초 이런 서비스를 이용하기 위해서 카드도 비●나 마●터가 아니라 일본 결제가 편한 J●B부터 뽑았을 정도니까요! 절차가 복잡하지만 어찌어찌 성공했습니다. 그리고 최초 방영보다 사흘 정도 늦지만 국내 방영보다는 훨씬 빠르다는 장점도 있습니다!

그런데 이렇게까지 말해놓고는, 결국 정식 방영도 봅니다. 사람이 완벽할 수는 없으니 다른 사람의 번역도 봐야 발전이 있는 법이거든요. 남의 오역을 발견하면 복장이 뒤집어지는 걸로 끝나지만 제가 오역을 내놓고 그거 나중에 발견하면 복장 뒤집어지는 걸로 안 끝나요. 오자나 탈자는 몰라도 오역만은 기어코 내지 않으리라 일하고 있습니다. 그 덕분인지 아직까지는 큰 논란이 없는 것 같아 다행인 걸 느끼면서 후기를 마치겠습니다!
　다음 권에서 또 봬요!

데스마치에서 시작되는 이세계 광상곡 11

초판 1쇄 발행 2018년 4월 10일

지은이_ Hiro Ainana
일러스트_ shri
옮긴이_ 박경용

발행인_ 신현호
편집부장_ 김은주
편집진행_ 최은진 · 김기준 · 김승신 · 원현선 · 김솔함 · 권세라
편집디자인_ 양우연
국제업무_ 정아라 · 고금비
관리 · 영업_ 김민원 · 이주형 · 조인희

펴낸곳_ (주)디앤씨미디어
등록_ 2002년 4월 25일 제20-260호
주소_ 서울시 구로구 디지털로 26길 111 JnK디지털타워 503호
전화_ 02-333-2513(대표)
팩시밀리_ 02-333-2514
이메일_ lnovelpiya@naver.com
ㄴ노벨 공식 카페_ http://cafe.naver.com/lnovel11

DEATH MARCHING TO THE PARALLEL WORLD RHAPSODY Vol.11
©Hiro Ainana,shri 2017
First published in Japan in 2017 by KADOKAWA CORPORATION, Tokyo.
Korean translation rights arranged with KADOKAWA CORPORATION .

ISBN 979-11-278-4463-9 04830
ISBN 979-11-278-4247-5 (세트)

값 9,000원